O HERÓI IMPROVÁVEL DA SALA 13B

TERESA TOTEN

Tradução
Rodrigo Abreu

1ª edição

Rio de Janeiro | 2016

Título original: *The Unlikely Hero of Room 13B*

Capa: Izabel Barreto

Texto revisado segundo o novo
Acordo Ortográfico da Língua Portuguesa

2016
Impresso no Brasil
Printed in Brazil

CIP-BRASIL. CATALOGAÇÃO NA PUBLICAÇÃO
SINDICATO NACIONAL DOS EDITORES DE LIVROS, RJ

T66h

Toten, Teresa, 1955-
O herói improvável da sala 13b / Teresa Toten; tradução de Rodrigo Abreu. – 1ª ed. – Rio de Janeiro: Bertrand Brasil, 2016.
21 cm.

Tradução de: The unlikely hero of room 13b
ISBN 978-85-286-2060-3

1. Ficção canadense. I. Abreu, Rodrigo. II. Título.

16-32601

CDD: 819.13
CDU: 821.111(71)-3

EDITORA BERTRAND BRASIL LTDA.
Rua Argentina, 171 – 2º andar – São Cristóvão
20921-380 – Rio de Janeiro – RJ
Tel.: (0xx21) 2585-2000 – Fax: (0xx21) 2585-2084

Atendimento e venda direta ao leitor:
mdireto@record.com.br ou (0xx21) 2585-2002

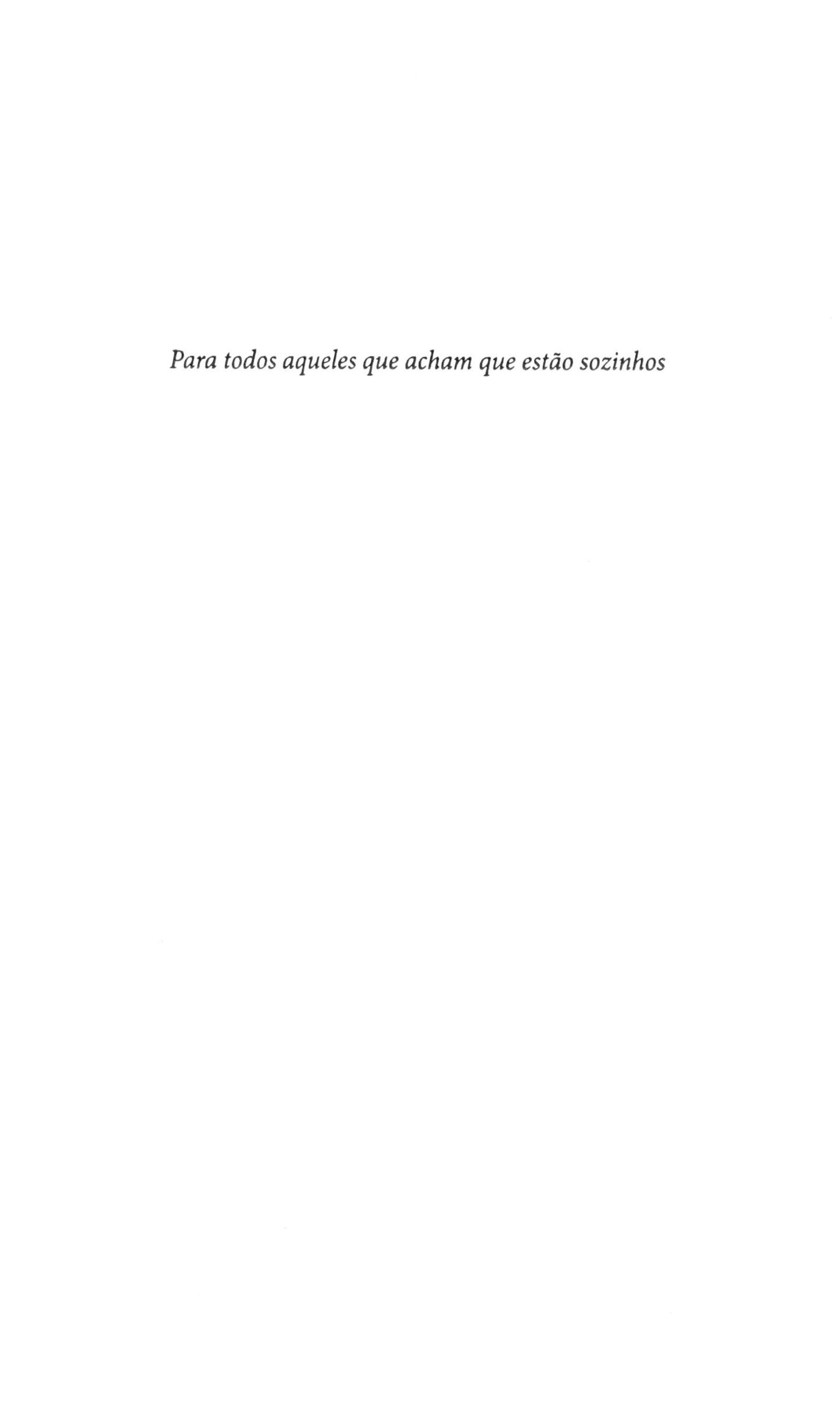

Para todos aqueles que acham que estão sozinhos

Se podes preencher o minuto implacável
Com o equivalente a sessenta segundos
de distância percorrida,
Tua é a Terra e tudo que nela está,
E — acima de tudo — serás um Homem, meu filho!

— Rudyard Kipling, "Se"

CAPÍTULO 1

O garoto inspirou enquanto a porta se abria. Era como se soubesse. A garota entrou na sala e, no intervalo de um batimento cardíaco, ele estava perdido.

A garota caminhou na direção do semicírculo de cadeiras, sem exatamente sorrir, mas também sem hesitar. Era mais velha, com certeza. Provavelmente. Então era inútil, óbvio. Ela se sentou diretamente à sua frente, na outra ponta do semicírculo. Sem levantar os olhos, ela cruzou suas pernas geniais e perfeitas e jogou uma longa trança de cabelos negros para trás. No momento em que soltou o ar, o garoto estava apaixonado.

Era como se tivesse se afogado numa onda de *querer*.

Sem nem mesmo saber como sabia, ele de alguma forma soube que, se *ela* quisesse, ele lhe daria tudo. Eram dela, nesse momento, seu iPad 3 (especialmente porque ele mesmo não podia mais usá-lo), sua cópia da primeira edição de *Nove estórias*, de J. D. Salinger, seu Xbox, sua bola de beisebol autografada por Doc Halladay *e* seus mais estimados Orcs do jogo Warhammer

Fantasy Battle — a clássica oitava edição, não aquelas coisas de *poseur*. Por *ela*, ele dominaria seus rituais mais incômodos e ofereceria o que havia sobrado de sua sanidade.

— Saudações, Robyn, e bem-vinda! — disse o Dr. Chuck Mutinda, acenando com a cabeça primeiro para ela, depois para uma pasta de documentos esfarrapada. Aquilo simultaneamente destruiu e embelezou o momento. O garoto agora sabia o nome dela.

Robyn.

— Obrigada — respondeu a garota para os próprios pés, e o garoto parou de respirar imediatamente, de tão hipnótica que era sua voz.

Os olhos dela eram azuis. Até aquele exato segundo, o garoto nunca tinha notado a cor dos olhos de ninguém; não saberia dizer nem qual era a cor dos olhos de sua mãe. Mas os olhos de Robyn... bem, eles tinham o tom de um céu furioso, emoldurados por cílios espessos da cor de fuligem. Sua beleza — sobre a qual, de forma chocante, ninguém na sala se sentiu compelido a pular da cadeira e comentar — era extasiante. Tudo nele parecia completamente abalado e destruído.

Ele sentia uma dor profunda apenas em olhar para ela, mas não conseguia afastar a vista.

Então *essa* era a sensação *daquilo*?

— Robyn Plummer é uma incorporação levemente tardia ao nosso grupo feliz, tendo recentemente completado o programa de internação no Rogers Memorial Hospital.

Internação. O coração dele parou, então voltou a bater. Ele se concentrou em respirar da forma que Chuck havia tentado lhe ensinar — só que ele nunca chegara a prestar atenção, por isso, não adiantou. *Internação.* Todo mundo surtava com a mera possibilidade de *internação.*

— Bem-vinda, Robyn, à sala 13B e ao Grupo de Apoio a Jovens Adultos com TOC. Obviamente — explicou Chuck —, não há uma sala 13A, o que torna uma 13B um pouco supérflua. E você também certamente notou que não há um décimo terceiro andar no elevador. Temos que sair no décimo quarto para chegar aqui.

— Pois é, cara, por que isso? Passei meia hora no maldito elevador na minha primeira vez aqui. Achei que era um teste psicológico — disse Peter Kolchak, escorregando em sua cadeira.

Alguns jovens bufaram, concordando.

— Então — continuou Chuck, ignorando a interrupção —, de alguma forma existencial abençoada, nós, hum, não existimos. — Ele falou isso da forma como falava quase tudo, com uma pontinha de cadência jamaicana. Ele estava havia muito tempo distante daquele país, mas ainda não tinha se livrado dos ritmos cantados de sua língua. Ele voltou à pasta. — Robyn tem 16 anos e...

Dezesseis! O garoto se concentrou no número. Dezesseis era ruim. Era um número par e, portanto, tinha que ser esterilizado. E era muito ruim como idade. *Dezesseis* — ele repetiu quinze vezes e bateu trinta e três vezes até que estivesse "tudo bem". Certo, poderia ter sido pior. Aí ele percebeu que *era.* Também havia a coisa da altura. Dava para ver mesmo quando ela estava sentada. A altura — a altura *dela* — poderia ser e certamente seria uma barreira. Robyn era extraordinariamente alta para uma deusa de 16 anos, e ele, infelizmente, irrefutavelmente, era bastante baixo para um garoto de quase 15. Muito jovem, muito baixo — definitivamente obstáculos.

Mas também eram superáveis.

O garoto cresceria, rápido, agora que tinha um objetivo. Simplesmente nunca tivera um objetivo antes, ou pelo menos não um do qual se lembrasse. Ele começaria agora, imediatamente, naquele instante. Começou a listar seus novos objetivos enquanto Chuck apresentava todos a Robyn. Ele os escreveu em lista com o dedo indicador direito na palma de sua mão esquerda, voltada para si.

- Crescer imediatamente.
- Criar coragem.
- Manter a coragem.
- Ficar normal.
- Casar com Robyn Plummer.

Devia ser o suficiente.

O garoto ajeitou a postura. O plástico quebradiço da cadeira machucava suas omoplatas. Estava quase na sua vez.

— E ao lado de Elizabeth Mendoza está...

— O bonitinho Ross — falou Peter, que vinha fornecendo comentários simultâneos durante as apresentações de Chuck. Peter estava sentado ao lado de Robyn e virado para ela o tempo todo, chegando aos poucos cada vez mais perto. *Bonitinho*? *O que diabos?* Peter seria um problema. Ou talvez apenas precisasse de um ajuste em seus medicamentos. Quando se tratava de alguns do grupo, era difícil dizer.

Chuck ergueu uma sobrancelha, que era o gesto mais ameaçador que conseguia fazer.

— E ao lado de Elizabeth está nosso integrante mais jovem, Adam Spencer Ross.

Ele realmente tinha falado aquilo? Entre Chuck e Peter, Adam parecia ser o coelhinho de estimação do grupo. Elizabeth era apenas alguns meses mais velha, pelo amor de Deus! Chuck dissera a mesma coisa na semana anterior, em sua primeira leva de apresentações. De alguma forma, não tinha soado tão estúpido naquele dia. Adam normalmente bateria com os dedos ou contaria os ladrilhos, mas como ele se tornara um homem com um objetivo, cerca de sete minutos antes, não fez nada daquilo. Além do mais, estavam todos olhando para ele. Então, Adam Spencer Ross se encheu de uma coragem que ele nem mesmo sabia que possuía. Ajeitou ainda mais a postura e ofereceu a Robyn seu melhor sorriso de "Qual vai ser?".

Então um milagre aconteceu.

Ela sorriu de volta.

Os pés dele ficaram quentes. Robyn não sorrira de volta para os outros — que, conforme tinha determinado na semana anterior, eram *muito* mais malucos do que ele. Adam tinha estudado a reação dela diante de cada apresentação enquanto listava seus objetivos de vida recentemente revistos. Com anos de experiência em executar tarefas simultâneas com alto grau de dificuldade, ele conseguia bater com os dedos, contar *e* prestar atenção em informações essenciais.

— E, finalmente, voltando à nossa mais nova integrante, Robyn Plummer... — Os dreadlocks de Chuck pareciam acenar para ela enquanto ele olhava suas anotações. — Robyn está no penúltimo ano da Chapel High.

Chega! Acabou! Confirmado como morto e enterrado! O penúltimo ano era muito avançado no ensino médio! Era praticamente estar *fora* da escola. Garotas dessa série saíam com universitários, às vezes. Até mesmo ele sabia disso. Peter Kolchak, que ainda olhava para ela, estava na faculdade, ou estaria se não tivesse levado bomba. Adam estava um ano antes dela. Esse era um caso de Montéquios e Capuletos. O fato de ele estar no programa de prodígios em St. Mary's não ajudava em nada. Ele ficou com raiva de sua mãe mais uma vez. Ela tinha se recusado categoricamente a deixar que ele pulasse do terceiro para o quarto ano do fundamental, apesar de as freiras terem sugerido com veemência (para freiras, claro). Ele e Robyn estariam exatamente no mesmo ano se não fosse por sua mãe. Adam bateu com o pé direito vinte e nove vezes em três séries, terminando com três batidas do dedo médio por precaução. Era praticamente imperceptível, mesmo na sala cheia de especialistas. A irritação com sua mãe diminuiu. Ela tinha boas intenções, afinal de contas, e ele a amava, qualquer que fosse a cor de seus olhos.

Robyn juntou as mãos delicadamente sobre o colo. Elas saíam de um blazer de escola verde-escuro. O paletó do uniforme era pequeno demais e a saia xadrez, muito curta. Era mais uma questão de negligência do que um esforço para parecer descolada, Adam poderia jurar. Tirando os lábios reluzentes perfeitos, seu rosto resplandecia sem um traço de maquiagem, mas um esmalte azul cintilante brilhava em cada uma de suas unhas. Dez pequenos ovos de tordo-americano, ou *robin* em inglês. Os ovos de *Robyn*. Ele soube com certeza inabalável que essa era a razão para ela ter escolhido essa cor. Ele *entendia*. Essa era ainda mais uma razão no acúmulo arrebatadoramente rápido de razões por que eles deveriam ficar juntos para sempre.

Chuck estava seriamente acelerado em seu jeito despreocupado característico. Ele estava falando com as pessoas na sala novamente. Murmúrios podiam ser ouvidos.

Adam tinha perdido algo.

— Confiem em mim, pessoal, estudos mostram que isso pode ser muito libertador. Testem para ver. Apenas escolham um personagem. É como se vocês pudessem ser mais sinceros com vocês mesmos, de alguma forma, se forem outra pessoa.

Hein?

Chuck parecia não se importar se funcionaria de verdade. Mas Adam sabia que se importava. Ele já estivera fazendo terapia particular havia quase um ano quando Chuck sugerira que estava na hora de ele se juntar ao grupo. O Dr. Charles Mutinda se importava, e muito.

Chuck pediu para cada um escolher um nome de guerra, como ele chamou, para essa e todas as sessões futuras. Eles deixariam seus eus tomados de dúvidas, chocados e agoniados na porta e se tornariam seres superpoderosos. Adam ficou animado, mesmo sem querer. *Ele* deixaria de existir, tornando-se o Venerável Lorde Kroak ou Grimgor Ironhide! Sim! Por que não?

Mas, já na terceira pessoa, uma tendência clara estava se formando: tirando Elizabeth Mendoza, que seria uma celebridade de reality show chamada Snooki, o resto escolheu super-heróis. Na verdade, o grupo estava vagamente se formando como a Liga da Justiça da DC ou os Vingadores da Marvel, com apenas uma pitada de X-Men. Connie Brenner escolheu a Mulher Maravilha, entrando para o grupo da Liga da Justiça, enquanto Peter Kolchak decidiu pelo Wolverine. Kyle Gallagher disse que queria ser o Homem de Ferro, enquanto Tyrone Cappell falou que gostaria de ser o Lanterna Verde, se ninguém se importasse.

— Que nada, Cappell! — bufou o recém-batizado Wolverine. — Você não ficou sabendo? O Lanterna Verde é uma bicha... quer dizer, gay.

O Lanterna Verde pareceu pensar por um momento, então gaguejou:

— Hum, s-sim, então o Lanterna Verde seria na verdade especialmente perfeito.

— Ah. Então tá. Legal. Tanto faz — falou o Wolverine.

Jacob Rubenstein, que estava sentado do outro lado de Robyn, escolheu o Capitão América e não conseguia parar de sorrir. Chuck se manifestou para dizer a todos que Nicolas Redmond, o sujeito enorme pensativo sentado não exatamente no semicírculo, mas atrás dele, tinha escolhido o Poderoso Thor.

— Certo, Nick? — A nuvem de tempestade rosnou em concordância.

Adam sorriu para o viking como um idiota. Ele não conseguia evitar.

— Ei, cara, o Thor é o melhor!

O recém-consagrado viking o encarou. Não importava. Adam adorava as histórias em quadrinhos angustiadas do Thor. Ele tinha um milhão de exemplares empilhados em ordem de edição em seu armário. Nicolas Redmond era um Thor perfeito.

Então era a vez *dela*.

— Robyn — sussurrou ela. — Se vocês não se importarem, eu escolho Robin. Não o meu nome, mas como o... bem, vocês sabem.

Cada consoante e vogal tremia de dor.

E, apesar de ele nunca ter notado garotas antes, nunca mesmo — tudo bem, um pouco e sem muita atenção, mas não *de verdade* —, Adam sabia que precisava salvá-la, que devia salvá-la ou morrer tentando. Ele a amava profundamente, loucamente e mais intensamente do que poderia acreditar ser possível apenas minutos antes. Robyn, a *sua* Robyn, precisava de alguém heroico — um vitorioso, um cavaleiro —, e *ele* seria aquilo. Por ela, Adam seria e *poderia* ser normal e destemido. Ele queria *tanto* ser destemido. Ele poderia ser. Seria o super-herói *dela*.

É isso!

Todos estavam olhando para ele agora, inclusive o Thor e Robyn. O sorriso dela ficou mais doce, Adam tinha certeza. Ele se sentiu crescer. Tudo fazia total sentido. O universo estava se desenrolando exatamente como deveria.

— Batman — disse ele, com uma voz forte e clara. Adam Spencer Ross seria o Batman dela.

CAPÍTULO 2

— Então, meu caro, fez o seu dever de casa?

Adam e Chuck já tinham percorrido três quartos de sua sessão mensal quando Chuck começou a girar uma caneta tinteiro nos dedos da mão direita. O movimento se tornou hipnótico. Será que Chuck sabia? Chuck sabia de tudo.

Tudo o que Adam precisava fazer como dever de casa das sessões particulares era a Lista. Mas ele normalmente não fazia, não conseguia ou não queria e não sabia por quê. Chuck também passava dever de casa no Grupo. A maior parte era de um manual sobre TOC que eles tiveram que comprar antes de o Grupo começar. Adam não fazia aquilo também. Era uma loucura. Ele fazia *todo* o seu dever de casa da escola. Era provavelmente o único aluno de St. Mary's a fazer isso. Ele terminava tudo em tempo recorde na biblioteca da escola usando os computadores de lá. E fazia tudo com *perfeição*. Mas as coisas de Chuck?

Não.

Até hoje.

Adam tinha *objetivos* agora.

— Sim, senhor. Sim, eu fiz.

Chuck ergueu a sobrancelha esquerda, então a direita. Odiava ser chamado de *senhor.*

— Ei, há uma primeira vez para tudo, não é mesmo? — sugeriu Adam.

As sobrancelhas de Chuck também eram hipnóticas. Ele podia levantá-las independentemente uma da outra, o que é um belo truque se você parar para pensar. Quando Chuck levantava a direita, significava que estava um pouco chateado ou frustrado, como ficou com o Wolverine no último Grupo. A esquerda erguida significava que estava surpreso ou desconfiado, como agora.

Adam devia manter uma Lista de Dez semanal, uma coisa tipo o Discurso do Estado da União, e levá-la para ser revisada. Chuck tinha passado essa tarefa cerca de quatro meses antes e Adam tinha finalmente feito a sua primeira, no caminho para a sessão. Mas o que importava era que ao menos ele a tinha feito. E faria uma *todas as semanas* de agora em diante *e* traria todas para as sessões. Se fazer dever de casa de psicologia adiantasse seu processo de cura, então, abram alas: Adam estava entrando naquele trem. Robyn estava esperando.

— Podemos revisá-la juntos? — perguntou Chuck.

— Não! Hum, quer dizer, não. Nós... não dessa vez, se você não se importar. Pode ser? — O coração de Adam estava disparado. Ele foi para a linha de partida assim que Chuck falou em "revisar" a Lista. Óbvio que o terapeuta gostaria de "revisar" a Lista, discuti-la, criticá-la. Droga, ele estava surtando só de saber que Chuck simplesmente a *leria*.

Chuck empurrou os óculos mais para baixo em seu nariz e olhou por cima da armação. Eram enormes óculos modelo aviador dos anos 1980 com armação de metal. O homem era uma cápsula do tempo ambulante.

Adam suspirou, cedendo, e entregou a Chuck o pedaço de papel que tinha sido dobrado tantas vezes que parecia ser o segundo colocado numa competição demente de origami. O terapeuta começou o processo de desdobrar o papel e ler enquanto Adam mentalmente andava em círculos. Ele sabia a Lista de cor. Tinha repetido seu conteúdo diversas vezes na cabeça antes de passá-la para o papel. Não era perfeita.

12 de setembro **A LISTA** Adam Spencer Ross

Medicações: Anafranil 25 mg 1 × por dia
Lorazepam o quanto for necessário 4-6 por semana

Principais compulsões apresentadas: Ordenar, Contar, Pensamento Mágico, como Rituais de Purificação

1. Acredito que me apaixonei por Robyn Plummer na última segunda-feira. Esse sentimento é extremamente desconfortável. Eu o pararia se fosse capaz.
2. Acredito que eu deveria ter recebido permissão para pular o quarto ano. Eu estaria no penúltimo ano do ensino médio agora e toda a minha vida seria diferente. Melhor. De alguma forma.

3. Acredito que participar de jogos de Warhammer todos esses anos com Stones (Ben Stone) provavelmente manteve nossas cabeças para fora da água, mas apenas o suficiente.
4. Acredito que meu meio-irmão de 4 anos, Docinho, me ama mais do que todos os adultos em nossas vidas juntos. Isso não impede que ele seja um pé no saco.
5. Acredito que o Grupo é mucho esquisito (tirando Robyn). Não consigo ver como ele pode ajudar em alguma coisa, mas o lance dos super-heróis não é nada mau.
6. Acredito que números pares são complicados e podem, em ocasiões específicas (embora não sejam previsíveis), ter íons negativos tóxicos ligados a eles.
7. Acredito que sou um mentiroso, porque preciso esconder todas as coisas que tenho para esconder. É difícil me lembrar de onde uma mentira termina e outra começa. Acredito que mentir tanto assim o muda, o deixa doente.

Chuck não mexeu um músculo enquanto lia, mas o coração de Adam permaneceu em posição de largada esperando pelo disparo da pistola, esperando por sinais de repulsa.

Em suas marcas!

Sem levantar os olhos, Chuck perguntou a Adam se ele vinha trabalhando em seus exercícios de respiração. Adam disse que sim.

Preparar!

— Sério? — Sobrancelha esquerda erguida. — Então é melhor fazer um agora, porque posso ouvi-lo ventilando do outro lado da sala.

Já!

E seu coração saiu em disparada. Chuck *sabia*! Ele tinha que saber. Ele sabia como Adam era mentiroso e o condenaria adequadamente, porque ele merecia ser...

— Adam? — falou Chuck, tão delicadamente, que Adam não sabia se tinha ouvido seu nome.

— Sim, senhor?

— Todo mundo mente, filho. Todo mundo.

Chuck tinha entrado em sua cabeça e tirado aquilo da cartola. O coração de Adam desacelerou para o ritmo de uma caminhada. Ele assentiu.

— E não me chame de senhor — disse ele, antes de voltar à Lista. — Vou fazê-lo parar com isso mesmo que seja a última coisa que eu faça.

8. Acredito que estou tendo dificuldades com meus sentimentos por Robyn. Eles são tão grandes. Isso é normal? Eles acabam indo embora, durante um tempo, algum dia? É como me afogar em eletricidade.

9. Acredito que minha mãe possa estar ficando um pouco mais esquisita. Mas é tão difícil dizer, sabe?

10. Acredito que de agora em diante vou fazer
todos os deveres de casa de TOC, incluindo essa
coisa de Lista, porque tenho que ficar melhor
para Robyn. Também acredito que, por causa
de Robyn, o Grupo não vai ser tão chato.

— Grande passo, Adam. Bom trabalho! — Chuck dobrou o papel novamente. — Não vamos revisar. Nunca fuçaremos uma Lista se você não estiver pronto. Então tire a pressão de si mesmo, certo? Apenas faça as Listas.

— Tá, claro. — Adam assentiu e olhou para o relógio na parede. Ele concordaria com uma circuncisão simplesmente para poder sair daquele consultório bege sobre bege. Já tinham se passado mais de cinquenta minutos. *Hora de partir.*

— Apenas uma questão, no entanto... certo? Um pequeno esclarecimento?

Adam fez que sim. Cinquenta e três minutos. *Em suas marcas!*

— Sim, senhor.

— Sua mãe?

Preparar!

— É, ela ficou esquisita.

A sobrancelha esquerda se levantou.

— Hum, ela ficou *mais* esquisita há alguns dias. — Adam desviou o olhar de Chuck. — Ela estava rasgando uma carta ou um envelope ou algo quando cheguei em casa da escola.

Era como se estivesse hiperventilando. Nós dois fingimos que eu não vi. Ela não falou nada durante o resto da noite.

Chuck anotou coisas. Cinquenta e cinco minutos. Eles tinham passado do tempo. Provavelmente havia algum pobre coitado se encharcando com álcool em gel na sala de espera.

— Normalmente é algo que tem a ver com o divórcio, dinheiro, meu pai... caramba, dá até pra escolher, não é mesmo? Nada demais, certo?

— Certo. — Chuck fechou a pasta e assentiu. — Bom, acho que o nível de medicação está funcionando para nós. Ainda estou surpreso pelo fato de o Anafranil não apresentar sintomas, mas, devido a todos os problemas que vínhamos enfrentando com a nova classe de remédios, estou aliviado. Às vezes o método clássico é a melhor coisa, não é mesmo?

Adam fez que sim com a cabeça como se estivesse prestando atenção.

— Seja preciso na Lista, tá? Isso é essencial, agora que você é responsável por sua própria dosagem. Mas está tudo bem. Então, durante o próximo mês: respiração, a Lista, exercício, e você está no caminho certo.

No caminho certo. Tudo valia a pena se ele estivesse *no caminho certo.*

Para o quê?

Para ser curado. Para ser *normal.*

Adam se levantou, distraído pelas possibilidades, e apertou a mão do terapeuta sem prestar atenção.

— Obrigado.

Ele estava no caminho certo para ser normal. No caminho certo para Robyn. *Robyn.* Os lábios dela erguidos em um sorriso.

Aqueles lábios macios, perfeitos e brilhantes. De agora em diante, Adam correria para casa todas as semanas, ou pelo menos caminharia depressa. Nada de ônibus ou táxis, em lugar nenhum e em hora nenhuma. Com os exercícios, fazendo todas as tarefas, a coisa da respiração, indo ao Grupo e às sessões particulares... caramba, ele estaria curado até o fim do mês.

— E, Adam? — falou Chuck, exatamente quando ele esticou a mão para abrir a porta. — Tenho certeza de que você tem razão quanto à carta... não deve ser nada... mas tente me manter a par das coisas da sua mãe, tudo bem?

Adam girou a maçaneta.

— É importante.

— Sim, com certeza. — Adam soltou o ar e abriu a porta. — Pode deixar — mentiu ele.

CAPÍTULO 3

Adam pensou sem parar em Robyn durante toda aquela semana e as três seguintes. Um grande amor mais seu TOC tornava aquilo basicamente inevitável. Se fosse um artista, ele a teria desenhado. Se fosse um escritor, teria escrito sobre ela. Se pudesse ter um smartphone, ou mesmo um computador comum, teria pesquisado, procurado e vasculhado. Mas ele não era, então não o tinha feito, e não podia, de forma que não fez.

Adam tinha se metido em uma coisa no ano anterior, pesquisando infinitamente por horas, contando o piscar do cursor, imagens, palavras, a letra *m*, entre outras coisas. Demorava cada vez mais para que ele sentisse que estava "tudo certo". Consequentemente, mudança de medicamentos e nada de aparelhos pessoais. Agora ele apenas *pensava*. Eles não podiam levar embora seus pensamentos, apesar de, na maior parte do tempo, ele desejar que pudessem.

Adam pensava sobre o sorriso dela, sua voz, suas pernas, seus cabelos pretos e seus olhos azuis como o céu. Era uma lista que ele tinha que checar: *olhos, pernas, sorriso, voz, pernas, cabelos, olhos*... Pensava tanto nela, que tinha ficado praticamente mudo nos últimos dois Grupos. Ambas as sessões foram sofridas, a não ser pela parte de olhar para ela. E ele não era o único pouco à vontade. Depois de quatro sessões, todos ainda pareciam estranhamente tímidos ou algo parecido. Até então, o Grupo fora tão capaz de aumentar sua autoestima quanto seu primeiro baile do ensino fundamental — o que acontecia no ginásio *pequeno*. O Wolverine era o único que consistentemente se manifestava. O problema era que ele não parava de falar *e* emitia uma vibração cheia de masculinidade enquanto reclamava de sua hipocondria alucinada:

— Vocês sabiam que quase cem jovens atletas do sexo masculino excepcionalmente bem-condicionados morrem todo ano por causa de doenças cardiovasculares escondidas como cardiomiopatia hipertrófica? Tenho certeza de que eu deveria estar tomando algum tipo de diurético.

Ele simplesmente *tinha* que ser mais maluco do que Adam. Infelizmente, o Wolverine também tinha a aparência e o jeito de se mover do jogador de hóquei que ele fora antes de se convencer de que os gases liberados pelo gelo do rinque de patinação o matariam. Pior ainda, Adam estava convencido de que Robyn estava na mira do Wolverine. E o pior, ele era alto.

Hoje seria diferente.

— Meu filho é tagarela — dizia sempre a mãe de Adam. — Ele conseguiria vender gelo a um esquimó.

Estava na hora. Ele ia falar coisas. Com certeza.

Adam aproveitava a caminhada desde a escola como um tempo para testar assuntos. Caminhar demorava vinte minutos mais do que pegar um ônibus, mas o exercício extra tinha a vantagem de fazê-lo se sentir incrível, *além* de lhe dar a oportunidade de repassar possíveis tópicos de conversa no caminho. Por outro lado, ele queria ser útil. Até agora, o Lanterna Verde raramente falava alguma coisa, e o Capitão América parecia seriamente preocupado. Só se podia contar com o Thor para grunhir aleatoriamente nos momentos em que não estava recuperando o sono perdido. Até mesmo Snooki e a Mulher Maravilha estavam basicamente em estado vegetativo, embora Adam apostasse que as duas eram faladoras. Isso deixava o terapeuta numa emboscada com o Wolverine. Adam ficava desconfortável com emboscadas e muito desconfortável com o Wolverine.

Ele gostava de Chuck. Todos gostavam de Chuck, e não apenas porque ele era o único psiquiatra na cidade especializado em problemas de TOC em adolescentes. Adam tinha que fazer isso funcionar para o doutor. E tinha que fazer isso enquanto parecia alto e forte e durão.

Ele pensou em mencionar a carta. A nova que tinha chegado na semana anterior. Era com certeza algo bizarro, porque tinha feito sua mãe surtar, apesar de ela ter tentado disfarçar novamente. Mas a carta era da sua mãe, então a questão era complexa. Era problema *dela*, certo? Mas aquilo a tinha aborrecido e, consequentemente, o tinha aborrecido, então no fim das contas era problema *dele*. *Não*. Ele conhecia esse tipo de coisa agora, toda a questão de separar as questões. Ainda assim, preocupava-se. Mas, pelo menos, agora ele sabia que não deveria. Também sabia que não deveria discutir nada que fosse relacionado à sua mãe. Caras durões não discutem sobre suas mães.

Por isso ele havia pensado em cinco tópicos que não tinham nada a ver com a sua mãe até a hora em que chegou à clínica.

A Mulher Maravilha, o Wolverine e Robyn estavam no saguão esperando pelo elevador antigo.

— Ei, Batman! — falaram as meninas ao mesmo tempo. O Wolverine acenou com a cabeça, se tanto.

— Ei, pessoal. Connie... quer dizer, Mulher Maravilha... Robyn, Wolverine.

A Mulher Maravilha deu um sorriso tímido e voltou a acompanhar o indicador do elevador. Estava no décimo quarto andar. Demoraria mais do que uma eternidade para descer. A Mulher Maravilha estava transpirando. Adam parou atrás dela e notou pequenas gotas de suor se formando em sua nuca. O que a entregava ainda mais era que estava tentando manter um padrão de respiração. Inspirava por cinco batimentos, segurava por três, expirava por seis.

O estômago de Adam se embrulhou em um reconhecimento instantâneo de medo.

— Então, o que você conta, Batman? — perguntou Robyn. Até a voz dela o deixava alucinado. Ele se virou e a viu sorrindo diretamente para ele com aquela boca brilhante e fabulosa.

— Nada de mais. E você?

Adam precisava andar até ela, jogar os braços ao seu redor, beijá-la e reivindicá-la na frente de todos. *Isso* seria uma atitude durona. Em vez disso, ele olhou novamente para a Mulher Maravilha. Ela estava examinando o indicador do elevador como se ele guardasse a chave para o universo. O elevador desceu até o décimo primeiro andar, então até o décimo. A pele dela estava brilhante e pegajosa.

— Ei, querem saber? — gorjeou ele. Sua voz era definitivamente como um gorjeio. Adam limpou a garganta e tentou um tom mais grave. — Desde semana passada, tenho nova e séria resolução de entrar em forma como um super-herói.

Nono andar, oitavo andar — ela ia vomitar, ele podia sentir.

— Quer dizer, estou tentando não comer tanta porcaria, sabem? Inclusive pedi para minha mãe fazer uma salada de quinoa. — *Caramba.* Ele falou *mãe* e *quinoa* na mesma frase! A reputação de "durão" de Adam estava em frangalhos aos seus pés, e ainda assim ele persistiu. — E estou encarando a parte física também. Tipo, hum, andar para todos os lugares, tentar dar uma corrida de vez em quando. Então, o negócio é que eu vou subir de escada... alguém quer se juntar a mim?

Ele estava falando igual ao Bob Esponja.

Quarto andar... terceiro andar.

Robyn olhou para ele como se nunca o tivesse visto antes.

— Alguém?

Segundo andar.

— Eu topo! — respondeu a Mulher Maravilha, seguindo diretamente para a escada. As portas do elevador se abriram.

O Wolverine deu um passo para dentro no carpete verde gasto do elevador e manteve as portas abertas.

— Sério? Quer dizer, são treze malditos andares!

Robyn se virou para Adam e piscou.

— Eu topo também, Batman. Será o máximo... vamos ficar todos sarados e ferozes, não é mesmo?

O Wolverine bufou e deu um passo para trás.

— A ideia mais idiota da história das ideias idiotas. Certo, vamos lá — resmungou ele. — Está provavelmente imundo aí dentro, cheio de bactérias fungicidas e Deus sabe o que mais...

Eles estavam morrendo no quinto andar — que era o equivalente a cinquenta e dois degraus, mas quem estava contando? O Wolverine ficava checando o próprio pulso e reclamando que estava tendo uma arritmia.

— Posso sentir meu coração palpitar.

Por sorte, o ex-atleta estava muito ofegante para falar quando eles chegaram ao nono andar, cento e quatro degraus. Eram treze por andar; era bom ser um número ímpar.

— Certo — falou Adam, que estava, de alguma forma, na liderança. — Vamos fazer uma pausa a cada dois andares. Viram, é bom estarmos fazendo isso. Tenho que dizer: estamos péssimos. Mas seremos super-heróis até o Natal!

Deus, ele estava bancando o Bob Esponja novamente.

— Somos bastante patéticos — disse Robyn, segurando-se no corrimão. A Mulher Maravilha articulava um *obrigada* silencioso toda vez que eles paravam. Os outros fingiam não ver.

Eles se atrasaram.

— Certo, então aqui estão eles! — falou Chuck, de sua cadeira no centro do semicírculo. — Um pouco atrasados para o combate ao crime, sem dúvida! Saudações, Batman, Mulher Maravilha, Robyn e... hum, Wolverine?

— Nós viemos andando — arfou o Wolverine.

— Treze andares? — guinchou Snooki. — O elevador parou? Aquela porcaria de...

A Mulher Maravilha parecia alarmada ao se sentar em sua cadeira ao lado de Snooki. Será que estava preocupada com o desenrolar disso?

— Não — respondeu Robyn, respirando com dificuldade enquanto se sentava. — O Batman achou que precisávamos entrar em forma.

Todos os outros já estavam lá, em suas cadeiras habituais. Adam olhou para o relógio. Eram 16h33. Apenas numa sala cheia de gente com problemas sérios de TOC que uma demora de três minutos seria considerada um atraso.

Eles começariam a subir mais cedo na próxima semana.

Depois da habitual saudação do círculo, o Homem de Ferro começou uma longa e intricada história sobre as pessoas que ele achava que tinha prejudicado involuntariamente, porém de forma irrevogável, naquela semana. Esse tipo de coisa representava uma situação complicada para o grupo e para Chuck. Você não pode constantemente tranquilizar jovens com TOC, porque é um poço sem fim, mas, por outro lado, o Homem de Ferro estava tão obviamente sofrendo que todos acabaram se esforçando para fazê-lo se sentir melhor. Então, eles seguiram em frente. Falaram, adularam e reclamaram. Todos menos o Thor, mas mesmo ele se manteve acordado durante toda a sessão.

— Sabe, Homem de Ferro, pode ser uma boa você checar seu Cipralex ou o que quer que venha tomando. A dose, eu quero dizer. — Todos se viraram para Adam enquanto ele puxava o ar. — Só estou dizendo isso porque, às vezes, se os rituais se intensificam por, sei lá, nenhuma razão, é normalmente porque eu me confundi com as doses. Acontece. — Ele soltou o ar lentamente. — Veja, eu sou mestre em me confundir com os medicamentos. Mas isso vai parar, bem aqui com vocês, tudo isso, sabem. Semana a semana, ritual por ritual. Vou descobrir como aqui. *Nós* vamos descobrir como aqui.

— É isso aí! — disse o Capitão América, e então, porque era o Capitão América, ele repetiu a frase mais três vezes. O Wolverine fez cara de quem ia vomitar, mas o resto do grupo parou para refletir em conjunto, especialmente aqueles que tomavam vários remédios.

— O Batman pode ter razão — falou Chuck. Adam podia dizer que o Homem de Ferro estava repassando e rebobinando seu consumo de medicamentos enquanto Chuck falava. — Homem de Ferro, quero que comece um diário de dosagem essa semana. Todo dia você lista seus sintomas com medicamentos, a quantidade ingerida e a hora. Vou revisar na próxima semana e você pode decidir se quer compartilhar ou não. Papel e caneta, nada digital. O que me diz?

— Claro. — O Homem de Ferro assentiu, alívio escorrendo por cada poro de seu corpo.

O Thor encarou Adam. Talvez não fosse exatamente uma encarada, mas... bem, alguma outra coisa. O viking nunca falhava em amedrontar sem dizer uma palavra. Não importava. Ainda era dele que Adam mais gostava.

A Mulher Maravilha se manifestou em seguida. Ela confessou um leve aumento nos problemas com comida, além de uma piora considerável na claustrofobia. Com relação à alimentação, o pouco que ela comia tinha que ser verde e ingerido em ordem do tom mais escuro para o mais claro. Snooki lhe assegurou que era apenas porque a escola tinha começado de verdade e admitiu que também estava tendo um pouco de problema para comer. Até mesmo Robyn contribuiu nesse assunto, mas ela jurou que não estava forçando vômito. Forçar vômito? Que diabos? Ela costumava vomitar?

E assim seguiu. Todos menos o Thor falaram algo, admitiram algo, abriram-se e compartilharam algum pequeno segredo. Ou...

Podiam estar todos mentindo.

Adam sabia que ele próprio estava.

CAPÍTULO 4

Quando o Grupo finalmente terminou, Adam ajudou Chuck a empilhar as cadeiras por precisamente sete minutos, que ele imaginou ser tempo suficiente para Robyn se distanciar. Ele elogiou Chuck pela ótima sessão — "Agora você está mandando ver!" — e partiu acelerado pelo corredor e pela escada.

Adam tinha decidido segui-la. De novo.

Ele seguira Robyn na semana anterior e na semana antes daquela, amaldiçoando sua covardia a cerca de quarenta e um passos de distância. Hoje, no entanto, ele teria que dizer algo ou se acharia bizarro demais.

Robyn cortou caminho pelo Cemitério Pleasantville todas as vezes. O lugar era como um enorme parque posicionado no meio da cidade. Ela entrava pelos portões Bayfield, a três quadras da clínica, e saía do outro lado pelos portões da Main Street. Adam tinha decidido que, quando ela parasse essa semana — porque parava todas as semanas —, ele acidentalmente trombaria com ela.

O amor de sua vida parecia pairar perto de um conjunto de túmulos ao lado de um salgueiro gigantesco. Na semana anterior, quando Robyn foi embora, Adam correu até o local onde ela tinha parado. Não dava para saber, devido à distância segura de perseguição que ele mantinha, qual era o túmulo que tomava sua atenção. Havia uma estátua irada de um anjo alado chorando sobre a lápide de um tenente Archibald-Lewis, que morrera aos 19 anos em 1918. Na verdade, todo o perímetro em volta do velho salgueiro estava cercado por anjos de pedra de vários formatos e tamanhos, sendo o do tenente o maior. Estavam todos chorando, ou pelo menos era o que parecia a Adam. E a maioria das lápides tinha uma inscrição, um poema ou uma passagem da Bíblia entalhada. Era bonito. Adam gostava de ler aquelas palavras. As do tenente diziam: *Até que o dia nasça e as sombras desapareçam*. Pobre sujeito. Ainda assim, provavelmente não era ele.

Logo ao lado do tenente estavam mais duas coisas similares a plintos com uma tonelada de nomes entalhada nos quatro lados de suas bases. Mas basicamente todas as pessoas eram extremamente velhas quando morreram *e* tinham morrido havia muito tempo. O primeiro monumento era uma coluna com uma urna posicionada no topo, e o segundo, um obelisco de granito cor-de-rosa comum que ia até o céu. Bem no centro do círculo de anjos estava uma enorme lápide cinza esburacada coberta com uma escultura elaborada de uma cruz entrelaçada com rosas. Era para Marnie Wetherall, 1935-1939: *Até que caminhemos nas nuvens juntos*. Quatro anos; aquilo era bem terrível. Mas Adam também não achava que era essa.

Ele achava que Robyn tinha parado em frente a uma lápide de granito preto polido. A pedra monumental engolia a luz. Era solene, toda moderna e cheia de ângulos agudos. As datas diziam que a mulher enterrada ali tinha 37 anos ao morrer, mas o sobrenome era diferente. O de Robyn era Plummer, e essa mulher era *Jennifer Roehampton, 7 de maio de 1971 — 14 de outubro de 2008*. Nada mais. O granito preto estava sem trechos de poesia. Não havia passagens bíblicas, nenhum sentimento reconfortante.

Aquilo o deixara triste.

Hoje, ele entrou pelos portões Bayfield como um super-herói. Parou perto do grupo de lápides junto ao grande salgueiro. Como esperado, lá estava ela.

Certo.

Antes que pudesse se convencer a desistir, e enquanto ainda estava cego pela determinação, ele marchou diretamente até o salgueiro. Parou no caminho logo atrás dela. Robyn estava parada, com a cabeça abaixada em frente ao granito preto.

Ele pigarreou o mais silenciosamente possível.

— Ei, uau, é você, Robyn? Uau, hein? — Três semanas em frente ao espelho e essa era a sua melhor frase de abertura? O Batman teria cuspido uma bola de pelos antes de falar algo tão ridículo.

Robyn sorriu assim que o viu.

— Ei, Batman... hum, Adam. Quer dizer, hum, Adam-Batman. — Ela se afastou da lápide. Seus olhos ficaram mais leves enquanto se ajustavam à surpresa de vê-lo. — O que está fazendo aqui?

— Hum... — Certo. Ele não tinha de fato chegado tão longe em seus esforços de preparação. Tinha muito a aprender. — A caminho de casa?

Infelizmente, isso saiu mais como uma pergunta de um garoto baixo demais e novo demais do que como uma resposta de um super-herói, mas Robyn não pareceu notar.

— Uau, eu também — disse ela.

Adam olhou explicitamente para a lápide preta.

Robyn explicitamente não notou. Em vez disso, fixou o olhar no paletó da escola de Adam.

— St. Mary's? — perguntou. Ela era linda de uma forma insana, linda de uma forma que fazia seu coração doer e sua respiração parar. Isso era uma loucura. Ela estava muito acima dele.

Não importava. Ela era tudo.

— St. Mary's é uma escola católica, não?

— Com certeza! — respondeu ele, com um entusiasmo absurdamente panaca. E se ela odiasse católicos?

— Então você é católico?

Ele engoliu em seco e assentiu.

— Eu meio que não sou nada, mas tenho fascínio pelo catolicismo — falou ela. — Quero aprender tudo sobre o assunto.

— Eu também. — O que foi *aquilo*? Ele tinha acabado de dizer que era católico, pelo amor de Deus!

Milagrosamente, Robyn Plummer sorriu de novo. Aquela era a quarta vez e meia que ela sorria para ele desde que tinham se conhecido. As orelhas dele esquentaram.

— Quer dizer, posso lhe dizer qualquer coisa que você quiser saber, quando você quiser saber.

— Promete? — As bochechas dela enrubesceram apenas o suficiente para conectar todas as suas sardas.

— Prometo — respondeu ele. Adam mataria um dragão por ela.

— Foi legal o que você fez lá. — Robyn apontou com a cabeça na direção da clínica.

— O quê? O Homem de Ferro e os medicamentos? Que nada, eu apenas imaginei...

— Não. — Ela se virou, mas não caminhou na direção dele. — Quer dizer, isso foi bom também, mas eu estava falando da Mulher Maravilha, do elevador. Boa sacada.

Robyn sorria e parecia triste ao mesmo tempo.

Ele mataria um *milhão* de dragões por ela.

Adam nunca tinha se sentido mais vivo do que naquele cemitério, naquele exato momento. O mundo dele mudou. *Ela* e *ele* estavam conversando. *Ela* e *ele* eram possíveis. Talvez. Se ele não estragasse tudo. *Não estrague tudo, não estrague tudo, não...*

E então ele quase estragou.

CAPÍTULO 5

E *agora*? Uma coisa era ter um momento de transformação num cemitério, mas era totalmente diferente se humilhar no processo. O problema era que Robyn estava tão perto e tão...

Impulsos intensos se agitaram dentro dele. Coisas estavam acontecendo com seu corpo. *Aquela* coisa. Adam se humilharia a qualquer segundo. O que fazer? Antes que qualquer um de seus rituais viesse galopando para salvá-lo e tomasse conta de tudo, ele se lembrou do que tinha ouvido os rapazes falarem na escola: *Cruze as pernas e pense na Irmã Mary-Margaret — cara, ela é melhor do que banho gelado.* Adam não tinha muito como cruzar as pernas, mas pensar na diretora assistente de St. Mary's deu conta do recado.

Depois de um tempo.

Adam tentou fazer sua melhor expressão neutra, não ameaçadora e absolutamente nada sexual.

Robyn pareceu perplexa. Certo, talvez ele precisasse de mais tempo em frente ao espelho do banheiro para refinar aquela expressão.

— Hum. — Ela ergueu um dedo indicador. — Só preciso de um minuto, tudo bem? — E se virou novamente para a pedra de granito preto.

Robyn a tocou delicadamente, embora aquilo pudesse ser sua imaginação, pois ele não conseguia realmente ver. Ele se moveu para a direita, ficando numa posição mais privilegiada. Ela inclinou a cabeça. Olhos fechados. Adam também não podia realmente ver isso, mas achou que era um bom palpite. Ela fez o sinal da cruz, mais ou menos, e o movimento de genuflexão, quase. *Aquilo* ele conseguiu ver. O sinal da cruz teve um gesto a menos e o joelho não tocou o chão. Tudo estava apenas um pouco errado. Adam teve uma boa oportunidade de observar, pois Robyn continuou com o ritual, fazendo o sinal da cruz e quase se ajoelhando outras três vezes. Errou em todas.

Lá estava: Adam tinha um valor agregado. Robyn não sabia o que estava fazendo. Ela *precisava* dele.

Assim que ela começou a se virar, Adam levantou a cabeça para evitar ser visto olhando para ela. Tentou o velho truque da contemplação dos céus através dos velhos galhos retorcidos do salgueiro.

— Uau — falou Robyn, entortando o pescoço para trás também. — Uau, uau, olhe só isso! Maravilhoso. — Os dois abaixaram os olhos. — É tão lindo! Como você sabia? Você é cheio de surpresas, Bonitinho.

Teria ela piscado?

Teria ele enrubescido?

Fachos preguiçosos de luz passavam entre os galhos e iluminavam Robyn por trás. Era como se ela estivesse posando para o trailer de um filme.

Ele precisava beijá-la.

— Sim, sou mesmo — concordou. — *Cheio* de surpresas.

— Certo, isso foi assustador. De onde viera aquilo? Adam nem sabia que era capaz de falar coisas assim. Ele não se reconhecia mais. A maior novidade recente era toda aquela coisa de "precisar dela". A necessidade era tão grande e bruta e... *grande*. Ele nunca tinha sentido *aquilo*, o que quer que *aquilo* fosse, antes. E agora ele estava o sentindo vezes demais, como exatamente naquele segundo, *de novo*. Ele decidiu esperar um pouco até passar, como fazia com alguns dos outros impulsos, os impulsos do TOC. Adam soltou o ar e esperou que passasse.

Não passou.

Qual seria o gosto dela? Sua mãe normalmente tinha gosto de café forte do Starbucks, enquanto sua madrasta, Brenda, deixava um indefectível rastro de pasta de dente de canela da Crest. Docinho — o filho de Brenda e seu pai — tendia a ter o cheiro e o gosto de um filhote de labrador. E seu pai... bem, seu pai gostava mais de abraços rígidos do que de beijos, então quem poderia saber?

Ele devia dizer algo. Estava na vez dele? Mas não conseguia. Ainda estava combatendo a visibilidade de seu impulso. Adam tinha que usar toda a sua concentração para pensar na irmã Mary-Margaret.

Os dois esperaram ele dizer algo.

Ele *devia* flertar.

Se ao menos soubesse como.

Se Adam ainda tivesse acesso a um computador, teria ficado acordado à noite toda pesquisando no Google e consequentemente contando em sites de "como flertar" ou "paquerar garotas", o que era exatamente o motivo de ele *não* ter acesso a um computador. Ele se encolheu ao se lembrar de pesquisas de dezesseis horas, contando, tabulando e reordenando sites de parafernália sobre doenças: varíola, gripe espanhola, a Peste Negra, gripe aviária, SARS, gripe suína e vírus do oeste do Nilo, e então contando, sempre contando. Tinha parado de comer e dormir. Os computadores nas duas casas foram removidos, e ficaram de olho nele na escola. Certo, então aquela foi uma fase sombria, mas era passado.

Nesse momento, ele se contentaria em dizer *alguma coisa*. Talvez pudesse perguntar sobre a lápide? Mas, naquele momento, Robyn puxou a barra de sua saia, que definitivamente não tinha o comprimento oficial, e a capacidade de formar palavras foi embora. Não havia nem uma única garota em qualquer escola que pudesse competir com suas pernas nota dez e infinitas. De alguma forma, os sapatos Oxford pretos e as meias verde-escuras até o joelho tornavam seus joelhos e coxas nus ainda mais fabulosos. Deus.

— Hum, Batman?

— Você está fazendo errado — soltou ele, bruscamente.

— Ah? — Ela enrubesceu, então se recuperou com graça. — Sério? O que, exatamente? Toda essa coisa de meta-vida? Ou as minhas pernas, para as quais você parece não conseguir parar de olhar?

O rosto de Adam pegou fogo.

— Não, não, seu ritual lá, com o sinal da cruz. Hum, ele está incorreto. — Adam sabia o suficiente para supor que isso não se passaria por flerte, mas seguiu em frente de qualquer forma.

Robyn olhou para ele cheia de expectativa, seus olhos com um tom azul acinzentado sereno.

— Ah, é mesmo? Qual parte?

— Se você está tentando parecer católica, então não chegou lá ainda. — Adam se afastou e se sentou sobre Marnie Wetherall, 1935-1939. — Assuma a posição.

Robyn olhou para a lápide.

— O quê? Você acha que Marnie se importaria?

— Não. — Ela balançou a cabeça. — Ela era apenas uma criança. Aposto que está feliz com a companhia.

— Certo, então — falou ele. — Assuma a posição. Hum, quer dizer, a posição de prece.

Eles estavam da mesma altura agora.

— Faça o que eu fizer. Vamos falar juntos.

Ela assentiu.

— Dedo indicador e polegar se juntam. Nessa posição, leve até sua testa.

Foi o que ela fez, e com uma solenidade que o fez cair ainda mais fundo no tipo mais fundo de amor desesperado.

— Em nome do Pai — falaram os dois.

— Agora até o centro do seu peito — instruiu ele.

— Do filho — disseram eles.

— Até o ombro esquerdo.

— O Espírito...

Robyn pareceu surpresa. Era essa a parte que estava faltando.

— Então para o ombro direito.

— Santo — falaram eles.

— Mãos juntas para..

— Amém. — Eles sorriram.

— OK. — Ela assentiu. — Isso pareceu certo, ótimo. E a genuflexão?

— O joelho tem que tocar o solo, ou a irmã Katherine vai aparecer do nada e golpeá-la na parte de trás da cabeça. É até o fim, todas as vezes, a não ser que você esteja numa cadeira de rodas.

— Entendi — disse ela. — Obrigada. Sei que tenho muito a aprender. Só comecei com essa coisa de catolicismo porque parece certo, sabe? Tem sido realmente, incrivelmente...

— Reconfortante?

— Sim, mas de uma forma boa e limpa, *não* de um jeito meio TOC. De verdade.

Adam assentiu, fingindo acreditar.

Eles seguiram para os portões da Main Street.

— Todos os seus amigos são católicos? — perguntou ela.

— Não — respondeu ele. — Os garotos da escola são um pouco católicos porque você tem que ser, e a maior parte deles é inofensiva, mas não tenho, tipo, uma tonelada de amigos. Convenhamos, eu dou muito trabalho e há muita coisa para esconder. — *Muita informação, seu bocó!* Adam se reorganizou. — Meu melhor amigo é Ben Stone, mas ele é meio judeu. Temos uma ligação forte tipo fraternal por causa dos jogos de Warhammer Fantasy Battle. Eu acho *isso* reconfortante. Mas *não* de um jeito meio TOC, claro.

Ela deu um soco no braço de Adam, mas sorrindo, então aquele era claramente um momento superior. Quando finalmente chegaram aos elaborados portões de ferro, os dois hesitaram.

E agora?

Adam vivia do outro lado do cemitério, três quadras para o norte. Ele *devia* dizer a verdade agora, confessar, começar do zero. As pessoas não deviam mentir para suas amadas antes de elas se tornarem oficialmente suas amadas.

Robyn finalmente quebrou o silêncio.

— Bem, Batman-Adam, eu vou para a esquerda na Main e entro na Palmerston. No meio dela está minha casa. E você?

— Hum... eu viro para a direita — disse ele.

Era a verdade verdadeira, ou passaria a ser. Adam teria que virar para a direita e dar a volta inteira no cemitério até onde ele tinha começado e então ir para casa a partir de lá. Levaria mais quarenta minutos. Ele se atrasaria.

— Então, hum, vejo você na próxima segunda-feira, Batman.

— Pode apostar. — *Pode apostar? Sério? De novo com o estilo Bob Esponja.*

Adam observou enquanto ela se afastava, enraizado no cimento. Robyn caminhava de maneira maravilhosa. Quando chegou à rua, se virou e acenou:

— E obrigada pelas dicas, Batman.

— Não há de quê! — gritou ele.

Ele se mediria, é claro, assim que chegasse em casa, mas não era necessário. Tinha crescido pelo menos três centímetros.

CAPÍTULO 6

Ele parou à porta. Nada impedia Adam de entrar no número 97 da Chatsworth — nada físico ou emocional, obsessivo ou de qualquer outra natureza. Ele agora sabia que era o poder de querer que o *interior* fosse diferente que o mantinha prisioneiro no *exterior*.

Chuck tinha lhe dado uma pilha de artigos xerocados sobre esse fenômeno, e Adam lera todos. Esse querer surreal acontecia com todo tipo de pessoa, especialmente veteranos de guerra, especialmente os jovens que perderam suas pernas em explosões. É como aquele momento de crepúsculo em que você está acordado, mas não está. Você está naquele estágio logo antes de acordar. Nessa hora, você sabe que tem que sair de debaixo das cobertas quentes, ir ao banheiro, fazer xixi e escovar os dentes. Então você entra no estágio completamente acordado e você se lembra de que não consegue. Você se lembra de que nunca vai se levantar e fazer xixi novamente. Mas, na noite seguinte, você passa pela mesma coisa outra vez, e na próxima noite e na seguinte também. Aquela história o matava. Ele teria chorado, se pudesse. Não chorava desde que seu pai fora embora, sete anos antes, mas com certeza teria chorado se pudesse.

Fazia algumas semanas — talvez desde que as cartas começaram a chegar — que Adam destrancava a porta, desejando um *interior* diferente, mas sem exatamente ser incapaz de entrar. Nesse momento, aproximadamente 21 por cento de todas as soleiras apresentavam problemas de intensidade variada para ele. Na verdade, eram 22 por cento, mas aquele era um número par inaceitável por causa do 2 *e* do 2.

O problema ia de questões ínfimas, quase insignificantes, com as portas do laboratório grande de biologia e da sala de inglês em St. Mary's a portas que precisavam de pequenos movimentos da mão para que ele fosse liberado para entrar, como a da Farmácia Phipps' Family, chegando a outras que agora envolviam um ritual de liberação bastante extenso e, finalmente, a alguns lugares proibidos, em que a entrada era simplesmente impossível. Para esse último tipo de soleira não havia nenhum alívio em rituais, por mais elaborados ou repetidos que fossem. Cruzar tal barreira causaria sua desintegração ou, pior, o tornaria responsável por colocar em risco a vida de sua mãe, ou Docinho, ou seu pai, ou Brenda, ou Chuck... e a lista continuava até incluir motoristas de ônibus e atendentes do 7-Eleven.

Obviamente, ele sabia que tais coisas não aconteceriam.

Mas isso não o impedia de acreditar.

Até agora, apenas a entrada sul do metrô da Hudson Street era proibida.

Mas *aquilo* estava crescendo.

Ele finalmente abriu a porta. E lá estava, a coisa do crepúsculo em que ele acreditava que seu hall de entrada estava como quando ele era criança, quando seu pai morava ali. Mas, da mesma forma que os veteranos de guerra, ele já estava totalmente acordado quando a porta bateu atrás de si.

Pilhas mais ou menos organizadas de tranqueiras cobriam as duas paredes, mas ainda existia um caminho visível por entre elas. Não era tão ruim, certo? Quando ele entrou e foi confrontado pela realidade, sua casa se transformou quase no inverso daquele sonho do crepúsculo. De muitas formas, a escada e o hall de entrada — caramba, o resto da casa — estavam como sempre. Hoje estavam como ontem, que era como na semana passada, no mês passado e no ano passado. Era uma daquelas peças que seus olhos pregam... não, espere, o nome disso é ilusão de ótica. Nesse caso, era um truque da mente, isso sim.

Isso acontecia muito com ele.

Exatamente a mesma coisa aconteceu quando seu melhor amigo, Ben Stone, ganhou muito peso. Ben vinha de uma família *grande*, então não deveria ter sido uma surpresa. Quando Adam o via todos os dias, Ben sempre parecia exatamente igual. Mas agora que eles só podiam se encontrar cerca de duas vezes por mês e nem podiam usar o Skype, Adam ficou chocado ao perceber que tinha um amigo gordo. Da noite para o dia, Ben passara de um galeto para um peru de natal. O acúmulo da mãe de Adam também era assim, transformando-se de pequenas pilhas organizadas em... bem, o que era agora. Era como se Adam pudesse se lembrar de sua casa quando era basicamente normal ou como estava atualmente, sem nada entre os dois momentos. Mas tinha que existir um momento entre os dois. Tinha que ter existido uma época em que apenas a mesa da cozinha não podia ser usada. Em seguida, as cadeiras, o aparador e daí em diante. Depois foi a garagem, lentamente se enchendo até o teto com caixas plásticas transparentes cheias de luzes de natal, ferramentas de aparência impressionante, vassouras, pás e equipamentos de ginástica. Então parte daquele *material* seguiu para o porão e procriou, e suas crias seguiram diretamente para o segundo andar. Agora o quarto e o banheiro de sua mãe estavam tomados. A bela casa de dois quartos no número 97 da avenida Chatsworth ficava cada vez mais louca.

E ele ainda não entendia como.

Além dos dois, ninguém colocava os pés ali havia mais de um ano. Sua mãe o desencorajava a levar qualquer amigo — não que ele tivesse muitos, mas aquilo significava que Adam só podia ir à casa de Ben, e Ben agora vivia do outro lado da cidade. A jornada era épica por transporte público, embora ele às vezes conseguisse fazer Brenda se sentir culpada e levá-lo quando estava na casa do seu pai.

Sua mãe não dirigia. Não mais.

No entanto, a sra. Carmella Ross era uma mulher extremamente competente e carinhosa. Era o que todos diziam. *Ela é uma pessoa muito íntegra*, diziam. E era verdade. A sra. Ross era supervisora de enfermeiras no Hospital Glen Oaks, uma importante posição de autoridade. Sua mãe lidava com todo tipo de conflito e crise, desde pequenas confusões de horários até o desespero maníaco dos despojados e perigosos. Ela era boa em tudo. As pessoas a admiravam. *Se você quer algo feito e feito direito, fale com a Carmella.*

Aquela mesma competente Carmella passava horas do lado de fora da casa com seu filho, perturbando os vizinhos para comprarem a limonada caseira e/ou as tortas de chocolate que ele estava vendendo:

— Torta de chocolate! Comprem suas tortas de chocolate frescas! Três por um dólar, comprem enquanto podem!

A sra. Polanski, que vivia do outro lado da rua, gastara dois dólares em torta de chocolate certo ano. Sua mãe nunca perdia uma reunião de professores. Batia palmas alto demais em suas apresentações de Natal e xingava os árbitros de pista quando ele invariavelmente chegava em quarto lugar em todas as suas maratonas mirins:

— Você foi trapaceado por aquele garoto, o McQuarry! Aquelas freiras estavam olhando para o outro lado, eu poderia jurar em frente ao Padre Rick e o próprio Papa!

E, quando ele foi diagnosticado, quase três anos antes, Carmella Ross praticamente vivera no gabinete do diretor, argumentando a favor dele, ou no próprio quarto, chorando por ele. Quando Adam tocava no assunto, cheio de culpa, ela não dava importância:

— Pare com isso, garoto! — bufava ela. — Relaxe! Está tudo bem. Pelo menos você me tirou da tristeza do divórcio. Caramba, tenho mais é que agradecer!

Sua mãe era destemida.

Até não ser mais.

Adam abriu caminho escada acima. Sem nem olhar, ele empurrou algumas caixas de quebra-cabeças para mais perto da parede. O caos terminava abruptamente em seu quarto. O quarto de Adam parecia ser habitado por um monge caprichoso com uma queda por bonecos em miniatura de Warhammer e peixinhos. Ele caminhou até seu aquário perfeito de 130 litros. Todos os seus três acarás, Burt, Peter e Steven, imediatamente nadaram até a superfície para cumprimentá-lo.

— Oi, gente! — Ele pegou a ração e jogou uma quantidade pequena sobre a água como um agrado para os meninos. Bem, talvez nem todos fossem meninos; Steven tinha dado à luz a filhotes na última primavera, mas Burt e Peter os comeram. Adam ia esperar para ver se aquilo acontecia novamente antes de tomar uma decisão drástica, tipo mudar o nome de alguém.

O aquário muitas vezes o acalmava, com os peixes passando de um lado para o outro e as bolhas e o zumbido reconfortante do filtro de água. Mas hoje, não. O coração de Adam ainda estava perturbado.

— O amor dói, cara — sussurrou para Steven, que tinha voltado até ele depois de comer alguns flocos de ração. Steven balançou a cabeça.

Adam tinha terminado o dever de casa na escola, como fazia na maioria das segundas-feiras ou dos dias de Grupo, e não estava encarregado do jantar essa noite, de forma que tinha muito tempo livre pela frente. Ele estava pensando em limpar seu aquário limpo quando ouviu a mãe chegar em casa.

— Adam? Oi, querido! Você está aí em cima?

— Ei, mãe! — Adam acenou para os meninos e desceu correndo a escada cada vez mais estreita.

A sra. Ross beijou o topo de sua cabeça, depois deu um passo para trás e olhou o filho.

— Você está crescendo?

Antes que ele pudesse responder, ela apontou com orgulho para uma bolsa de compras de papel pardo.

— Veja, enfrentei as forças da natureza... esse belo dia de outono, em outras palavras... e atravessei a cidade para comprar isso!

Adam reconheceu a bolsa.

— Você foi até o restaurante húngaro!

A sra. Ross enfiou a mão na bolsa e tirou um grande recipiente de alumínio:

— Tchã-rã! O mundialmente famoso *goulash* húngaro da sra. Novak e macarrão na manteiga. Nada é bom demais para o meu filho favorito! — disse ela, como sempre dizia.

— Ei, moça, sou seu *único* filho! — falou ele, como sempre falava.

Mãe e filho foram até a cozinha, que ainda estava *quase* normal, pegaram os pratos, copos e talheres necessários e começaram o banquete. Ele serviu uma taça de vinho tinto para ela, que serviu para ele um copo de suco de laranja Tropicana, sem gominho. Ela falou sobre o trabalho; ele, sobre a escola. Carmella mencionou que poderia receber uma promoção no fim do ano e Adam disse que o Grupo, no fim das contas, poderia acabar funcionando. E, durante todo aquele tempo, eles contaram tudo um ao outro, a não ser as partes que deixaram de fora. Mãe e filho eram tão honestos quanto duas pessoas mentindo uma para a outra poderiam ser.

Então, o telefone tocou.

CAPÍTULO 7

— Alô, oi, Brenda. — Sua mãe suspirou e se recostou contra a parede. — Sinto muito por saber disso.

"Sim, ele está, mas eu acabei de chegar e nós ainda nem...

"Sim, sim, fico feliz com isso... mais do que a maioria, como você sabe bem... mas hoje foi o dia do Grupo dele e..."

A sra. Ross se virou para Adam enquanto assentia ao telefone.

Já fiz meu dever de casa, articulou ele com os lábios, sem produzir som.

Os ombros de sua mãe arriaram. A luta estava perdida.

— Brenda, você sabe que eu amo o Docinho...

"Certo, não posso suportar o fato de ele sofrer desse jeito. Se Adam concordar, deixe-nos terminar o jantar e aí você pode vir buscá-lo. Espere um minuto. — Ela colocou a mão sobre o bocal. — Tudo bem para você?

Adam fez que sim com a cabeça.

— Você tem alguma aula cedo amanhã?

Ele pensou por um instante. Ele e Eric Yashinsky, um quase-amigo, deviam estar no laboratório de física às 7h45 em ponto. Os dois tinham recebido uma oportunidade especial de fazer aula de física avançada com o décimo ano, mas, por causa de dificuldades no cronograma, tinha que ser naquele maldito horário duas vezes na semana, e os dias nunca eram fixos.

— Física — disse ele.

Sua mãe sorriu e ficou aliviada.

— Que sorte a sua, Brenda... é dia de física. Você terá que levá-lo de madrugada.

"Sim. — Ela assentiu. — Quinze para as oito em ponto ou a Irmã Mary-Margaret irá atrás de você com um sermão e o rosário na mão. Não podemos deixar que Adam desperdice oportunidades dadas por Deus.

Sua mãe olhou para o relógio na parede.

— Certo, apenas nos dê mais trinta ou quarenta minutos para terminarmos o jantar. Sim. Certo. Não, está tudo bem... Sim, eu sei. — Ela continuou concordando com a cabeça. — Acredite em mim, eu sei. — Um suspiro. — Tchau.

Adam abriu os recipientes.

— Docinho está em crise?

Sua mãe serviu o *goulash* com uma concha.

— Sim, e, como disse, eu compreendo. Bem, não exatamente o que está causando o problema naquele menino... você nunca teve "crises"... mas entendo a situação pela qual ela está passando. O que eu não entendo... — A sra. Ross jogou um pouco de macarrão na manteiga brilhante sobre o *goulash*. Era como eles dois gostavam. — O que eu não entendo é o seu papel nisso tudo. Sem ofensas.

Adam franziu a testa e começou a enrolar seu macarrão.

— É possível... quer dizer, será que o que Docinho...? Fui eu que o deixei maluco? É por minha causa, por causa de como eu sou?

Carmella segurou a mão do filho com uma urgência que surpreendeu os dois.

— Não! Não diga isso! Não ouse pensar assim sobre você ou ele! — Ela o soltou. — Além do mais, ele não é maluco... é um docinho! Você *sabe* disso. Veja bem, ele só é um pouco elétrico demais e Brenda se preocupa demais. Ele vai superar isso, escreva minhas palavras.

— Mas ele pode ter recebido a eletricidade de mim.

— Certo, Einstein. Quem é o gênio da ciência nessa sala? Você sabe como são essas coisas. O mesmo pai, mãe diferente... você não entra no esquema. Você nem passa perto do esquema, meu menino lindo e genial. Docinho nem tem as características do seu pai. Seu pai é um babaca, e o garoto é adorável.

— Mãe.

— Bem, é verdade.

— Que parte?

— As duas. — Carmella sorriu. — Não apenas isso, mas nunca vi uma criatura viva tão devotada a outra quanto aquele garoto deles é com você. Acho que o seu papel, pensando melhor agora, é algum tipo de dom estranho de fazer Docinho se sentir melhor.

Eles terminaram seu *goulash* lado a lado, em um silêncio parcialmente confortável.

Brenda buzinou enquanto Adam jogava meias dentro de sua mochila. Por passar tanto tempo na casa do seu pai e por muitas de suas coisas já estarem lá, ele podia ficar pronto em segundos. Ele olhou o relógio: vinte e cinco minutos. Devia ser sério.

Ela buzinou novamente — de forma educada, no entanto. Brenda era qualquer coisa, menos mal-educada. A nova sra. Ross nem sonharia em entrar na casa, porque a antiga sra. Ross havia pedido que ela não entrasse. Tinha mais a ver com o estado da casa número 97 da Chatsworth do que com qualquer hostilidade natural entre as duas, porque, para dizer a verdade, não havia muita.

As duas Sras. Ross eram completos opostos. Era como se seu pai tivesse tentado uma purificação total, com Brenda sendo a anti-Carmella. A madrasta de Adam era loura, impecável e educada em contraste com a exuberância morena e imponente de Carmella. A casa de Carmella era um caos agressivo. A de Brenda, uma homenagem às revistas de arquitetura, cada aposento esperando pacientemente por uma sessão de fotos. Ele tinha que dar os parabéns a seu pai, no entanto: as duas mulheres eram atraentes até em seus dias mais complicados. A aparência delas era notada em todas os eventos com os pais em St. Mary's. Adam se parecia muito com sua mãe, mas ao mesmo tempo também com seu pai. O que significava que ele "se encaixava" perfeitamente nas duas casas e em nenhuma das duas.

O que permanecia exatamente igual era que o Sr. Ross estava sempre ausente, fora de casa em projetos distantes de engenharia ou enfurnado em seu escritório no centro da cidade. E parecia que suas ausências se tornavam mais longas à medida que sua vida familiar, que agora incluía dois filhos complicados, ficava mais... bem, complicada. Ele não era, como

Brenda e até mesmo sua mãe às vezes ressaltavam, um homem indiferente. Apenas um homem ausente.

Assim que Adam colocou o pé do lado de fora, a porta traseira da Mercedes se abriu. Wendell "Docinho" Ross se lançou de sua cadeirinha e voou até os braços do irmão como um foguete. Mesmo totalmente preparado, Adam quase caiu para trás.

— Adam! Adam! Adam!

— Batman — sussurrou Adam. — Lembra? Sou o Batman agora.

— Ah, é! Eu me esqueci, Batman. Nunca mais vou me esquecer, Batman. Tá bom, Batman?

Adam o abraçou também.

— Tá bom, carinha. Não se preocupe. — Ele sentiu o coraçãozinho do irmão batendo rápido demais. — Está tudo bem.

Ironicamente, fora a mãe de Adam a responsável pelo apelido de Wendell ser "Docinho". Carmella Ross chamava todo mundo de "docinho"; aquilo a livrava da tarefa de lembrar nomes, especialmente no trabalho. No caso de Docinho, no entanto, foi porque ela sempre dizia:

— É difícil admitir, mas aquele garotinho é realmente um *Docinho*.

Todos concordavam, incluindo o pediatra, as professoras do maternal *e* o próprio Docinho, que começou a se referir a si mesmo dessa forma assim que foi capaz de formar palavras. Agora, com quase 5 anos, não havia como corrigir aquilo. Docinho *era* Docinho, e não havia nada que pudesse ser feito. Ele se agarrou com força em Adam como se quisesse garantir que o irmão ficaria ali até eles alcançarem a segurança do carro.

— Oi, Brenda.

— Obrigada, Adam.

— Batman! — corrigiu Docinho, do banco traseiro.

— Mães estão eximidas — falou Adam.

— Eximidas — repetiu Docinho, e Adam soube que ele armazenaria a palavra e faria algumas tentativas com ela até saber como usá-la corretamente.

— Sério. Obrigada — disse Brenda, enquanto eles se afastavam da casa. — Sei que nós dois somos um saco, mas veja... — Ela apontou para o banco traseiro com a cabeça e abaixou a voz. — É instantâneo. Há uma hora, eu mal podia chegar perto dele.

Docinho tinha começado a cantar uma versão animada, apesar de um pouco embolada, de "Puff, the magic dragon". Carmella cantava aquela música para Adam desde que o tinha levado para casa do hospital, e Adam começou a cantar para seu irmão assim que Brenda e seu pai *o* trouxeram para casa do hospital. Era a música de confiança deles, aquela que Adam cantava quando Docinho estava precisando de uma dose industrial de conforto.

— *Um dragão vive para sempre, mas garotinhos, não. Asas pintadas e la, la, la...*

— Papai está em casa? — perguntou Adam, por cima da cantoria.

Brenda fez que não com a cabeça.

— Argentina. Mas ele voltará para o aniversário duplo de vocês na próxima semana. Seu pai achou que vocês dois gostariam da mágica especial do chef no La Tourangelle para o jantar de aniversário. Espere até ver os *B-O-L-O-S*!

Apenas perfeição para a perfeccionista, pensou Adam, mas não falou.

— Nós vamos a um restaurante muito, mas muito bonito! Eu vi. Vou comer ostras! Você sabe o que são ostras? Vou comer três. E sua mãe, a sra. Carmella Ross, também vai, e Ben também, mas é surpresa.

— Docinho! — resmungou Brenda.

— Desculpa — veio uma voz tímida do banco traseiro.

— Tudo bem — falou Adam. — Você sabe que vou esquecer até chegarmos em casa, hum, na sua casa.

— *Nossa* casa, Adam — disse Brenda.

Adam jogou a mochila em uma das camas de solteiro do quarto de Docinho. Adam tinha o próprio quarto, mas, assim que Docinho aprendera a andar, também aprendera a subir escondido na cama de casal do irmão, roubar toda a coberta, enrolar-se com ela e se revirar a noite inteira. Era impossível dormir. Um dia, quando Docinho fosse mais velho, Adam recuperaria o quarto. Até lá, contentava-se em ter uma cama de solteiro toda para si.

Docinho pulou em sua própria cama, juntou as mãos com cuidado sobre o colo e esperou. Adam sentou à sua frente, imitando exatamente a posição — só que, é óbvio, os pés de Adam encostavam no chão.

— Certo, o que houve, carinha?

Docinho entendeu que aquela era sua deixa para se lançar sobre o irmão e se aconchegar nele.

— A coisa está feia, é?

Ele sentiu Docinho assentir lentamente.

— As partes assustadoras estão me mordendo.

— Entendi — falou Adam. Nenhum deles nunca tinha conseguido descobrir quais eram os gatilhos. O que desencadeava as reações em Docinho? — Certo, então vamos pensar em algo incrível, tá? — A cabeça balançou novamente, menos hesitante dessa vez. — Vamos usar as armas de verdade! — Ele passou o braço em volta do irmão. Novamente, sentiu o coraçãozinho batendo rápido demais. — Apenas os números primos podem nos salvar numa situação como essa. Dezessete é bacana, trinta e nove também, e nenhum de nós gosta de chegar perto dos duzentos, não é mesmo? — Docinho fez que não com a cabeça. Ele não sabia contar até duzentos, nem sabia exatamente o que era aquilo, mas, se seu irmão disse que eles não gostavam, eles não gostavam. — Certo, então vamos pensar na beleza do grupo, em um dos nossos números primos favoritos e verdadeiramente superiores. Vamos pensar no número *onze*! Entendeu? O um e o um? Você ama o onze. Está vendo?

Docinho assentiu, agora com entusiasmo.

— Melhor ainda, vamos acrescentar mais um número e tentar a sorte. Vamos usar *cento e onze*! São três números um.

— Uau, sim! É um onze com um amigo. Sim! Um, um, um; é muito bonito. Adoro muito cento e onze. Posso ver todos os números um.

Adam sentiu Docinho relaxando junto dele, o coração desacelerando. Era diferente com ele. Docinho só gostava de escolher um número e pensar nele, mas ele tinha que ser "bonito". Adam tinha tentado ensinar seu pai e Brenda sobre os números. Mas eles não colocavam em prática — não entendiam, talvez não acreditassem.

Mas Adam acreditava.

Seu irmão se perdeu em todos aqueles números um por algum tempo.

— Melhor, Docinho?

O menino suspirou e se derreteu contra ele.

— Estou bem melhor agora. Você me consertou.

Pelo menos ele conseguia fazer isso. Pelo menos ele tinha isso.

— Fico feliz, Docinho — sussurrou Adam, abraçando seu pequeno corpo com ainda mais força. — Fico feliz.

CAPÍTULO 8

Adam e os atletas se sentaram ofegantes em suas cadeiras por cinco minutos antes de o resto do grupo chegar e um minuto e meio antes de Chuck entrar.

— Ei, meus super-heróis subidores da escada, como estão? — perguntou ele, enquanto passava pela porta deslizando os pés. — O grupo de vocês cresceu essa semana?

Era verdade. O Lanterna Verde e o Homem de Ferro tinham se juntado ao grupo que contava com a Mulher Maravilha, Robyn, o Wolverine e o Batman em sua jornada acidental pela boa forma física. Snooki tinha ameaçado ir também, mas não pôde naquele dia porque arrumara um horário de encaixe na clínica de bronzeamento antes da reunião.

Chuck tirou sua jaqueta desbotada de veludo cotelê e a pendurou cuidadosamente no encosto da cadeira. Colocou suas pastas de documentos reutilizadas na cadeira vazia ao lado e as organizou minuciosamente, procurando pelas anotações da semana anterior. Chuck fazia aquilo com uma concentração nuclear enquanto o resto do Grupo chegava.

Adam, enquanto isso, tentava olhar para a estonteante Robyn sem que ninguém notasse. Ela estava usando um blazer novo da escola, que lhe caía melhor. Ainda a mesma saia, no entanto, e ainda perturbadoramente curta. Ele estava entorpecido de emoção.

— Você está bem, Cavaleiro das Trevas? — Chuck tirou seus óculos estilo aviador e apertou os olhos na direção de Adam.

Robyn olhou rapidamente para Chuck, então voltou a examinar o chão.

— Eu? Sim, claro. Quer dizer, ainda fora de forma, mas bem. Bom, você sabe, apesar de ser maluco e tudo mais.

— Legal. — Chuck sacudiu a cabeça. — Vocês são de outro mundo.

Chuck era legal. Adam prometeu a si mesmo que falaria sobre Robyn em sua próxima consulta particular. *Robyn.* Ela ainda não tinha olhado para cima. Ele estava ficando *pouco à vontade* novamente. Só olhar para ela do outro lado do semicírculo já o deixava mais aceso do que um palito de fósforo. Ele contou azulejos do teto, pensou na Irmã Mary-Margaret, então voltou à sua tarefa.

A preocupação contínua de Chuck com suas anotações deu a Adam tempo o suficiente para organizar a mente e começar a pensar sobre o que falar durante o Grupo. Ele precisava de algum tipo de vantagem. Talvez *fosse* o momento de falar sobre as cartas. Sua mãe tinha recebido mais uma na tarde anterior. Quantas eram agora? Elas estavam começando a entrar na casa de alguma forma. Adam sabia que a coisa era feia mesmo quando ela virava as costas para ele e a rasgava. Ela não podia esconder a cor sumindo de suas mãos enquanto enfiava os pedaços no fundo da lata de lixo.

Coisas doentias estavam ligadas àqueles pedaços rasgados de papel; ficavam cada vez mais graves toda vez que sua mãe os escondia dele. O que quer que estivesse naquelas cartas a estava deixando extremamente assustada e provocara a ansiedade não tão sem razão de Adam. Ele passara a noite anterior inteira reorganizando seus bonecos de Warhammer. Havia, obviamente, um ritual rigoroso para a reorganização. Cada Orc tinha que estar na formação correta em suas prateleiras, e ele precisava reposicionar todos também de uma forma particular, circulando de cima, no sentido anti-horário, treze vezes. Se fizesse errado, tinha que começar de novo. Era virtualmente impossível acertar.

Adam tinha quase trezentas miniaturas.

Levou horas.

Adam não precisara "organizar" havia meses. Ele estava com raiva de si mesmo, da situação... da mãe, mas sabia que não podia falar sobre as cartas ali. Elas eram como o interior da casa: secretas. Haveria consequências. Sua mãe tinha sido bem clara alguns anos antes. Falar sobre a casa seria uma traição. Se ele a traísse, eles a levariam embora. Ponto.

Sim, as compulsões *estavam* se intensificando. Mas só um pouco, nada com o que se preocupar, não ainda. E, sim, era irritante que a soleira do laboratório grande de biologia tivesse passado de uma liberação insignificante para um ritual quase completo. Mas isso era quase nada. Na verdade, talvez ele pudesse falar sobre aquilo. Talvez o ajudasse a conseguir apoio de seu grupo de apoio, porque era para isso que as pessoas iam a um grupo de apoio, não? Só que ele pareceria muito mais maluco do que queria parecer. Até onde ele sabia, ninguém mais tinha problemas com soleiras. Todos no Grupo pareciam chocados com as novas descobertas dos rituais muito esquisitos dos outros, cada um dos quais completamente diferente de seus próprios rituais muito esquisitos. Soleiras? Esquisito demais. O que Robyn pensaria?

Adam bateu com o pé direito na perna dianteira da cadeira em três séries de trinta e sete. Ele batia invisivelmente enquanto todos se organizavam e começavam a falar. O Wolverine cochichou algo para Robyn. Aquilo a fez sorrir, mais ou menos. O fato pedia sete séries até onze. *Um, três, cinco, sete, nove, onze.* Ele não tinha nenhuma chance. Apesar de poder jurar que Peter Kolchak era mais louco em seu melhor dia do que Adam em seu pior, o Wolverine tinha aquela coisa que alguns garotos tinham, aquela coisa que faz eles se moverem como se estivessem acostumados com o fato de as pessoas gostarem deles. A forma como ele se inclinou na direção de Robyn, supondo que ela *gostaria* do que ele iria sussurrar.

Como deveria ser aquilo? Como você consegue uma coisa dessas? E ainda assim...

O sorriso que ela tinha acabado de abrir para Adam era maior do que aquele direcionado ao Wolverine um segundo antes. Adam sabia disso porque o tinha contado em batidas. O Wolverine tinha recebido duas batidas, sem dentes visíveis, enquanto o sorriso dela para Adam tinha chegado a mais de três batidas com um vislumbre branco.

O Capitão América entrou e socou o braço de Adam.

— Batman, meu amigo! Como você está? Como você está?

O que ele ao menos queria dizer? Jacob estava levando sua personalidade de Capitão América muito a sério. O sujeito era normalmente um garoto nervoso e travado com problemas intensos de checar e repetir coisas, não do tipo que dava socos no braço e que perguntava como você estava.

— Bem, Capitão América. E você?

Jacob estufou o peito, satisfeito por alguém ter finalmente se lembrado de chamá-lo por seu nome de super-herói.

— Bem, cara. Bem.

Adam observou Robyn enquanto ela meio que observava todo mundo. Estava acontecendo algo.

Snooki entrou parecendo uma noz-moscada brilhante e o Thor entrou apressado cinco minutos atrasado, conseguindo fazer com que todos se sentissem culpados por terem chegado na hora. O viking se sentou em sua cadeira habitual, atrás, em vez de ao lado de Chuck, e os encarou com sua encarada habitual — ou será que dessa vez estava um pouco mais suave?

Enquanto a sessão se desenrolava, os olhos do Thor permaneceram relativamente calmos mesmo enquanto a Mulher Maravilha falava de maneira entediante sobre sua comida, ou a falta dela. Discussões sobre comida pareciam enervar o Thor, e Adam concordava com ele.

— Eu sei que devo parar com os laxantes... isso é loucura, et cetera, et cetera... mas, como comprei um vidro, achei que tinha que acabar com ele. Cada maldito ritual vem como seu próprio manual de instruções, não é mesmo?

Snooki colocou a mão de forma reconfortante no braço da Mulher Maravilha. Snooki gostava de contato físico — todo grupo tinha uma pessoa assim. Foi o que Robyn disse. Robyn passara por muitos grupos.

— Mas não vou fazer de novo — prometeu a Mulher Maravilha.

A quem, exatamente?

— Sério. Aprendi minha lição, pessoal. Não preciso de um transtorno alimentar além da claustrofobia e... e das outras coisas. Então vou voltar a mastigar cem vezes cada garfada. O jantar demora quase duas horas, mas vejam, funciona, porque...

Chega. O Thor e Adam cruzaram os braços sobre o peito. Por mais que tentasse, Adam não conseguia pensar em nada remotamente solidário para dizer. Garotas magras preocupadas em ficar mais magras o desconcertavam. Ele *odiava* ficar desconcertado, especialmente no Grupo. Já havia muita coisa para desconcertá-lo *fora* do Grupo.

O Lanterna Verde, graças a Deus, tinha uma história mais importante sobre ter que passar de carro por uma faixa de pedestres em frente a uma escola várias vezes por dia, a semana inteira, porque estava convencido de que tinha atropelado alguém na última terça-feira. Clássico — isso, sim, era algo com que Adam conseguia se identificar. O Lanterna Verde escutou os noticiários no rádio e na TV, leu os jornais locais e vasculhou a internet, buscando uma notícia de um acidente na esquina da Chestnut com a Walmer. Nada. Longe de acalmá-lo, o fato de não existir nenhum relato apenas o fez piorar. Adam nunca tivera aquela experiência particular — ele não sabia dirigir, afinal de contas —, mas conseguia entender completamente a compulsão supremamente lógica de voltar à cena do acidente imaginário repetidas vezes. Ele realmente *entendia*. Adam sugeriu que, para começar, o Lanterna Verde podia tentar manter um diário de cada retorno ou *pensamento* sobre o retorno e designar um valor numérico para cada, exatamente como dizia o manual (bem, a contracapa do manual, pelo menos). Que o ato em si poderia ajudar um pouco. Só porque Adam não fazia nenhuma das tarefas, não queria dizer que elas não deveriam ser feitas. O Lanterna Verde pareceu genuinamente aliviado.

Robyn não pareceu tão aliviada. Estava acontecendo algo, com certeza. Ela estava evitando contato visual, e sua energia estava esquisita. Nem mesmo parecia ela mesma, embora Adam não conseguisse entender exatamente como. Ele não era bom em ler rostos de meninas. Se governasse o mundo, as garotas diriam cada coisa que passasse por suas cabeças. Ele era terrível em adivinhar, e toda aquela coisa de ler nas entrelinhas estava muito à sua frente; ele não conseguiria chegar lá nem com um mapa.

Já tinham se passado trinta e sete minutos e, tirando aquele sorriso solitário, Robyn não havia olhado para ele nem uma vez. O que estava errado? Algo estava. Ele estava ferrado. Ela o *odiava*. Completamente compreensível, óbvio, mas por quê?

O Wolverine tomou a palavra e começou a laboriosamente listar as razões por que ele achava que tinha insuficiência cardíaca congestiva.

— Tenho uma fadiga indefinida, sabem?

O cara deveria ter soado como o otário que era, mas de alguma forma não soou. Era insuportável.

Adam cruzou as pernas, percebeu o que tinha feito e reajustou imediatamente. Não era daquele jeito que ele agiria como homem. Estava cruzando as pernas da mesma forma que as garotas cruzavam. Ele examinou o Thor, que estava encarando o Wolverine, ou talvez aquela simplesmente fosse a expressão de "escutando" do Thor.

— É crônico, claro, e acaba sendo fatal. — O Wolverine deu de ombros.

Quem dera, pensou Adam.

— Terei que fazer um monte de exames: hemograma completo, medicina nuclear, testar meus níveis de creatinina. Depois há testes de estresse e...

O Thor se sentava como um homem e, com 19 anos, ele possivelmente era um. Em primeiro lugar, ele realmente *ocupava* a cadeira. Adam tentou fazer o mesmo. Ergueu a perna direita e, bem casualmente, apoiou o tornozelo direito sobre o joelho esquerdo, finalizando com a mão esquerda segurando o tornozelo relaxadamente. Pronto. Exatamente como o Thor. Certo, não era confortável, mas era *muito* mais másculo. Adam também tentou assentir de forma solidária para Wolverine, mas estava com a cabeça em outro lugar. Mais importante: o Wolverine soava como se estivesse terminando, e não parecia que ninguém tomaria a palavra.

Vinha por aí uma *emboscada*. E ele não tinha nada preparado. Mas, poucos segundos depois do começo de tal emboscada, Robyn acabou com o problema.

— Hoje faz cinco anos que minha mãe se matou. Exatamente. Hoje. — Ela puxou o ar ao mesmo tempo em que todo o restante dele era drenado da sala. Ela não olhou para ninguém, mas todos olharam para ela. Todos, menos Adam. Adam mentalizou imediatamente a lápide de granito preto.

JENNIFER ROEHAMPTON
7 DE MAIO DE 1971 — 14 DE OUTUBRO DE 2008

Hoje.

Robyn estava olhando para os sapatos dele — bem, para *o sapato*, pois só o pé esquerdo estava no chão. Adam descruzou as pernas. Sentar como um homem exigiria mais prática.

— Então, não quero falar sobre isso ou qualquer outra coisa — disse ela, com o olhar ainda fixo nos pés de Adam. — Sério, não quero. Não hoje, pelo menos. Só achei que deveria... — Lágrimas ameaçaram surgir, mas foram sugadas de volta. — Não sei, tipo, achei que deveria mencionar, de alguma forma. Meu pai não... hum, ele não aprovaria.

Adam soltou o ar junto com ela. *Precisava* protegê-la, e a necessidade era tão grande e esmagadora que Adam achou que *ele* se partiria.

Por isso, passou a olhar para os sapatos dela em solidariedade. Ele *não* contou as linhas do piso de tacos.

Evidentemente, não era um grande gesto, mas talvez ela o reconhecesse.

Robyn estava usando botas Doc Martens gastas. Todas as garotas na escola de Adam também as usavam, mas não tão gastas. Ela era a deusa gasta.

— Nós vamos obviamente respeitar seus desejos, Robyn — falou Chuck, finalmente. — E gostaríamos de ouvir sobre sua mãe quando você estiver pronta para compartilhar. Mas, nesse momento, que tal fecharmos os olhos em um minuto de contemplação e celebração pela mãe de Robyn? Se for confortável para você.

O ar na sala voltou quando Robyn assentiu.

Todo mundo, inclusive o Thor, abaixou a cabeça e fechou os olhos. Adam sabia disso porque examinou o semicírculo de pessoas através dos cílios. Adam não era capaz de manter os olhos fechados em público desde que tinha 7 anos. Por isso, sempre ficava de vigia, mantendo todos em segurança.

Esse era o seu trabalho.

— Certo, pessoal... mesma hora, mesmo local na próxima semana. — Chuck juntou as mãos. — Bom trabalho hoje!

Eles tinham terminado, e Robyn ainda não olhara para ele. E aquilo era difícil, dado que ela estava sentada diretamente à sua frente. Meu Deus, ele era ridículo; ninguém era tão ridículo quanto ele. Se pelo menos ele não fosse tão ridículo, ele seria menos ridículo, e ela...

Robyn ergueu os olhos dos sapatos dele.

— Hum, ei... então se, hum, você vai...? Nós ainda vamos andando juntos para casa?

Ele provavelmente disse, *Claro! Com certeza, sim!* Mas foi difícil escutar com seu coração martelando nos ouvidos. Ela sorriu — o equivalente a cinco batidas. O sorriso era como uma seringa cheia de coragem.

— Com certeza, bela Robyn, e, se você quiser, que tal pararmos para comprar flores no caminho?

Ela o teria beijado se eles estivessem em qualquer outro lugar que não aquele. Ele não sabia como, mas sabia com certeza. Talvez. Era como se a roda-gigante tivesse dado uma volta completa e Adam estivesse bem no topo. Era assim que Robyn Plummer o fazia se sentir. Ela o fazia se sentir mais forte do que era, mais são do que era. E ela precisava dele. A verdade era que Robyn precisava mais dele do que ele precisava dela. Mas isso continuaria a ser seu segredo por enquanto. E Deus sabia que ele era bom em guardar segredos.

CAPÍTULO 9

Em vez de margaridas ou rosas, que eram basicamente as únicas flores que Adam era capaz de distinguir, Robyn escolheu um vaso de violetas roxas. Ela soltou um gritinho quando as viu.

— Essas eram as flores favoritas dela! — Robyn abraçou o pequeno vaso de plástico verde. — Minha mãe amava violetas!

— Certo, então vamos comprar essa coisa que parece uma pá pequena também e vamos plantá-las. Veja... — Adam apontou para a placa em que estava escrito à mão "60% de desconto" sobre os equipamentos de jardinagem. — Elas poderiam, tipo, viver para sempre, e ela gostaria disso, não?

Ela ia abraçá-lo, com absoluta certeza. Adam se preparou. Ajeitou a postura e encolheu a barriga, embora não soubesse exatamente por quê. Será que devia tentar beijá-la quando ela se jogasse em seus braços? Cedo demais para isso? Talvez conseguisse roubar um beijinho. Não, ele se contentaria com um abraço, um bom abraço longo e apertado. Não contaria o tempo. Precisava contar, mas não contou. Em vez disso, ele se concentrou na possibilidade de um abraço, na possibilidade de ter o corpo incrível dela envolvendo o seu, que era menos incrível, mas pelo menos estava ficando mais alto a cada dia que passava. Sim, um abraço seria ótimo. Ele se contentaria com um abraço.

Mas, ah, o que não faria por um beijo.

Ele não conseguiu nenhum dos dois.

Robyn saltitou até o balcão com as violetas de $2,99 e a espátula de $3,99. Um beijo, e ele teria morrido um Batman feliz. Sua decepção o deixou agitado. Adam sentiu chamas lamberem as margens de seu cérebro enquanto eles caminhavam até o cemitério. Ele precisava muito contar, mas não conseguia. Não havia nenhum lugar onde parar e bater com a mão, e ele precisava prestar atenção total a *ela*.

— Não é um milagre que nós dois usemos o cemitério como atalho para casa? — perguntou Robyn enquanto passava pelos portões Bayfield.

— Sim, milagre — murmurou Adam.

Aquele *milagre* lhe custava quase uma hora a mais cada vez que usava o "atalho". Mas ele não se importava com o tempo. Estava acostumado a lidar com todo tipo de ritual de purificação. O problema não era o tempo.

Era a mentira.

Adam sentia que estava mentindo para ela todas as vezes que eles caminhavam juntos, e ele já tinha que fazer isso tanto na vida. As chamas em sua cabeça se alastraram um pouco. Ele se concentrou no cabelo dela. Melhor. Ela não estava de trança hoje. Robyn estava com o cabelo solto e repartido no meio. Parecia vidro preto. Adam queria mergulhar nele, ou pelo menos passar a mão. Qual seria a sensação? Ele quase teve sua chance quando ela parou repentinamente perto do salgueiro chorão e ele esbarrou nela.

— Desculpa. — Adam ruborizou.

Ela o ignorou.

— Veja! — Ela apontou para além das folhas do salgueiro que estavam ficando amarelas. — Um céu roxo. O sol está brilhando em algum lugar enquanto está chovendo em algum outro, e estamos no meio! É um bom presságio. Minha mãe amava céus roxos. Céus roxos e violetas roxas... Você faz milagres, Batman!

— Eu tento agradar.

Adam caminhou até a lápide da mãe de Robyn. Ficou impressionado novamente em como ela era enorme e vazia. Todo aquele preto com apenas o nome da mãe e as datas de nascimento e de morte. Parecia mais solitária a cada vez que ele a via.

— Hum, aqui? — Ele apontou com a espátula para a área diante da lápide.

Robyn balançou a cabeça positivamente.

Ele começou a cavar. Não era tão fácil quanto se poderia pensar. O solo era duro como pedra, e a terra se soltava em pequenas pedras. O processo poderia demorar algum tempo.

— Então, lá no Grupo, quando você... — Adam secou a testa com a manga da jaqueta. — Bem, a gente estava no Grupo, e...

— Fui eu que a encontrei — disse ela, simplesmente. — Achei que estava dormindo, mas eu queria chocolate quente, então precisava pedir.

Adam cavou com mais força.

— Eu não queria esperar até ela acordar. Ela meio que dormia muito, sabe?

Robyn subiu no túmulo de Marnie Wetherall, 1935-1939. Ele sabia devido ao primeiro encontro dos dois que a lápide de Marnie era surpreendentemente confortável.

— Por isso eu bati na porta, e chamei várias vezes, e gritei, então entrei e a sacudi com força, depois com mais força e...

Adam se virou. Lágrimas deslizavam pelas bochechas de Robyn, mas ela não estava chorando.

— Eu não sabia o que fazer. Maria, a diarista, já tinha ido embora. Acho que meio que fiquei correndo pela casa gritando. Devo ter ligado para o meu pai em algum momento. — Ela limpou o rosto.

Adam tirou a pequena violeta roxa de seu pequeno recipiente de plástico verde e a colocou em seu novo lar. Ele devia dizer algo. Empurrou a terra novamente sobre o buraco. Ela precisava de água. Era preciso molhar essas coisas quando as plantava, não é? Ou a planta morreria. Ela não podia morrer. Robyn ficaria magoada se a planta morresse.

— Quando meu pai chegou em casa, não sei que horas eram... — Robyn olhava para a violeta como se a planta estivesse reprisando a noite para ela.

Havia um cano jorrando água ao lado de um dos anjos de pedra que choravam, aquele mais próximo do caminho.

— Quando ele finalmente chegou em casa, aparentemente eu estava deitada ao lado dela, dormindo profundamente. Incrível, não?

Adam tinha que fazer algo. Confortá-la. Beijá-la? Mas a planta precisava de água. Ele se sentia atormentado. Havia quinze lápides dentro do perímetro do anjo de pedra. *Quinze era um bom número, um belo número. Quinze...* Adam olhou rapidamente para a torneira mais uma vez. A planta morreria sem a água *agora*.

Assassino. Ele tentou bater com a mão na lápide da mãe de Robyn em três séries rápidas de sete e apenas numa sequência de retângulo. Ele precisava se levantar e abraçá-la; ela precisava dele, mas...

— Hum, sua mãe precisa de um pouco de água.

Robyn tomou um susto, mas ele saiu na direção da torneira mesmo assim, com o vaso de plástico na mão. Quando ele voltou e derramou a água sobre a violeta desavisada, todo o comportamento de Robyn relaxou, abrandou. Ela soltou o ar.

— Sim, então comecei a me lavar e a fazer algumas outras coisas poucas semanas depois do funeral. — Ela sorriu para a planta, talvez para ele. — Acho que é por isso que sou assim.

Adam assentiu de forma solidária, cada terminação nervosa viva com a necessidade de abraçá-la. Então ele percebeu. Seria bom ter uma razão.

Mas ainda havia alguma coisa esquisita que ele não conseguia descobrir o que era. A planta precisava de mais água, e Robyn precisava ser abraçada, porém não era isso. Estava além do alcance do seu conhecimento, como quando sua mãe falava sobre as cartas.

— De qualquer forma, ei, estou muito melhor agora, não estou? Quer dizer, três meses internada, ainda tenho consultas com meu psiquiatra, o Grupo e... rezar ajuda.

Ela saiu de cima de Marnie com um salto e se aproximou dele.

Foi quando Adam se lembrou do presente e passou as mãos sobre os bolsos freneticamente. Lá estava!

— Ei, por falar em rezar, eu trouxe um presente.

Ele tirou do bolso um rosário de cristal azul e branco.

— Ah, Adam! É lindo! Ai meu Deus, é um colar sagrado? Católicos usam isso? É realmente para mim? Aposto que é abençoado. É a coisa mais linda que já vi. Obrigada!

Será que ela, ah, não, sim, ela ia... sim, sim, sim!

— Ai meu Deus, ai meu Deus!

Robyn saltou na direção dele e realmente, absolutamente, totalmente o *abraçou*!

Antes que pudesse pensar melhor, ele passou os braços em volta dela, colocando uma das mãos na parte inferior de suas costas. O contato foi total. Ele corria o risco de desmaiar.

— Obrigada, Adam-Batman! — disse Robyn quando se afastou. Ela segurou o rosário diante dos seus olhos. — Uau!

Adam ainda estava se recuperando do fato de o corpo dela estar tão perto do seu. Tentou puxar fôlego. Precisava não se mover. Para começar, ele queria permanecer naquela memória líquida e calorosa da sensação de tê-la inteira em seus braços e, mais criticamente, se ele se movesse, seu corpo o trairia. Adam visualizou a Irmã Mary-Margaret durante algum tempo antes de ousar falar novamente. Robyn, enquanto isso, colocou o rosário, o tirou, levantou-o na direção do sol e contou as contas.

— Aqui... — Ele finalmente soltou o ar e, delicadamente, pegou o rosário de volta. — Não é um colar, é um rosário. Deixe-me mostrar.

Robyn sorriu.

— Católicos *rezam* com ele. É algo para contar suas preces.

— Ahh, eu vi Audrey Hepburn com um colar...

— Rosário.

— Sim, como o que ela tinha naquele filme chamado *Uma cruz à beira do abismo*. Eu adoro esse filme! Adoro! — disse ela, e então, sim, o abraçou novamente, desajeitadamente e em volta do pescoço, mas perto o suficiente para ele achar que explodiria.

Adam jurou para si mesmo que traria um presente para ela na semana seguinte, e em todas as semanas até o dia em que eles morressem.

Robyn se recostou contra Marnie Wetherall.

— Certo, então, como funciona?

— Bem, primeiro você faz o sinal da cruz, lembra?

— Ei, essa parte eu já decorei. Não se preocupe, não estou enlouquecendo com isso. Apenas algumas vezes por dia. Juro por Deus. — Ela fez o sinal da cruz como que para provar.

— Certo — repetiu ele. — Então, essa primeira conta grande é o Credo dos Apóstolos.

Ela não demonstrou nenhuma reação.

— Os protestantes não rezam o Credo dos Apóstolos?

Robyn deu de ombros.

— Se rezam, eu não saberia. Não entramos numa igreja desde...

— Certo. Tudo bem, vou anotar esse para você. A próxima conta grande é o Pai Nosso.

— Eu conheço esse! — Ela ficou radiante.

— Ótimo, depois tem três Ave Marias seguidas de uma Glória ao Pai.

Robyn grunhiu educadamente.

— Tudo bem, é um pouco complicado até você pegar o jeito, sabe? É como se você devesse meditar sobre o primeiro mistério naquela conta grande ali e depois rezar o Pai Nosso novamente. E, bem, a verdade é que você deve meditar sobre mistérios diferentes em dias diferentes da semana.

Ele levantou os olhos, esperando que ela parecesse desanimada. Em vez disso, Robyn assentia avidamente.

— É perfeito! A coisa perfeita para mim, perfeita! Vou ser uma católica. Juro por Deus que vou estudar desesperadamente. Não posso esperar até chegar àquela parte da confissão. Eu o levo para a confissão?

— Hum, normalmente não. — Adam podia perceber que ela estava perdida. Ávida, porém perdida. — Vou trazer um folheto ou algo parecido sobre como usar o rosário para você. Tem lá na escola, na aula de religião.

Robyn segurou o rosário, o levou até o rosto e beijou as contas.

— É tão, tão lindo! Mas você não devia ter feito isso.

— Não, tudo bem, peguei lá em casa. Temos um milhão deles. — Adam se encolheu ao se lembrar da gaveta cheia de contas de rosário. — Literalmente.

Robyn se virou para ele.

— Minha mãe é uma colecionadora.

Ela nem piscou.

— Uma colecionadora intensa.

— Ei — falou ela. — Eu deveria ter dado um presente a *você*. Não foi seu aniversário na semana passada? Como foi no restaurante com seu pai e todo mundo?

— Bom — mentiu ele. — De maneira geral. Docinho e eu nascemos, tipo, com menos de uma semana de distância. Então sempre acabamos fazendo essas festas em conjunto. Ano passado, fomos ao Dia do Warhammer na loja da BattleCraft no shopping e, dessa vez, foi uma sala privativa no La Tourangelle. Meu irmão é um gourmand em miniatura. — Robyn sorriu enquanto passava o dedo no rosário. — Brenda, a minha madrasta, preparou tudo, mas é legal o meu pai se envolver da forma como se envolve. Ele dá muita importância àquilo. — Adam fez uma pausa. — Ele tenta... nós todos tentamos... mas simplesmente não conseguimos, sabe?

Robyn assentiu, mas não interrompeu. Adam se lembrou de juntar o entusiasmo necessário para o Plano B, que era o skate com capacete, joelheiras e cotoveleiras que seu pai lhe dera no restaurante. Era o melhor e mais novo modelo.

— Uau, inacreditável, pai... Isso é demais!

Seu pai tinha quase acreditado. E, mais uma vez, mais do que tudo, Adam desejou ser *aquele* sujeito, o que teria gostado de todas essas novidades. Docinho, por sua vez, não era tão polido em relação a fingir seu entusiasmo com os patins de hóquei radicais.

— Coitado. — Adam suspirou, pensando no pai. — Tudo o que ele quer é um filho que jogue futebol com ele, mas falhou com os dois.

Robyn assentiu.

— E depois...?

— Depois Brenda ficou um pouco cansada e minha mãe, um pouco grogue. Quer dizer, ela estava bem... não daria para dizer, a não ser que soubesse, sabe? Mas eu fiquei surtando durante o resto da noite sem saber se ela ia beber outra taça de Chardonnay, o que poderia fazê-la passar do limite. Mas, tirando isso, foi *maravilhoso*!

— Então a Brenda *e* sua mãe...

— Podem ser um pouco intensas, acho. — Ele disse isso mais para si mesmo do que para Robyn. — Minha mãe muito, mas muito mais do que Brenda, para dizer a verdade.

— Hum. — Robyn sorriu. — Vocês, homens da família Ross, parecem gostar de mulheres complicadas. Vamos, preciso ir. Hoje é a "noite do jantar do papai". Ele tenta uma vez por semana mais ou menos e reclama sem parar enquanto tenta. É tããããooo *quase*, sabe? Hoje à noite ele vai cozinhar sua não tão famosa lasanha. É como seu pai e os aniversários.

— Eles tentam — falou ele.

— Mais ou menos — disse ela.

Só quando estava na metade do caminho para casa, repassando cada palavra, gesto e toque em sua cabeça que ele se tocou de uma coisa. O que ela quis dizer mais cedo? *Vocês, homens da família Ross, parecem gostar de mulheres complicadas. Vocês, homens da família Ross!* Ela o estava incluindo. Robyn era complicada. Será que isso queria dizer que ela sabia? Ela sabia, não é? Tinha que saber. Garotas sabiam dessas coisas, então ela sabia. Com certeza sabia. Não apenas sabia, mas sabia e não estava fugindo.

Sua vida seria perfeita — melhor do que perfeita. Adam estava indo diretamente a caminho do *incrível*.

CAPÍTULO 10

Adam cuidadosamente derramou uma mistura de limão e manteiga sobre os filés de peito de frango orgânico que haviam sido criados soltos. O frango estava aninhado num recipiente de vidro especial para micro-ondas. Eles tinham um trilhão de recipientes de vidro. Mais, até. Apesar de hoje em dia mal ser possível ver o fogão ou a bancada da pia, a sra. Ross estava atenta aos perigos do bisfenol A. Ela não permitia a entrada de comida enlatada na casa e proibia o filho de usar qualquer coisa que não fosse vidro no micro-ondas, para que o BPA não causasse problemas à sua saúde hormonal. Não dava para dar um passo sem pisar em alguma caixa de alguma coisa, mas, ainda assim, Carmella travava uma guerra pessoal contra o universo tóxico. Como que para enfatizar aquele argumento, Adam tropeçou numa caixa enorme de sacos de lixo biodegradáveis da Greenearth.

— Ai!

Ele podia se livrar de algumas coisas. Podia. Adam pensava em tirar escondido algumas coisas da casa pelo menos cem vezes ao dia. Tinha tanta coisa, ela não notaria. Ele começaria com algumas coisas pequenas na sala de jantar e, se ela...

— Querido?

A porta da frente bateu.

— Estou na cozinha, mãe.

Dava para escutar enquanto ela abria caminho pelo corredor e checava a correspondência ao mesmo tempo.

— Droga dos infernos. — Algo foi chutado.

Quando chegou à cozinha, Carmella abriu um largo sorriso para o filho.

— Ei, meu amor, o cheiro está tão bom!

— Obrigado, mãe, mas ainda nem coloquei no micro-ondas. Mas as batatas estão prontas, e o frango só vai demorar alguns minutos.

— Certo, bem, as batatas estão com um cheiro maravilhoso. Você é um grande chef. Você e aquele seu irmão deveriam abrir um restaurante um dia. — Adam olhou para a mão de sua mãe, que segurava a correspondência. — Só que, obviamente, você está a caminho de Princeton. — Ela segurou com mais força. — Certo? — A voz dela era firme. — Estou criando um homem de Princeton, certo?

— Certo.

Sua mãe amassou a correspondência na mão esquerda. Adam pensou em contar sobre Robyn. Ele meio que queria fazer isso já havia algumas semanas. Ele contaria sobre Robyn querer ser católica. Um novo amigo, um amigo que era uma garota e uma garota que gostava muito de religião. Aquela seria a tríade da felicidade de Carmella Ross, mas o momento nunca era adequado. A mão dela segurava a correspondência amassada com tanta força que parecia que suas veias explodiriam.

O momento nunca era adequado.

— O pai de Ben ainda vem buscar você depois do jantar?

Sua mãe estava vestindo o jaleco e um dos suéteres antigos de seu pai. Até pouco tempo atrás, Carmella sempre trocava de roupa e passava uma nova camada de batom antes de vir para casa, independentemente de que horas fossem, de qual turno estivesse saindo ou de quem estaria acordado.

— Sim. — Ele não tirou os olhos das cartas. — Vamos filmar a coleção de Warhammer da garagem dele para o YouTube. Vai ser maneiro!

Carmella assentiu como se compreendesse o que seu filho tinha acabado de falar. As veias em sua mão saltavam com a força que estava fazendo. Ela não estava prestando atenção, não de verdade.

— Ele é um bom garoto, aquele Ben. Sempre ao seu lado. — O micro-ondas apitou, e ela tomou um susto. — Ah! — Ela se acalmou. — Eu, hum, sempre gostei de Ben... é um bom menino.

Adam franziu a testa e tirou o frango. Ele tentou direcionar um prato para a mão esquerda fechada de sua mãe.

— Mãe? — Ele tinha que perguntar. — Escute, o que está havendo?

— Nada! Nem vou ler, querido. — Ela ignorou o prato e pescou um envelope de cor creme dentre as ofertas de produtos e os pedidos dos grupos de defesa do meio-ambiente. Tinha uma etiqueta datilografada, indicando o destinatário e o endereço. Tão inofensivo. Adam deixou o prato dela sobre a mesa e bateu com o dedo indicador na beira da bancada atrás dele. Isso exigiria sete séries de nove batidas em sentido anti-horário. Exatamente quando ele começou, ela rasgou o envelope.

— Mãe, não faça isso!

Ele teve que começar a contagem toda de novo.

— É lixo, Adam. Um lixo terrível, terrível.

Três séries, então. Um, três, cinco, sete...

Ela fechou a porta do armário, tremendo um pouco.

— A última... a última dizia que eu tinha que morrer, que eu era um verme poluindo o mundo, que eu era uma... — Ela não olhou para o filho. Ele não olhou para ela.

Onze, treze, quinze, dezessete, dezenove...

— Dizia que eu sugava oxigênio demais e que eu era uma puta gananciosa e egoísta. — Ela se virou para Adam, absolutamente confusa. — Quem fala assim?

Vinte e três, vinte e cinco, vinte e sete, vinte e nove, trinta e um... Espere, espere! Os números estavam errados. Era uma contagem de nove. Burro, burro!

Ela o viu batendo na bancada com o canto do olho e estremeceu.

Um, três, cinco, sete...

Carmella jogou fora os pedaços de carta junto com os anúncios, a conta de telefone e o que parecia ser um lembrete do consultório odontológico do Dr. Dave. Ele teria que recuperar estes últimos mais tarde. Adam finalmente entregou o prato à mãe.

— Você tem razão, mãe. Parece ser algum garoto demente ou um paciente furioso.

Ele a ouviu soltar o ar.

— Sim! Viu? É como eu estava lhe contando: algum tipo de pegadinha. — Ela se serviu de batata e frango e uma dose potente de vodca com gelo. — Vou comer isso no meu quarto, tudo bem? Estou acabada. Divirta-se com Ben hoje à noite. Mas não chegue em casa muito tarde. Você tem dinheiro para o ônibus de volta?

Ele assentiu.

— Adam, querido? — A voz dela saiu escorregadia como um cachecol de seda.

Ele ergueu o prato e bateu com o dedo debaixo dele enquanto se servia de frango e batatas. *Vinte e nove, trinta e um. Um, três, cinco...*

— Você sabe que não podemos falar disso, certo? Com ninguém.

— Sim, claro. Mas, e se... — *Onze, treze, quinze, dezessete...*

— Não! Tudo está conectado a mim, Adam. É tudo parte disso. É como a casa. — Ela se encostou ao portal. — *Eles* usarão como desculpa para...

— Sim, eu sei. — *Vinte e um, vinte e três...*

— Claro que sabe. — Ela beijou a testa dele. — Eu te amo tanto.

E o beijou novamente antes de se virar e sair.

Adam estava contando com dedos erguidos numa série de trinta quando Ben tocou a campainha. Não tinha tocado em seu frango; não conseguia comer. Sem perder nenhum movimento dos dedos, Adam recuperou alguns pedaços de carta do lixo, junto com a conta de telefone e o lembrete da consulta com o Dr. Dave, enfiou tudo no bolso e jogou o frango intocado em seu lugar. Então pegou a jaqueta e correu na direção da porta.

— Cara! — Ben lhe deu um soco no ombro. — Você está pronto para um jogo épico? Vai ser irado, sacou?

Sacou? Ben devia ter viajado de volta aos anos 1970. Ele fazia aquilo às vezes. Adam assentiu. *Vinte e cinco, vinte e sete, vinte e nove, trinta e um. Um...* O que *era* épico era simplesmente ver seu amigo. *Três, cinco, sete, nove, onze...*

Ben olhou para Adam enquanto ele trancava a porta. Adam sabia que ele tinha percebido os dedos levantados reveladores.

Os dois entraram no carro e, enquanto entravam, o Sr. Stone se virou para olhar os dois garotos.

— Adam, é ótimo vê-lo, filho.

— Obrigado, senhor. — E eles partiram.

Filho. Adam adorava aquela palavra saindo da boca do Sr. Stone. *Dezessete, dezenove, vinte e um, vinte e três...*

— Cara? — sussurrou Ben. — Você está contando?

— Sim. — Adam assentiu. *Vinte e cinco, vinte e sete, vinte e nove, trinta e um.*

Ben se esparramou no banco traseiro.

— Tudo bem, tá? Relaxe, eu entendo.

— Obrigado, cara. — *Um, três, cinco, sete...*

CAPÍTULO 11

O celular de Adam vibrou. Ele nem sabia que tinha aquela função. Mas lá estava o aparelho, chacoalhando por sua escrivaninha como uma barata descoberta na luz da cozinha. O telefone tinha pelo menos cento e setenta e três anos. Ele já fora de Carmella e tinha menos do que zero funcionalidades. Bem, tirando o fato de aparentemente vibrar. Aquela coisa idiota mal conseguia executar uma chamada telefônica. Enviar e receber mensagens de texto o deixava letárgico e precisando de ressuscitação imediata da bateria. E o telefone era um monstro, tão grande que praticamente precisava de seu próprio sistema de transporte. Além disso, obviamente, mais do que qualquer outra coisa, ele era muito, mas *muito* tosco para ser visto em público. Sua mãe o incentivava a pensar naquilo como o "substituto" de seu presente de aniversário, um "telefone de treinamento". Ela tinha prometido a ele um "normal" assim que recebesse a permissão de Chuck, mas Adam sempre se esquecia de perguntar a ele sobre isso. Tocaria no assunto na próxima consulta particular, com certeza.

O telefone de treinamento vibrou até cair da escrivaninha sobre seu chinelo.

— Batman?

— Docinho? — Adam olhou o relógio. — São quase onze e meia! O que houve? Acabei de chegar em casa. Estou indo dormir.

— Eu sei. Venho ligando e ligando e ligando. Venho ligando para seu novo velho telefone, esse telefone.

— Nunca ligue para esse telefone, Docinho.

— Certo. — Uma pausa. — Por que não?

— Porque ele nunca vai sair do meu quarto.

— Certo — disse Docinho, instantaneamente satisfeito com a argumentação do irmão. — Mas você não estava no seu quarto.

— Eu estava na casa do Ben.

— Eu sei — falou ele. Eles estavam correndo o risco de ter uma de suas conversas cíclicas. — Sua mãe, a sra. Carmella Ross, me contou isso às 21h47, porque era o que o meu relógio dizia. Mas a sra. Carmella Ross não atendeu o telefone antes ou depois disso, Batman. Não.

Adam gemeu. Ele tentou fazer isso sem emitir som. Tinha explicado mil vezes que sua mãe não atendia as primeiras vezes quando o leitor mostrava que era Docinho em seu celular.

"Quem é que dá um smartphone a um menino de 5 anos, pelo amor de Deus! Estou dizendo que eles são loucos." Era simplesmente mais fácil não atender, assim como era mais fácil não explicar novamente por que *não atender* era, em geral, preferível. Para complicar ainda mais as coisas, Docinho se recusava a deixar mensagens. A ideia de sua voz presa e desencarnada completamente sozinha dentro de uma máquina o deixava ansioso.

— Por que a sua mãe, a sra. Carmella Ross, não...

Sua mãe. Adam se contorceu ao se lembrar da carta. Ela ainda estava em seu bolso.

— Escute, temos que dar um descanso para ela, certo? Está um pouco mais nervosa do que o habitual ultimamente.

Ele devia pegar a carta e montá-la.

— Certo — concordou Docinho. — Achei que você estava com a garota.

— Robyn?

— Sim.

Adam podia ver a cabeça do irmão balançando para cima e para baixo no escuro. Bem, certo, não no escuro; havia quatro luzes noturnas naquele quarto.

— Não, era só o Ben — respondeu Adam.

— Eu gosto do Ben. Gosto muito do Ben — insistiu Docinho.

— Que bom. — Adam começou a tirar a roupa.

— Eu não gosto da garota.

— Você nem a conhece.

— Você a ama, você disse. Você disse que a ama. Mas ela não ama você.

— *Ainda* não, eu falei. Lembra? Eu disse que ela não me amava *ainda*. Mas vai. É meio como uma busca.

— Mas *você* a ama — acusou Docinho.

— Sim. — Adam tirou a calça. — Mas é totalmente diferente da forma como eu amo você, ou minha mãe, ou meu pai, ou...

— Você me ama muito, muito, muito mais, não é?

Um suspiro.

— Sim, muito mais.

— Certo, eu gosto dela. Vocês são Batman e Robin, só que em todos os desenhos...

— Quadrinhos.

— Sim, em todos os quadrinhos, Robin é um garoto.

— Mas também é um nome de menina. E, Docinho, escute, nós temos que manter Robyn entre a gente por enquanto, certo? É só que... bem, está em desenvolvimento, sabe?

— Então esse segredo é só *nosso*?

— Sim. Bom, nosso e do Ben. Eu contei a ele sobre ela hoje à noite.

— Então só dos garotos, certo?

— Certo! É exatamente isso. Escute, está muito tarde. Por que você ligou? Está tudo bem?

Silêncio. Será que ele estava tentando se lembrar?

— Estou com medo, Batman.

— Não há nada de que ter medo, lembra? Nada. Vai ficar tudo bem. O papai está aí?

— Sim, o Sr. Sebastian Ross e a sra. Brenda Ross apagaram suas luzes às 22h46.

Docinho era um guardião da precisão. Ele odiava se confundir em relação a qual das duas mães eles estavam se referindo em qualquer momento. Havia duas Sras. Ross, afinal, cada uma com um filho, e havia duas casas separadas, mas eles compartilhavam o mesmo pai. Docinho ficava com dor de estômago quando tentava organizar aquilo, a não ser que fosse muito, mas muito específico.

— Mas ainda estou com medo, Batman.

— Por que, Docinho? *Por que* você está com medo?

— Não sei. — Sua voz fraca ficava mais fraca a cada sílaba.

Adam se sentou só de cueca e começou a bater com o dedo.

— Você pode vir até aqui, Batman?

— Não, não posso. Está tarde, e Brenda ficaria furiosa.

— Não ficaria, não, Batman. A sra. Brenda Ross te ama. Ela o ama muito. Eu escuto quando ela diz ao Sr. Sebastian Ross o tempo todo. *Ele realmente deveria ficar aqui conosco, Sebastian. O garoto não está em segurança naquela casa pronta para pegar fogo.* É o que ela diz. Você está numa casa pronta para pegar fogo, Batman? Você tem uma mangueira grande? Será que eu devo ligar para os...

— Não, Docinho, nada de bombeiros! Está tudo bem, certo? É por isso que você está com medo?

Uma longa pausa.

— Acho que não. — Fungada, fungada. — Não consigo dormir. Será que devo ir lavar minhas mãos, como você fazia?

— Não! — O estômago de Adam se contorceu. Docinho se lembrava daquilo? Ele tinha apenas... quantos anos? Três, quando Adam se lavava? — Não funciona. Eu parei. Você sabe que eu não...

— Eu devo começar a contar?

— Não! — Adam tremeu e começou a procurar seu pijama. — Isso também não funciona, acredite em mim!

— Mas você ainda...

— Sim, e vou àquele grupo especial com todas as pessoas legais nas segundas-feiras para me ajudar a parar com isso também.

— Os super-heróis! Eles são seus amigos agora?

— Hmm, não é como se... — Ele vestiu uma perna. — Eles não são, hum, bem... — Ele enfiou a segunda perna na calça do pijama enquanto equilibrava o telefone de forma desajeitada entre o ombro e o ouvido. — Quer dizer, não sei. Mais ou menos, eu acho.

Podia ser verdade.

— Só um minuto. — Ele soltou o telefone para tirar a camiseta, depois o pegou novamente. — Ei, carinha. Podemos pensar nos números bonitos. Que tal pensarmos em alguns belos números primos...

— Isso não funciona a não ser que você esteja aqui. — A voz estava muito fraca agora, lágrimas ameaçando a aparecer. — Estou tãããão cansado, Batman. E com taaanto medo.

— Com medo de quê? Você precisa me contar. Posso ajudar, mas só se você me contar.

— Da coisa ruim, muito ruim que vai acontecer. — Um momento de silêncio. — Estou esperando a coisa ruim.

Jesus. Adam sabia *exatamente* o que seu irmãozinho queria dizer. Ele não conseguia se livrar daquele medo. Sabia sobre a coisa ruim, sobre a espera. Adam vinha esperando, preparando-se, desde sempre.

— Certo, certo... aguente firme. A coisa ruim não acontecerá essa noite, eu prometo. — Adam deitou por cima das cobertas. — Escute, vá para a cama e finja que estou cobrindo você.

— Me afofando?

— Sim, sim, estou afofando as cobertas em volta exatamente como você gosta.

— Certo — concordou a voz cada vez mais fraca.

— Já está coberto?

— Aham.

— Boa. Vou ficar bem aqui até você pegar no sono. Mantenha o telefone junto de seu ouvido e vou falar com você.

— Eu te amo, Batman. Você é o melhor e mais perfeito Batman do mundo! — As palavras vieram entre bocejos em cascata.

— Sim, certo. Bom, estou bem aqui, tá? Não vou embora, prometo. Você está em segurança, está bem?

Respiração leve e curta.

— Docinho?

Adam fechou os olhos, ainda segurando o telefone desajeitadamente junto ao ouvido. Ele cuidaria da carta no dia seguinte. Sim. Não dava para fazer tudo.

— Docinho? — Adam apagou a luminária.

Nada.

— Eu também te amo.

CAPÍTULO 12

— Então. — Robyn cruzou e descruzou as pernas, hipnotizando Adam. — Então, quando eu tenho um pensamento vergonhoso, ou se entro numa do tipo como eu sou uma baleia, ou bebês morrendo na Somália, ou a ambulância vindo buscar a minha mãe, ou... — Os super-heróis estremeceram, menos Snooki. Ela não costumava estremecer. — Bem, então eu faço um rápido sinal da cruz e, se mesmo assim não for embora, pego as contas do rosário. *Não* exatamente uma coisa de TOC. Apenas uma vez, sabem?

A maioria deles assentiu, mas não falou nada. Eles não saberiam diferenciar um rosário de um eixo de engrenagem.

Adam estava pronto, como sempre estava quando Robyn se manifestava. Ele ficava atento para se intrometer e... o que exatamente?

— Mas é diferente de antes, sabem? — Era como se ela tivesse tomado alguma droga que a fazia compartilhar seus pensamentos. Robyn estava falando mais nessa sessão do que tinha falado em todas as outras semanas combinadas. E aquilo estava acabando com Adam. Ele precisou ficar preparado durante todo o tempo em que ela teve a palavra. — Para começar, estamos diminuindo bastante minha medicação.

Todos eles, incluindo Snooki e até o Thor, se viraram ao mesmo tempo para Chuck em busca de confirmação. Ele não se moveu, não entregou nada. Não era o terapeuta que a acompanhava, afinal de contas. Insatisfeitos, eles se viraram novamente para Robyn, procurando sinais de... alguma coisa.

— Acreditem em mim, a coisa de Deus não é como as outras coisas foram para mim. E com certeza não tem nada a ver com os cortes.

Peraí.

Ela se cortava?

Se *cortava*, no passado, Adam se relembrou. Se *cortava. Vomitava. No passado.*

— Então vou aprender muito mais sobre religião e... bem, sobre ser católica, na verdade.

Nesse momento, Robyn sorriu diretamente para Adam, e novamente os super-heróis se viraram ao mesmo tempo, dessa vez para olhar para ele de uma forma diferente. O que o Batman tinha a ver com qualquer coisa?

Hum.

Será que ela e ele...?

O Thor parou de franzir a testa por tempo suficiente para fungar, o que Adam considerou um sinal de aprovação.

— Vejam, não é como uma muleta ou uma compulsão, não mesmo. A coisa religiosa apenas ajuda com a hiperansiedade. É como terapia de comportamento, mais ou menos. Sei que isso não *impede* a coisa ruim ou *muda* as consequências, entendem? Então é diferente do TOC. Apenas ajuda um pouco. — Ela pareceu surpresa, como se não tivesse se tocado daquele fato singular anteriormente.

Adam podia perceber que ela estava fazendo um inventário instantâneo de suas compulsões, registrando algumas, apagando outras completamente.

— Como eu disse, sei que não vou impedir o mal presente se eu rezar o rosário... apenas me faz me sentir melhor, sabem?

— Qual é! — Snooki não estava caindo naquele papo. — Isso se chama escrupulosidade e é um tipo real de TOC — acusou. — Na realidade, é um dos dez principais... certo, Chuck?

— Bem, pode ser, se realmente...

— Sim, talvez até mesmo entre os cinco principais. Está no maldito manual.

— De qualquer forma, ela não está se cortando ou qualquer outra merda dessas — argumentou a Mulher Maravilha.

— É isso! — Robyn cruzou as pernas novamente. — É exatamente isso. É diferente. *Eu* estou diferente. Vejam, não me corto desde que cheguei aqui. Aquilo estava ruim... eu estava mal. Estava doente. Entre me cortar, me lavar e os problemas alimentares... bem, foi assim que acabei internada.

Todos, incluindo Adam, olharam para Chuck em busca de confirmação. Dessa vez, ele assentiu.

— Mas *isso* não é *aquilo*. Não é nada daquilo. Juro por Deus, eu nem acho que é escrupulosidade, na verdade. Rezar está simplesmente me ajudando, como talvez ioga ou meditação ou...

— Eu meio que entendo — disse o Lanterna Verde, praticamente para si mesmo. — Acho que rezar para o cara lá de cima poderia ajudar quando estou surtando sobre prejudicar as pessoas que eu amo. Ajudou minha mãe com a bebida com certeza. O AA gosta muito dessas coisas de poder superior.

— Opa, gente, religião não é uma panaceia. — Chuck anotava num ritmo frenético. — Na verdade, religião nem mesmo é reconhecida como uma ferramenta na maior parte dos kits de recuperação de TOC.

— Bem, não vejo por que não. — A Mulher Maravilha parou de se contrair por tempo suficiente para retrucar. — Funciona para bêbados, não? Eu acho que eu até posso ser judia. Bem, minha mãe é, o que significa que eu sou, mas ninguém pratica, então não sei onde isso me deixa.

— Exatamente como eu! — Robyn se iluminou. — Acho que somos presbiterianos ou proletários, ou alguma espécie de protestantes, mas nem meu pai nem minha mãe acreditavam muito em nada. E desde que minha mãe... bem, meu pai *realmente* não acredita em nada. Mas a reza e as coisas católicas... Eu falei que eram coisas católicas? Sim, católicos têm tantas coisas boas... — Ela se virou para a Mulher Maravilha. — Porém, tenho certeza de que o judaísmo estaria cheio de coisas maravilhosas também! O que acontece é que, no hospital, eles sempre me diziam para manter "minha prática". Por isso, essa vai ser a "minha prática". — Robyn sorriu para o Lanterna Verde. — O Batman está me ajudando com todos os detalhes católicos. Vejam, eu sei que eles são perturbados com uma série de assuntos, incluindo a questão gay, mas o Batman diz que o Santo Rosário é bem liberal com tudo isso. Nós vamos em sua igreja contemplar a grande cruz logo depois dessa sessão.

— Sério mesmo?

Foi o Thor.

Ninguém se moveu.

Foi o Thor?

Duas palavras diferentes e separadas?

Ninguém tinha ouvido o Thor falar antes. Chuck parou de fazer anotações.

O Thor olhou diretamente para Adam.

— Acho que rezar está deixando o garoto mais alto. — Sua voz era áspera e sombria, como se ele gargarejasse com cascalho. Uma voz de homem. E, tão rápido quanto surgiu, ela desapareceu. O Thor voltou para dentro de sua caverna de silêncio.

— Uau. Hum, sabe, acho que é verdade — falou o Homem de Ferro, examinando Adam. — E meio que entendo a coisa da religião. Eu sou péssimo em meditação, apesar de minha mãe ter comprado uma prateleira inteira de CDs e música que soa como gatos sendo torturados. Talvez acender uma vela de Jesus me ajudasse quando eu penso que acabei de destruir ou estou prestes a destruir alguém com meus pensamentos envenenados. Toxinas para todos.

— Então podemos ir também? — perguntou a Mulher Maravilha.

— Aonde? — perguntou Robyn.

— À igreja, com você e o Batman.

— Opa, pessoal — interrompeu Chuck, inclinando-se na direção do semicírculo. — Vocês se lembram da palavra *panaceia*? Religião em geral, e o catolicismo especificamente, realmente não é...

— Sim, sim, *tanto faz*. Sabemos que a igreja não vai nos consertar. Fique tranquilo, Chuck. Somos loucos, não burros — disse Snooki, que não era absolutamente nenhuma das duas coisas. — O que acontece é que a Robyn aqui não falava quase nada desde que chegou, há três meses, mas está muito claro que ela está tendo algum tipo de progresso, e o mecanismo católico do Batman faz parte disso. Não pode fazer mal dar uma olhada, não é mesmo? Excursão, pessoal?

— Com certeza! — respondeu o Capitão América. — Judeus podem ir? Ao contrário da família da Snooki, a minha pratica, pelo menos em todas as datas principais. Então, judeus podem ir?

— Claro... — falou Adam, sem saber o que estava acontecendo. — Meu melhor amigo, Ben, foi a todos os meus grandes momentos... vocês sabem, Primeira Comunhão, Crisma... — Todos eles assentiram de forma encorajadora, sem fazer ideia de sobre o que ele estava falando. — E eu também fui à sinagoga para algumas das datas principais e seu bar mitzvah, claro, e...

— Estou dentro — falaram o Lanterna Verde e a Mulher Maravilha ao mesmo tempo.

O coração de Adam disparou. Como isso aconteceu? O que exatamente *aconteceu*? Espere um pouco, ele ia levar seu grupo de apoio de TOC altamente medicado à *igreja*? Meu bom Jesus! Adam meio que concordava com Chuck. Ele nem mesmo sabia o quão "apropriado" era fazer isso. E, para falar a verdade, mesmo com Robyn, ele pensara em *entrar de fininho* com ela, especialmente porque ele mesmo não ia à igreja havia anos.

— Certo, eu sei quando sou derrotado. — Chuck estava sorrindo.

Por que estava sorrindo? Com certeza ele deveria dar um fim a isso, porque... por causa de alguma razão excelente da qual Adam não conseguia se lembrar.

— Bem, vocês estão em boas mãos com o Batman. Mas não se deixem levar demais com isso.

Em boas mãos com o Batman? Qual era o problema desse sujeito?

— Será bom para vocês se entrosarem um pouco, e encarar a espiritualidade como um dos fundamentos na direção da cura é suficientemente válido, acho. — Ele olhou o relógio. — Qual igreja, Batman? Aquela que é afiliada a St. Mary's?

Adam engoliu em seco e balançou a cabeça.

— Não, Santo Rosário. — Ele balançou a cabeça novamente. — Fica a apenas cinco quadras daqui.

— Certo, não vejo a hora de ouvir sobre a experiência na próxima semana.

Então, o horror dos horrores, todos se levantaram e se viraram com expectativa para Adam.

— Hum, acho que todos deveríamos descer de escada, porque... — Ele tentou não olhar para a Mulher Maravilha. — ...é mais uma, hum, oportunidade para entrar em forma.

O Wolverine revirou os olhos, mas seguiu diretamente para a porta e, em seguida, para a escada.

— Você é um fofo! — A Mulher Maravilha apertou de leve o braço do Batman.

Então eles partiram. Oito super-heróis descendo treze lances de escada.

Espere um minuto, *oito*?

O Thor estava logo atrás dele.

CAPÍTULO 13

— Droga — murmurou o Wolverine assim que eles se reuniram do lado de fora do prédio. — Devo dizer que somos o grupo de super-heróis mais fajuto que já vi.

Snooki passou o braço pelo de Robyn.

— Robyn e eu nem somos super-heroínas.

— Sou, sim — corrigiu Robyn delicadamente. — *R-o-b-i-n*. — Ela se virou para trás e sorriu para Adam. — Batman e Robyn, entenderam?

O coração dele parou de bater.

Ela estava provocando, certo? Ele teria dissecado a informação se não estivesse tão consumido por um terror abjeto.

— Que droga. — O Wolverine se aproximou de Robyn. — Estou apenas dizendo que, como um grupo de super-heróis, nós somos péssimos.

— Já não deveríamos ter chegado? — perguntou a Mulher Maravilha depois de uma quadra.

— Relaxe, MM, e aprecie o momento — disse o Homem de Ferro, que estudava em casa e estava feliz por simplesmente estar na rua com alguns amigos, mesmo que eles se parecessem com a cena da fuga em *Um estranho no ninho.*

Adam, que estava preso entre o Thor e o Lanterna Verde, não prestava atenção a nenhum deles. Não havia espaço em sua cabeça. Cada fenda estava cheia até a borda com preocupação. Ele se preocupava com a possibilidade de ser advertido por uma das freiras — ou, pior, pelo Padre Rick. Como ele explicaria o fato de *eles* ou, mais importante, *ele* estar lá? Adam não ia à igreja havia quase três anos, desde que Carmella dera um basta àquilo. "Eles são intrometidos demais por lá. Todos acham que estou arruinada por causa do divórcio. Aposto que já fui excomungada. Não precisamos deles olhando para nós desse jeito. Você não é motivo de pena para ninguém, garoto."

E Adam se preocupou com aquilo até o momento em que houve uma coisa pior com que se preocupar.

As portas da igreja.

Quão louco era aquilo? Ele sentiu de forma clara do outro lado da rua. Era uma soleira ruim. Jesus. Como *portas de igreja* podiam ser más? E agora?

Será que deveria contar aos outros? Tinha que contar.

Não podia contar.

A vergonha acabaria com ele de uma vez. Só a expressão no rosto do Wolverine...

Diferentemente das batidas de dedo, os problemas relacionados às soleiras nesse estágio eram visíveis. Não havia como eles não notarem. A humilhação de saber que ele tinha feito a coisa — a *sua* coisa — em público, aos olhos de Deus. Portas de igreja, aquelas lindas portas de bronze abençoadas...

— O que houve, Cruzado Encapuzado? — Era Snooki.

Robyn parou, virou-se e olhou para ele de forma inquisitiva. Então todos olharam, mesmo enquanto ainda continuavam caminhando.

— Hum, do outro lado da rua, no meio do quarteirão.

Eles pararam, os oito reunidos, e olharam para a Santo Rosário.

— Irado — falou o Homem de Ferro, tentando se manter calmo.

— Pessoal? — disse Adam.

Todos se viraram para ele. O Capitão América transpirava em resposta a Deus sabe o que, e a Mulher Maravilha se contorcia de medo dos espaços potencialmente pequenos e confinados que a aguardavam no interior. Era uma prova de sua coragem e curiosidade ela ter chegado tão longe. A garota estava definitivamente piorando. Ainda assim, ninguém parecia mais claramente nervoso do que o Lanterna Verde, que carregava um medo considerável e não completamente irracional de entrar em uma igreja católica romana. Adam precisava reconhecer que, de qualquer forma que você examinasse aquilo, eles eram realmente um quadro de super-heróis perturbados. Especialmente por todos estarem olhando para *ele*, entre todas as pessoas, em busca de liderança. Por outro lado, a simples dimensão da perturbação combinada de todos eles lhe dava uma espécie excêntrica de coragem. Dar meia volta não era uma opção. Adam engoliu a vergonha.

— Então, pessoal, o negócio é...

Robyn assentiu, incentivando-o a falar o que quer que ele precisasse falar. Ele se entregou aos seus olhos esfumaçados.

— O negócio é que eu, hum, aparentemente tenho um problema de soleira com aquelas portas.

— Não brinca, Sherlock! — O Wolverine balançou a cabeça. — Essas merdas de soleira? Com portas de igreja? Você tem que liberar portas de *igreja*? Que graça. O Papa sabe?

— Vá se ferrar, imbecil. — Era o Thor. — O garoto tem que liberar o que o garoto tiver que liberar. O que isso tem a ver com você? Batman, faça sua parada. Nós olharemos para o outro lado até você nos chamar.

Uau, então o Thor *vinha* prestando atenção esse tempo todo.

Mais uma vez, os super-heróis ficaram num silêncio estupefato. Porém, viraram-se e olharam atentamente para a vitrine do mercado coreano. O *kimchi* estava em promoção, $7,49 o pote.

— Certo.

Adam atravessou a rua correndo, tentando não pensar e apenas fazer o que precisava ser feito. Ele subiu e desceu a escada três vezes, começando com a perna esquerda. Quando estava pronto para dirigir-se à soleira, ergueu os dois braços na lateral do corpo como num abraço e os manteve assim por nove tempos. Em seguida, com o dedo da mão direita ele fez círculos na mão esquerda três vezes e bateu na porta exatamente cento e onze vezes. Por fim, posicionou as duas mãos contra a porta de bronze entalhado e aplicou pressão exatamente igual por dezessete segundos. *Um, dois, três...* Ele engoliu um galão de vergonha. Era uma boa que ele não conseguisse chorar.

— Pronto! — Ele se virou, viu Robyn sorrindo de forma radiante para ele do outro lado da rua e teve aquela sensação líquida que apenas ela o fazia ter. Adam encararia os portões de São Pedro por ela.

— Vamos! — Ele acenou do outro lado da rua e os viu como o Padre Rick os veria. O Thor, com 1,90 metro de altura, vestia uma camiseta preta e uma calça jeans preta rasgada personalizadas com diversos piercings e tatuagens que cobriam os braços. O Capitão América, Robyn e Adam usavam os uniformes de suas escolas. O dele era o que se parecia menos com o de um super-herói, pois tanto sua jaqueta quanto sua calça estavam agora tão pateticamente curtas que o mergulhavam de cabeça em território nerd. A saia de Robyn também era curta, mas aquilo apenas ficava incrivelmente maravilhoso. O Homem de Ferro se parecia com a página 23 da seção de garotos do catálogo de uma loja de departamentos, e a Mulher Maravilha estava usando um casaco rosa com capuz apertado demais, que balanceava bem com uma minissaia jeans curta demais. Snooki usava aquela coisa de legging e uma camisa enorme e esvoaçante que era um pouco transparente. Tudo bem, não apenas um pouco. O Lanterna Verde era o de aparência mais normal em todo o grupo, mas a competição não era grande coisa.

— Está tudo bem. — Adam acenou para que eles se aproximassem. — Estou pronto agora.

Ele manteve a porta aberta. Tinha conseguido. Adam fizera um ritual em público e o mundo não acabara. Era bom saber. Parecia que ele tinha cruzado mais do que uma soleira. Ele inspirou e expirou longamente.

— Vamos, pessoal!

CAPÍTULO 14

— Puta merda! — falou o Capitão América assim que eles entraram no vestíbulo.

Snooki lhe deu um soco no braço.

— Você não pode falar *puta merda* numa igreja, certo, Batman? Especialmente do tipo católica. — Snooki falava com uma autoridade incontestável, porque todo o elenco de *Jersey Shore* era formado por uma boa casta de católicos italianos.

Adam assentiu. Seu estômago se contraiu até o tamanho de uma noz, dando ao medo mais espaço para circular.

— Certo, desculpe, *Jesus* — disse o Capitão América, esfregando o braço.

Ela lhe deu mais um soco.

— Uau! — falaram Robyn e o Homem de Ferro ao mesmo tempo.

Até mesmo o vestíbulo era projetado para inspirar admiração, dando amostras dos arcos góticos que seriam encontrados no interior. Adam observou tudo como se fosse a primeira vez.

— O que são aquelas coisas? — perguntou o Wolverine, apontando para os dois receptáculos, um de cada lado da entrada da nave.

— As fontes da água benta — explicou Adam.

— Água benta? Isso sim é irado. Quanto podemos tomar? — perguntou o Wolverine.

— Hum, você não, hum, *toma* a... Vou lhe mostrar daqui a pouco.

— Quando vamos ajoelhar? Ajoelhamos aqui antes de entrar? — perguntou o Homem de Ferro. — Sei que católicos gostam muito de ajoelhar. É o que minha mãe sempre diz.

— Não. Você não tem que ajoelhar em todo lugar. — Em que ele tinha se metido? Adam estava agora suando em bicas. — Você só ajoelha antes da Eucaristia.

— Ahhh — falaram todos, ainda completamente perdidos.

— Batman. — O Thor se aproximou dele e grunhiu: — Garoto, você precisa comprar uma calça nova; essa vai ser uma bermuda na próxima semana.

O que tava acontecendo com esse cara? Ninguém sabia que ele tinha voz durante meses e agora era especialista em moda?

— Certo, então, rapidinho antes de entrarmos, pessoal? Pessoal? — Para sua surpresa, eles pararam de apontar e perguntar e tocar coisas por tempo o suficiente para se virarem e olhar para ele. — Certo. Então, Robyn, sabe aqueles receptáculos com a água benta? — Ela assentiu. — É a mesma coisa do sinal da cruz, só que você mergulha o dedo indicador e o médio antes. — Todos se viraram para Robyn. — Hum, talvez você devesse fazer em voz alta para que o resto do, hum, de nós possa ouvir.

— Certo. — Robyn se aproximou da fonte e seguiu as instruções.

— Assim, pessoal, observem.

Em nome do Pai,
do Filho,
do Espírito Santo,
Amém.

Todos correram até o receptáculo, ansiosos para tentar. Eles seguiram os movimentos de Robyn com exatidão, mas se confundiram com as palavras, que saíram mais como um longo murmúrio: *Nomedoseupaitemumfilhonoespíritosantoamém.*

— Quase isso — disse Adam. — Vamos entrar.

Eles formaram uma fila dupla de três pares atrás dele.

— Uau!

— Puta merda! Ops! Foi mal!

— Cara, olha aquelas janelas!

A fila dupla organizada se desintegrou na metade da nave à medida que todos se espalharam para observar maravilhas diferentes.

A igreja, graças ao Senhor, estava vazia. Isso em si já era um milagre, pois normalmente havia um monte de velhas senhorinhas nos bancos rezando o rosário ou esperando para conversar com o Padre Rick.

— Uau, olhe só para aquilo, hein! — Adam esbarrou no dedo de Snooki, que apontava. Todos pararam. Todos olharam.

Bem acima do altar de mármore e diante da janela de vitral centenária estava um enorme Cristo de bronze pregado a uma cruz de madeira.

— Cristo! — falou o Homem de Ferro.

— Exatamente — disse a Mulher Maravilha.

Eles ficaram fascinados. As costelas protuberantes e cobertas com cicatrizes, cada chaga, os pregos fixados atravessando suas mãos e seus pés, a coroa de espinhos e a dor excruciante e silenciosa se destacavam no bronze caloroso para saudá-los.

— Vamos, gente, por aqui. Eu ia levar Robyn até as velas. Elas ficam no lado mais distante do santuário. — Ninguém se moveu. Parecia que ele estava falando latim. — Pessoal? Vocês podem colocar moedas na caixa, mas não é uma exigência. E podem acender uma vela para alguém que amaram e com quem se importaram e não está mais entre nós.

Eles assentiram, mas não se moveram, ainda hipnotizados pelo Cristo suspenso na cruz.

— Demais — falou o Lanterna Verde. — Juro que ele está respirando.

— Acho que vou chorar. Será que estou tendo uma experiência religiosa? É isso o que acontece? — perguntou a Mulher Maravilha.

— Nah — respondeu o Wolverine. — Você só chora muito.

Aquilo quebrou o encanto. Eles se afastaram do Cristo para observar os vastos arcos góticos, o mármore e a majestade de todas as janelas de vitral.

— Vamos precisar de um isqueiro? — perguntou o Capitão América. — Eu tenho um isqueiro para os meus baseados. Eu tenho um isqueiro. Precisamos de um isqueiro? Na verdade, odeio ter que dizer isso, cara, mas há um aroma distinto de maconha aqui.

— É incenso — disse Adam, lembrando-se de que mil coisas podiam dar errado ali. Na verdade, ele bem que estava contando com aquilo, mas tentando não *contar* com aquilo.

— Só vou voltar até a coisa da água rapidinho — falou a Mulher Maravilha.

— Não! Quer dizer, não, vocês não precisam de um isqueiro e, não, sinto muito, mas você não pode voltar e usar a água benta para se lavar.

— Eu não ia...

— Sim, você ia, com certeza — disse Snooki.

— Vamos apenas até aquelas velas, certo? — Adam olhou rapidamente à sua volta; ainda estava em segurança: nenhum padre, nenhuma freira.

O suporte para velas ficava debaixo de uma estátua incandescente da Virgem Maria Abençoada. O suporte em si tinha cerca de um metro por cinquenta centímetros — quatro velas votivas de profundidade e vinte e quatro de comprimento, para um total de noventa e seis velas. Isso era insuportável, claro, por isso ele imediatamente removeu uma vela votiva e a colocou debaixo do suporte. Os super-heróis não falaram nada. Presumiram que ele tinha acabado de realizar um ritual católico que era necessário antes que não católicos pudessem começar a acender coisas.

— É tão, tão lindo! — disse Robyn, de algum lugar atrás dele.

Adam assentiu. Ele estava perdido na contagem das velas acesas. Trinta e três. Aquilo era bom e, qualquer que fosse o número depois que eles acabassem, ele voltaria e corrigiria o resultado. Sim. Esse pensamento o acalmou: trinta e três luzes bruxuleantes. Trinta e três era bom.

Robyn ainda estava efusiva.

— Proletários não têm essas coisas, tenho certeza. Tô dentro com certeza.

Adam se virou e viu o Wolverine sorrir para ela. Ele fez uma grande cena ao colocar a mão no bolso e tirar uma nota de dez dólares.

— Vou bancar todos nós, contanto que Robyn seja a primeira e faça a sua escolha.

Adam teve vontade de vomitar.

— Obrigada, Wolverine. Isso é muita gentileza.

Gentileza o cacete. Quem ele acha que é?

Cada super-herói acendeu pelo menos uma vela, Snooki acendeu sete, e todos executaram o sinal da cruz com variados graus de sucesso. A cabeça de Adam zumbia enquanto ele tentava acompanhar o número de velas acesas assim como onde estava o Wolverine em relação a Robyn o tempo todo.

Ele não tinha nenhum sistema de advertência prévia. A voz veio de lugar nenhum e de todos os lados ao mesmo tempo.

— Posso ajudá-lo?

Padre Rick. Droga.

— Adam Ross, é você? Adam, que ótimo vê-lo!

Liderados pelo Thor, os super-heróis instantaneamente e em sincronia ajoelharam no chão de granito e executaram os sinais da cruz mais bagunçados do mundo.

— Bem! — O Padre Rick parou imediatamente. — Bem? — Ele olhou para Adam e novamente para os sete super-heróis ajoelhados. — O que vocês estão fazendo?

— O Batman disse que católicos ajoelham quando veem a Eucaristia — respondeu o Homem de Ferro solicitamente. Tirando Adam, todos ainda estavam ajoelhados.

O Padre Rick se virou novamente para Adam, que levantou os braços, porque, sinceramente, não sabia mais o que fazer.

— Como vão as coisas, Padre?

Dava para ver que o padre estava engolindo um sorriso. Ele esperou, parecendo se recompor.

— Por favor, pessoal, levantem-se. Fico lisonjeado, mas não sou a Eucaristia. Sou apenas um homem normal que calhou de ser padre.

Até parece, pensou Adam. Ele observou enquanto seu grupo se levantava, confuso, mas ansioso pelo próximo teste.

— Adam?

Certo, como explicar?

— Esses são meus... — Adam estava tão nervoso que não conseguia se lembrar do nome verdadeiro de ninguém, e não podia apresentar todos por suas alcunhas de super-heróis. — São meus amigos. — E aquilo era verdade. — Então essa é, hum... hum...

— Oi, Padre. Eu sou a Robyn! — Ela se levantou com um salto e fez uma reverência. — Adam está me ajudando a ser católica!

— É mesmo? — perguntou o Padre Rick, que, em sua defesa, não pareceu nem um pouco surpreso.

— Sim, e estou amando até agora... amando, amando, amando! — Ela estava radiante. — A água benta foi incrível, aliás, e gosto muito da coisa do rosário e do sinal da cruz, claro. Também peguei um de seus folhetos com, tipo, as dez principais preces católicas. Então, estou quase lá, não? — O Padre

Rick parecia levemente alarmado. — Ah, olha... sei que agora terei que fazer aulas ou ir para Roma ou algo assim, mas estou me preparando para me inscrever para o pacote todo.

O padre assentiu de forma encorajadora para sua potencial nova congregada.

— É um lugar muito legal esse que você tem aqui, Padre.

— Obrigado, Sr...?

— Wolverine — respondeu o Wolverine, estendendo a mão.

— Wolverine — repetiu o Padre Rick. — Sr. Wolverine. Se você não se importar, me dê apenas um instante... — Ele esticou o braço na direção de Adam e o afastou dos super-heróis ainda parcialmente ajoelhados.

— Fico feliz em vê-lo expandindo suas amizades, filho. — Ele olhou rapidamente para o grupo. — Você ainda vê o menino judeu? Eu gostava dele. Quando vocês eram pequenos, viviam grudados.

— Ben? Sim, claro. Stones e eu ainda somos próximos. Ele apenas se mudou e definitivamente não é mais tão pequeno. Você não o reconheceria. Eu estou, como você disse, apenas expandindo um pouco.

O padre sorriu e franziu a testa ao mesmo tempo. Era uma expressão característica do Padre Rick.

— Eles são o meu *Grupo*. Com G maiúsculo, sabe? Nós, hum, nos ajudamos. Semanalmente.

— Ah, entendi! Claro. Isso é bom, ótimo. Excelente. — O padre olhou novamente para eles. — E como está sua mãe?

Certo, bem-vindo à minha mina terrestre. Ele *não podia, não ia* trair sua mãe. Mas era o Padre Rick! Adam sabia mentir muito bem, talvez até tivesse um dom, mas mentia para freiras apenas quando não tinha outra opção, para padres somente em emergências extremas e, para o Padre Rick, nunca. Mentir para um padre, especialmente para aquele com quem você fez a sua Primeira Comunhão *e* a sua Crisma *e* que costumava ouvir suas confissões mesmo quando elas começaram a ficar loucas... bem, isso poderia lhe custar um tempo extremamente sério no Purgatório.

Adam olhou para os pés.

— Então, sim, meu pai está muito bem, Padre, e... Escute, nós pagamos pelas velas. O Wolverine, o garoto com quem você falou? Bem, ele colocou uma nota de dez na caixinha. O senhor pode checar.

— Entendi. Acho. — O Padre Rick soprou de uma forma que fez suas bochechas vibrarem. Esse era um de seus melhores truques. Costumava fazer Adam gargalhar durante a missa. — Bem, eu gosto de seus novos amigos, Adam. Eles são... ávidos. Minha porta estará aberta quando *qualquer* um de vocês precisar. Vocês sempre são bem-vindos aqui, é o que estou tentando dizer. Em qualquer momento e sempre. Bem-vindo de volta. — Ele assentiu para Adam antes de voltar à sacristia.

Adam se sentiu mais solitário assim que o padre virou as costas. Ele sentia falta disso: das velas, da forma esquisita como o Padre Rick sabia das coisas sem que ninguém contasse.

Não importava. Não era importante. Ele seguiu na direção das velas.

— Certo, pessoal, vocês conseguiram fazer a prece para quem quer que seja? Há uma missa noturna, então as pessoas vão começar a chegar logo.

A maior parte deles parecia relutante em ir embora.

— Ele foi realmente gentil, seu padre — falou Snooki. — Achei que padres católicos eram... sei lá, mais assustadores. Você já viu *Filha do Mal* ou o clássico cult muito melhor, *O Exorcista*?

— Hum, não para os filmes e, sim, ele pode ser bem legal.

Eles já estavam quase nas portas quando o corpo de Adam percebeu que eles estavam perto das portas. E lá estava ela. Não! Aquilo quase nunca acontecia. *Não conseguir* sair *também? Não aqui, não com eles. Não!* Adam parou de supetão.

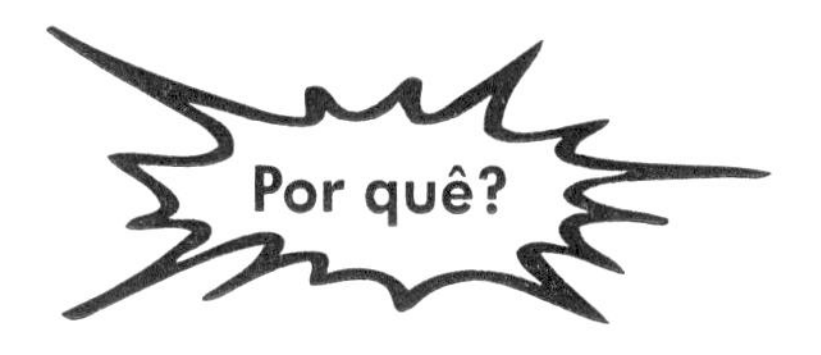

Snooki percebeu. Confusa a princípio, ela inclinou a cabeça para um lado e para o outro. Seus brincos bateram em seus ombros.

— Certo — falou ela animadamente. — Então nós o encontraremos do lado de fora, tá bem?

Antes que Adam pudesse sequer concordar com a cabeça, o Wolverine, com um floreado nojento, abriu a maldita porta para Robyn.

— Depois de você. — Ele sorriu.

Robyn olhou para os pés.

— Obrigada, Wolverine.

Adam observou enquanto eles saíam em fila. Vergonha e raiva pura competiam pela dominância.

Thor foi o último.

— Calça nova, garoto. — Então as enormes portas de bronze se fecharam, levando embora a maior parte da luz.

— Pode deixar, Thor — sussurrou Adam. Seus olhos ardiam enquanto ele começava o que era agora um ritual de saída insuportável.

Embora ninguém estivesse vendo.

Adam andou para trás trinta e três passos precisos, depois, trinta e um para a frente, seguido de vinte e nove para trás... odiando-se mais a cada passo humilhante.

CAPÍTULO 15

Adam não olhou para Chuck, não conseguiu. Contato visual o deixava inquieto. Ele sabia que estava fazendo besteira. E odiava saber disso. Não era essa a sua intenção, não era o que queria, mas lá estava ele, no hall da fama do comportamento passivo-agressivo.

Manteve seus olhos na estante logo atrás do terapeuta. Nenhum dos títulos, ele percebeu com uma mistura de interesse e alarme, era um volume consagrado do campo da psiquiatria. Eram todos obras de ficção. E pareciam estar ordenados, mas não em um padrão que ele pudesse discernir: certamente não em ordem alfabética, nem por autor, nem por título. Lá estavam *Um conto do destino: acredite em milagres*, de Mark Helprin, e *Cloud Atlas*, de David Mitchell. Parecia que ele tinha tudo de Don DeLillo, Richard Ford e William Makepeace Thackeray. Chuck tinha *Animal Dreams*, de Barbara Kingsolver, *A história secreta*, de Donna Tartt, *Bel canto*, de alguém cujo nome estava obscurecido, duas cópias de *O estranho caso do cachorro morto*, três livros de Philip Roth e muitas e muitas coleções finas de poesia. E aquela era apenas a prateleira do alto. Adam nunca ouvira falar de nenhum deles. Não havia nenhum Dickens ou Steinbeck ou Melville ou qualquer um que ele tivesse sido forçado a ler na escola. E não havia nada de não ficção.

Chuck abaixou seus óculos de aviador e se virou para sua estante de livros.

— Não se preocupe, tiro tudo de que preciso profissionalmente dos sites que o hospital assina. Podemos continuar?

Adam deve ter assentido, porque eles continuaram.

Eles conversaram sobre como foi na igreja com o Grupo, um pouco sobre a coisa da porta, sobre talvez fazer o teste para a equipe de atletismo na primavera, sobre como Robyn era incrível e sobre como ele não tinha sido capaz de fazer nenhuma lição do manual de TOC.

— Não, nenhuma, desculpe.

— Você tem feito seus exercícios de respiração?

— Sim — mentiu ele, enquanto olhava para *The Painted Bird*, de Jerzy Kosinski. Talvez pudesse pegar aquele emprestado.

Eles não falaram sobre como ele era um babaca. Adam sabia que estava sendo um babaca. Mas não sabia por que e não se importava em descobrir. Ainda não tocara no manual, e ele o tinha havia meses. Ele também sabia que devia perguntar algo a Chuck, mas não conseguia se lembrar de quê. Estava tudo bem, não importava. Quarenta e sete minutos tinham se passado. Ele estava se contorcendo por dentro.

— Você está bem? — Chuck quase franziu a testa. — Parece um pouco inquieto, meu caro.

Talvez por fora também.

— Não, senhor, estou bem — mentiu ele. Novamente.

— Há alguma coisa que aumentou o estresse ou a ansiedade, Adam? Sua mãe? Qualquer coisa?

As cartas, as cartas, as cartas. Adam ainda não tinha montado a que estava no bolso de sua calça jeans. Isso mostrava o quão babaca ele era.

E ela recebera mais uma na sexta-feira.

Carmella tinha levado uma garrafa de Chardonnay para o quarto naquela noite. Ela nunca havia feito aquilo antes.

— Não, senhor — respondeu Adam. Havia também livros de Ian McEwan. Ele ouvira falar de Ian McEwan. Talvez. — Não, nada.

Chuck fez que sim com a cabeça e olhou o relógio.

— Certo, então, e a Lista?

— Hum, sim. — Adam tirou uma folha do bolso da jaqueta. — Não tive tempo de terminá-la, desculpe. — Isso foi porque ele tinha acabado de começá-la na sala de espera. — Olha, eu vou... eu vou fazer melhor no mês que vem, prometo, senhor.

Babaca.

— Sei que você vai, e não me chame de senhor. — Chuck falou aquilo de tal forma que os dois acreditaram que era possível. — Ei, você nem mesmo *fez* uma no mês passado, então isso já é um avanço.

Ele desdobrou o papel.

Não um grande avanço, pensou Adam.

— Que tal eu ler em voz alta dessa vez?

Adam se encolheu.

— Mas não temos que discuti-la. Parece justo?

— Acho que sim.

Um, três, cinco, sete... Pelo menos ele não tinha mais que bater com o dedo para contar.

Chuck pigarreou.

17 de novembro **A LISTA** Adam Spencer Ross
Medicamentos: Anafranil 25 mg 2x ao dia
Lorazepam o quanto precisar 5-7 por semana
Principais compulsões apresentadas: contar, liberar,
problemas com soleiras

Chuck tirou os olhos do papel.

— Os medicamentos estão bons? As dosagens? Devemos aumentar o Anafranil? Talvez esteja na hora de mudar do Lorazepam para o Clonazepam?

— Não! — Adam foi atingido por um flashback físico de todos os efeitos colaterais dignos de pesadelo, o turbilhão de náusea, a coceira, o entorpecimento que deixava sua língua pesada que ele tinha sentido com todas as drogas antes de eles finalmente se fixarem na combinação Anafranil/Lorazepam. — Está tudo bem, sério. Estou bem.

Ele escorregou o corpo para a beira da cadeira, pronto para dar um salto. *Mais cinco minutos.*

Chuck voltou ao pedaço de papel amarrotado.

1. Acredito que Robyn está começando a me ver de forma diferente e que ela é a melhor coisa que me aconteceu desde que toda essa droga começou.
2. Acredito, não, SEI que tenho 1,71 m de altura e estou crescendo mesmo enquanto escrevo isso. Quase 7 centímetros e meio até agora! Acredito que esse seja o maior exemplo do poder do amor.
3. Acredito que talvez a coisa com as soleiras esteja aumentando um pouco e talvez também as contagens, mas estou ficando melhor em fazer isso na minha cabeça.
4. ~~Acredito que tenho que trabalhar no~~ Tenho que parar de mentir tanto. Está me deixando um pouco enjoado.
5. Acredito que minha mãe está

Chuck tirou os olhos do papel novamente.

— Fiquei sem tempo de terminar. — *Trinta e três, trinta e cinco... Um, três, cinco...*

— Você quer...

— Não. Não quero, se não tiver problema. — Adam tinha errado ao mencionar a carta na última vez. Fora um erro. Ele teria rasurado o número cinco, mas Chuck abrira a porta para chamá-lo, por isso ele não conseguira consertar.

Chuck virou o papel como se o resto da Lista fosse aparecer magicamente do outro lado.

— Adam, quando entrarmos na terapia de exposição e prevenção de resposta, vamos precisar do apoio da sua mãe. Ela terá que vir e pelo menos...

— Não vai rolar, Chuck. Você sabe disso e eu sei disso. Estamos sozinhos aqui. Ei, veja: cinco e meia! Acabou o tempo. Sei que tem algum outro doidinho lá fora desesperado para entrar aqui.

— Adam.

— Vou melhorar, senhor.

Os dois se levantaram.

— Escute. Eu *sei*. — Ele finalmente olhou nos olhos de Chuck. — Certo?

— Certo. — Chuck assentiu. — Vejo você na segunda-feira.

— Sim, pode apostar. — Ele partiu apressado na direção da porta. — Isso foi ótimo, obrigado! Vejo você no Grupo.

Ele precisava sair; não conseguia respirar. *Dezessete, dezenove, vinte e um, vinte e três...*

CAPÍTULO 16

— Pai? O que diabos?

Adam, Robyn *e* o Wolverine estavam saindo da clínica juntos quando Adam o viu.

— Pai? — repetiu ele. Ele teria apostado sua coleção de Warhammer no fato de que seu pai nem ao menos sabia que ele frequentava um grupo de apoio, muito menos onde ficava. Não, aquilo era mentira. Seu velho pagava as contas.

O Sr. Sebastian Jeffrey Ross estava recostado em seu Jaguar vermelho-sangue, braços cruzados, uma perna na frente da outra. Ele ajeitou a postura assim que avistou Adam.

— Filho.

— Está tudo bem? Não é a mamãe, é? Docinho? Brenda?

O Sr. Ross ergueu os braços no ar.

— Calma! Está tudo bem. Bem, você sabe, basicamente. Vai me apresentar aos seus amigos?

— Hum, sim, claro.

— Oi, como vocês estão? — Ele estendeu a mão na direção de Robyn. — Eu sou o pai do Adam.

Robyn ruborizou e apertou a mão dele.

— Robyn Plummer, senhor.

— Esta é a garota de que Wendell tem falado? — perguntou ele a Adam.

Pode me empalar numa espada enferrujada e oferecer minhas tripas aos urubus!

— Não sei, talvez. — Ele ia matar o Docinho, agora e sempre.

— Oi, Sr. Ross — falou o Wolverine. — Sou Peter Kolchak, o Wolverine.

Uau, seu nome de batismo, pensou Adam. Nem mesmo o Padre Rick tinha conseguido aquilo dele. O pai de Adam acenou com a cabeça para Wolverine, mas continuou sorrindo para Robyn.

— É realmente um prazer conhecê-la, mocinha. Esse é um blazer da Chapel High? Boa escola.

Robyn respondeu enquanto Adam agonizava.

O que isso significava? Ele *precisava* ir ao cemitério com Robyn. Precisava estar com ela, para ver se... Na semana desde a excursão à igreja, Adam vinha repassando em sua cabeça o comportamento bajulador do Wolverine com ela, abrindo a porta, ostentando sua nota de dez dólares, sendo todo lisonjeiro e alto. Por isso ele precisava de tempo sozinho com Robyn no lugar deles para ver se ela... bem, para ver se eles ainda eram... O que eles *eram* exatamente? E se ela já tivesse saído com o Wolverine? Houve um fim de semana inteiro naquele intervalo. Adam estava desenvolvendo uma úlcera enquanto eles continuavam parados ali.

Mas, por outro lado...

O Wolverine não tinha aquela expressão convencida de eu-já-estive-com-ela. Não que Adam tivesse certeza absoluta de que reconheceria a expressão, mas ele tinha bastante certeza de que o Wolverine não a estava ostentando. Será que ela gostava do Wolverine? É claro que sim. Até mesmo Adam gostava do Wolverine. O sujeito era mais velho, mais descolado e, ultimamente, levemente menos louco. Por falar nisso, a ansiedade de Adam estava explodindo como peidos silenciosos à sua volta. Seu pai o trouxe de volta para a crise em questão.

— Sinto muito, garoto, precisamos de você lá em casa. Hmm, quer dizer, na minha casa.

Bem, *isso* era esquisito.

— Que é a *sua* casa também, *claro*. — Seu pai limpou a garganta. — Wendell... — Seu pai mastigaria papel alumínio antes de chamar o filho mais novo de Docinho. — Wendell está um pouco doente com uma infecção na garganta e está inconsolável, o que significa que ninguém além de você serve para ele, campeão.

Robyn se aproximou de Adam.

— Tudo bem, podemos ir juntos na semana que vem.

Sim! Isso significava que ela tivera a intenção de ir com ele em primeiro lugar. Eles estavam bem, eles estavam próximos, eles eram um *eles*. Praticamente. Alívio borbulhou dentro dele.

— Sim, semana que vem com certeza! Sim. Pode apostar, Robyn! — Ele tinha entrado sem perceber no modo Bob Esponja novamente.

— Bem, então, Robyn, que tal nós dois caminharmos juntos até a estação do metrô? — perguntou o Wolverine, todo casual.

Antes que ela pudesse responder, o pai de Adam passou o braço em volta do filho.

— Pois é, vocês não acreditariam no quanto o irmãozinho desse rapaz o adora. Ele o venera, na verdade. E Adam está lá para ajudá-lo todas as vezes, independentemente do tamanho da inconveniência. — Ele deu um tapa nas costas de Adam. — É demais!

— Isso é tão, mas tão fofo, Batman!

— Ei, é assim que o Wendell o chama também! É uma coisa de vocês, não é? Legal.

Isso era loucura. Era como se seu pai soubesse exatamente o que dizer e como. *Seu* pai.

— Pois é, assim que eu chegar com o velho Batman aqui, Wendell ficará novo em folha! Acontece todas as vezes!

Robyn olhou para Adam como se ele fosse um pedaço de chocolate.

— Bem, foi um prazer, Wolfman. — O pai de Adam se virou novamente para Robyn. — Robyn, um *verdadeiro* prazer. Mas agora temos que ir. Um super-herói tem que fazer seu trabalho, certo?

— Até mais, cara. — O Wolverine deu um soco no braço de Adam.

Adam *não* se encolheu.

— Valeu, cara.

— Tchau, Adam — falou Robyn.

— Tchau, Robyn. Nos vemos na semana que vem, tá?

Ela se virou. O Wolverine se virou. Adam e seu pai entraram no carro. As bolhas em seu estômago voltaram.

— Tenho certeza de que ela fez que sim — disse seu pai.

— Hein?

Seu pai girou a chave na ignição.

— Quando você falou aquilo sobre vê-la mais tarde. Tenho certeza de que ela balançou a cabeça. Você definitivamente terá que ficar de olhos naquele rapaz lobo, por outro lado. Ei, ela é mais velha, não? Muito bonita também. Um achado e tanto, preciso dizer... sim, senhor! Esse é o meu garoto!

— *Paaaai*, você está, tipo, me assustando aqui.

— Ah. Desculpa, garoto. — Seu pai olhou diretamente para a frente enquanto dirigia.

Adam se sentiu mais baixo.

— Mas... bem, obrigado por mais cedo, pelo que você falou sobre Docinho precisar de mim.

— Bom, é verdade.

— Sim, mas a forma como você falou me fez parecer realmente bom, acho. Você não acha? *Eu* acho que sim.

O pai dele observou a placa de "pare".

— Ela gosta de você.

Adam pensou nas preces e no rosário e na água benta e em todos os ornamentos católicos.

— Não, ela *precisa* de mim.

— Isso, você logo vai perceber, é basicamente a mesma coisa, meu filho.

Docinho precisava dele *e* o amava. Adam foi derrubado no chão assim que passou pela porta.

— Batman, você veio! Eu sabia que você viria, eles me prometeram que você viria! Estou doente, Batman. Minha garganta está arranhada. Quer um pouco do meu remédio de banana? É muito gostoso. Eu dou um pouco para você. Podemos tomar com o jantar. Nossa mãe, a sra. Brenda Ross, está fazendo ensopado de cordeiro. Obrigado, obrigado por vir para casa, Batman! — Adam foi abraçado efusivamente um pouco mais.

O garoto ainda estava quente. Adam deixou de lado a ideia de matá-lo.

— A sra. Carmella Ross ligou e quer que você ligue de volta para ela.

— Deixe o pobrezinho respirar, Docinho! — Brenda entrou no hall, pegou a mochila de Adam e beijou sua cabeça ao mesmo tempo. — Você está crescendo loucamente! Está mesmo! Por falar em crescer, comprei para você uma nova calça de flanela cinza. Está na sua cama, em seu quarto de *verdade*. Você estará mais alto do que seu pai já na próxima semana! — Ela sorriu para ele como se estivesse orgulhosa de cada centímetro.

— Vamos, Batman! — Docinho colocou a mão roliça e quente na mão de Adam.

— Não, Docinho, dê a Adam um minuto para lavar o rosto e ligar para a mãe dele, tá?

— Tá bem. — Docinho suspirou, depois suspirou mais uma vez para o caso de eles não terem ouvido o primeiro.

Adam subiu a escada três degraus de cada vez. Absolutamente nenhuma bolha de ansiedade, não aqui, não agora. As coisas estavam indo extremamente bem. Ele deveria fazer sua Lista nesse exato momento. Robyn *precisava* dele. Ele estava crescendo. Seu pai tentou muito fazer uma coisa bacana. Ele tinha uma calça nova e o jantar seria ensopado de cordeiro! Ele discou o número de seu telefone.

Ela finalmente atendeu depois de seis toques.

— Mãe? Oi, sou eu.

Nada. A temperatura no quarto mudou.

— Mãe, você está aí? Posso ouvir a sua respiração.

Ainda nada.

— Você está bem, mãe?

— Adam? Adam, não estou aguentando. Chegou mais uma. Mais uma carta. Adam, quem poderia me odiar tanto? Quem, Adam? Quem?

CAPÍTULO 17

— Vou agora para casa. Acho que eu deveria ir para casa.

— Não. — A voz dela estava sufocada. — Eu não devia ter ligado. Não, Adam.

— Vou para casa neste momento.

— Não, querido, não venha. Estou bem.

— Mãe, eu vou — disse Adam. Ele falou aquilo muitas vezes, e sua mãe recusou cada uma delas.

— Não, eles vão suspeitar... pioraria as coisas.

Eles discutiram.

Ela venceu. E estava mais calma, mais forte na vitória.

Adam ficou, com um Docinho febril, preocupado de forma tão febril quanto. Deveria ter ido para casa.

Não era à toa que ele era louco.

Depois de cobrir Docinho bem apertado na cama, Adam saiu em busca de sua calça jeans para recuperar os pedaços de papel do seu bolso. Ele tinha convenientemente se esquecido por completo da carta quando encontrara Ben naquela noite, depois continuou se esquecendo. Os fragmentos de carta foram enfiados na gaveta de lixo superlotada de sua mente. Adam tinham muitas gavetas assim. Infelizmente, por ser surtada com organização, Brenda tinha lavado sua calça. Os papéis tinham se enrolado em pequenas minhocas apertadas.

Ele levou mais de uma hora usando a pinça de Brenda. Era uma espécie de papel de xerox, mas havia minhocas de revistas e jornais também. Ele as desenrolou sobre a cama uma de cada vez.

Era como na TV. O sujeito estava cortando revistas e jornais e colando aquela merda no papel mais comum que existia. Eles estavam lidando com um psicopata genérico que tinha assistido a muitas reprises de *CSI*.

As palavras eram horrorosas. Adam restaurou *piranha*, *morra*, *vadia*, *vaca*, *doente*, duas *putas* e três *deveria*, além de uma palavra que era tão feia que ele amassou novamente enquanto lia. O resto das minhocas estava ilegível. Graças a Deus. Ele não conseguia parar de tremer. Fechou a gaveta de lixo novamente.

Babaca.

Ele tentou alguns exercícios de respiração, mas, como não sabia exatamente o que estava fazendo, eles não funcionaram. Pensou em Robyn. Pensou em como seu cabelo tinha cheiro de gengibre, mas ela de alguma forma cheirava a pêssegos. Ele parou de tremer. Pensou em como ela cruzava as pernas nos calcanhares e tinha aquela covinha funda na bochecha esquerda, em como suas sardas se moviam quando ela ria e em como tudo aquilo o deixava tonto. E, mesmo com toda a imersão em Robyn, a carta com toda aquela sujeira surgia como um velocista e tomava a dianteira novamente. E seu medo florescia mais uma vez.

Quando ele voltou para casa no dia seguinte, sua mãe fingiu que tudo estava bem. Foi como se ela nem mesmo tivesse telefonado. Não havia nenhuma ligação, nenhuma carta. E Adam, por ser um babaca covarde, entrou no fingimento.

Chuck ficou no pé dele na reunião seguinte do Grupo. Adam podia sentir o terapeuta estudando-o durante a sessão.

— Batman? — Chuck se inclinou. — Você tem algo a acrescentar sobre o problema do Homem de Ferro ou sobre as sugestões do Wolverine?

O Wolverine tinha dado sugestões? Quando? Droga. Adam cruzou as pernas; da forma máscula, com o pé direito sobre o joelho esquerdo.

— Não. — Ele deu de ombros. — Não, estou com o Wolf nessa. — E deu de ombros mais uma vez para dar sorte.

— Certo, super-heróis, é isso. — Chuck fechou sua pasta de arquivos. — Boa sessão. — Ele tirou os óculos e sorriu. — Turma liberada, podem sair para brincar. Adam, uma palavrinha rápida?

Nããããão! Ela iria embora sem ele.

Os outros evaporaram. Chuck se virou para ele.

— Então, somos apenas você e eu. Está claro para você que o Grupo é seu local seguro, certo? Você ainda pensa assim?

Ele precisava bater com os dedos. Não precisara bater havia muito tempo.

— Sim, claro. — Apenas contar não seria o suficiente. Mas Chuck veria, saberia para onde olhar. *Treze, quinze, dezessete...* Ele bateu com a língua no céu da boca.

— Notei nas últimas semanas que você não está realmente aqui. Você não é assim. Está entrando num ciclo novamente?

Trinta e um, trinta e três...

— Adam, você estava indo tão bem.

— Estou cuidando disso — falou Adam. — Não se preocupe. Não é nada com que eu não possa lidar. O mesmo de sempre, sabe? — *Tirando as coisas novas.* — O Grupo tem sido incrível para mim. — Ao falar aquilo, Adam percebeu que era um pouco verdade. Quando aquilo se tornara verdade? — Se piorar mais, procuro ajuda. Com certeza.

Eles assentiram um para o outro.

— Legal. Apenas tente se lembrar de que eu estou aqui e eles estão aqui para você. Fale, Adam. Entendeu? Fale.

— Entendi.

Se corresse, poderia alcançá-la. Mesmo que não desse em nada, Adam estava se tornando um bom corredor. Ele tinha passado a voltar correndo para casa quando se separava de Robyn nos portões do cemitério. Então, sem nenhuma boa razão, tinha começado a correr mais algumas vezes por semana. No meio de toda aquela ansiedade agitada, correr o fazia se sentir... bem, se não como um Batman, pelo menos um pouco mais normal. Ele estava definitivamente considerando a ideia de fazer um teste para a equipe de atletismo de St. Mary na primavera. Sim, ele podia alcançá-la. Desceu a escada correndo na velocidade da luz e chegou ao saguão.

— Ei! Cadê o incêndio?

Robyn.

— Ei, uau! Você está... você esperou.

— Claro que esperei. — Ela sorriu, parecendo uma deusa em sua jaqueta de esqui vermelha acolchoada. Adam derreteu novamente, só que não. Graças a Deus, estava vestindo um casaco grande.

Ele devia beijá-la naquele momento. Ela tinha esperado. Ela tinha *esperado* por ele. Adam se moveu na direção dela.

— O Wolverine também teria esperado — falou Robyn animadamente —, mas ele tinha outra consulta com um especialista logo depois do Grupo.

Isso sim era um corta-clima.

Eles partiram.

Mas ele *deveria* tê-la beijado.

— Ah, e antes que eu me esqueça. — Ela entregou um pedaço de papel dobrado. — Eu sei que você não tem celular, pelo menos não um com o qual você seria visto, mas aqui estão os números do meu celular *e* da minha casa. Tipo, você pode me ligar de casa e podemos conversar, sabe? Então, me ligue, tá bem?

— Tá bem.

Ela queria que ele ligasse! Ele tinha o telefone dela. Era como se estivessem noivos! Talvez ele devesse beijá-la agora.

Não, eles estavam andando rápido demais.

O cemitério era como um país diferente no começo de dezembro. As lápides, a grama e as árvores, tudo se vestia com confortáveis pijamas cinzentos e marrons. Quando chegaram ao velho salgueiro, eles pararam sem dizer uma palavra.

Robyn se virou para o túmulo de sua mãe e fez o sinal da cruz com uma graça natural que teria deixado o Padre Rick orgulhoso. Pegou o rosário. Quando ela rezou, Adam também o fez. Ele rezou para Deus e para os anjos de pedra que os cercavam para que a mantivessem sã e salva mesmo que ele não conseguisse.

— Eu te contei que fui eu que a encontrei, não contei?

Adam fez que sim com a cabeça. Os pelos em seu braço se eriçaram. Ele estava alerta, sentindo, se não exatamente perigo, algo — algo sombrio. Mas não bateu ou sequer contou. Permaneceu com ela. Ela estremeceu. Ele estremeceu.

— Uma sacola plástica. — Robyn franziu a testa como se ainda estivesse surpresa com a escolha. — Chuck sabe, e meu psiquiatra também, claro. Sim... — Ela olhou para o salgueiro. — Minha mãe colocou uma sacola plástica na a cabeça. Tipo, como você não arranca aquilo, sabe? Como? Eu tentei uma vez.

— Jesus, Robyn! — Adam engoliu um pânico nauseante, mas não contou ou bateu. Ele se manteve firme.

— Está tudo bem. — Ela apertou o braço dele. — Foi por menos de um segundo, prometo, só para ver. — Ela o levou novamente para o caminho. — Ei, anime-se. Tenho ótimas notícias. É oficial, parei com os medicamentos! — Ela o apertou com mais força. — Desde sexta-feira. Meu psiquiatra acha que estou tendo um progresso inacreditável. Tenho o clonazepam apenas para emergências.

Inacreditável.

— Ei, inacreditável! Parabéns!

— Bem, eu devo ter que tomar alguma coisinha para outra coisa, mas estamos monitorando isso. Mas, sim, eu *estou* melhorando, Adam.

E ele queria aquilo para ela. Aquilo era tudo. Com certeza.

Parecia que sua boca estava cheia de terra.

Ele melhoraria também, talvez. Se não fosse pelas cartas...

Ele devia beijá-la. Um beijo de parabéns seria totalmente apropriado. Seria irado! Sim! Em vez disso, Adam a abraçou. Casaco contra casaco, luva contra luva, cachecol de lã contra cachecol de lã. Triste. *Quão* ridículo ele podia ser? Ele era o rei do ridículo. Mas ele a abraçou apertado.

E ela o abraçou de volta, aninhando-se nele.

Adam afundou o rosto no pescoço de Robyn, em seu cabelo, inalando pêssegos e gengibre e Robyn.

Quando finalmente soltou, Adam estava mais alto e mais velho, desfrutando do sorriso de Robyn.

Tudo estaria maravilhoso — *ele* estaria maravilhoso — se não fosse pelas cartas. As cartas estavam torpedeando tudo. Quem diabos estava fazendo aquilo? Podia ser qualquer um, de qualquer lugar, até mesmo alguém que eles *conheciam*. Que ele conhecia. Como o Wolverine. Sim, para afetá-lo? Não, aquilo era muita loucura, até mesmo para ele. Mas a precisão dos acontecimentos meio que batia.

Não, o Wolverine não era tão doente.

Mas alguém era.

— O que houve, Cavaleiro das Trevas? — Ela passou o braço pelo dele. Prova positiva de que eles eram um *eles*.

— Nada.

Ela parou e se virou para ele.

— Não, sério. Eu estou tão incrivelmente animado nesse momento!

E ela riu. *Ele* a tinha feito rir.

Mas, mesmo com toda aquela excelência superior, dois pensamentos singulares se esgueiraram em seu cérebro e se aninharam.

O primeiro era sobre as cartas, sempre as cartas. Ele não podia apagar a memória da angústia de sua mãe quando recebera a última.

E o segundo era que Robyn estava melhorando enquanto ele piorava. Sua mãe estava surtando, e Adam surtaria junto com ela, se não tomasse cuidado. Ele precisava ser mais atento.

Quando eles chegaram aos portões, ele arriscou tudo e abraçou Robyn novamente.

— Parabéns pelos medicamentos. Você é incrível, de verdade! — Ele arriscou ainda mais ao roçar a bochecha de Robyn com seus lábios, um *quase* beijo.

— *Você* me faz me sentir incrível, Adam. Todas as vezes. — Ela retribuiu o abraço mesmo depois do beijo, mesmo com pessoas passando e vendo e tudo mais. — Ligue para mim, Adam... estou falando sério!

Ele observou enquanto ela se afastava com a proteção dele, com a armadura dele. Então ele ficou sem nada, sozinho com seus pensamentos em disparada. As malditas cartas. Quem quer que as tivesse escrito estava possuído por uma doença tão pútrida que o fazia se sentir como se houvesse um vento quente sufocante. E, ainda assim, ele estava com frio. *Sete séries. Um, três, cinco, sete, nove...*

CAPÍTULO 18

— Alô.

— Alô, posso, por favor, falar com...

— Batman? Adam? Sou eu, Robyn! Aparece como "número privado". Ei, você ligou! E apenas quatro dias depois de quando eu achei que você ligaria, mas, ei!

Será que ela estava chateada? Não, ela estava provocando. Não estava? Será que ele devia contar a ela que tinha pegado o telefone exatamente mil e trinta e cinco vezes nos quatro dias que se passaram?

Provavelmente não. Mas talvez. Não. *Pare!* Ele tinha que impedir sua mente de saltar obstáculos que não estavam ali.

— Ei, pois é, eu andei realmente ocupado praticando minha conversação casual e descolada ao telefone.

Robyn riu.

Ela achou que ele estava brincando.

Deus, ele amava ouvir o som da voz dela.

— Então, como você está?

Os lábios macios de Robyn estavam do outro lado, bem perto dos seus. Em alguma espécie de mundo alternativo, era quase como beijá-la. Tudo bem, não era, mas Adam estava ficando desesperado, então, sim, era.

Ela teria gosto de pêssegos, com certeza.

— Estou bem. Ia começar agora mesmo o dever de química, mas estou feliz por você ter ligado. Realmente feliz.

Os dois respiraram sobre o receptor por alguns segundos que pareceram se arrastar por horas.

— Então, hum, tem... *por que* você ligou?

Sim. Por quê?

— Só queria ouvir sua voz amigável, acho, e...

— E?

— Bem, nós meio que não terminamos nossa conversa lá no cemitério no outro dia. Não pra valer; ou pelo menos eu não terminei. Tudo bem, nem mesmo comecei e, tipo, você foi tão aberta falando sobre a sua mãe e sobre como você está melhorando e tudo mais.

— Sim, não sei por que sou tão tagarela com você. Talvez pelo fato de, no Grupo, com os outros, você ser tão sólido, sabe?

Sólido? Ele?

— Definitivamente não é apenas mais um *bonitinho.*

— Espere um pouco, você está dizendo que eu *não* sou bonitinho?

— Pare de pescar elogios, Adam.

Ele podia ouvir o sorriso na voz dela.

— E, ei, talvez eu esteja esperando que você fale também. Fale comigo, Adam. Isso ajuda. Toda vez que eu lhe conto alguma coisa, você é tão... bem, ajuda. *Você* ajuda.

O rosto dele se aqueceu. Era o brilho labial dela que tinha cheiro de pêssegos. Ele se lembrou agora de quando ele a abraçou no cemitério. Isso não significava que *ela* teria gosto de pêssegos.

— Adam?

— Estou aqui, desculpe.

— Olha, talvez eu confie em você, e talvez você pudesse confiar em mim também.

Será? Era uma questão de confiança? Ele se perdeu no *querer* novamente. Era sempre tão certo com ela. Ele tinha desejado beijá-la *tanto*. Talvez ela tivesse gosto de pêssegos, mesmo que fosse apenas seu brilho labial que a fizesse ter cheiro de pêssegos.

— *Tem* algo... algo que eu não contei nem ao Chuck.

— Nem mesmo ao Chuck?

— Não, nem mesmo ao Chuck. Bem, eu comecei, mas parei. É complicado, porque não é sobre mim, não diretamente. Meio que como com sua mãe.

— Estou aqui. Eu *entendo* de coisas complicadas. Prometo.

— Então, pois é, ela, minha mãe, está recebendo umas, tipo, cartas anônimas, e elas são doentias e a deixam surtada. E eu preciso dizer que elas estão me deixando surtado também. É... elas são ruins assim.

O alívio foi mais do que instantâneo.

E alívio ganhava de vergonha. Alívio inclusive ganhava de seu medo da reação dela. Tanto alívio por abrir mão de um pequeno segredo sujo? Ou será que todos os segredos eram sujos? Talvez até os limpos fossem como ímãs, inevitavelmente atraindo coisas escorregadias.

Ele estava chocado.

Adam *contou*, e o mundo não tremeu. Robyn não zombou dele, ou ameaçou uma ação indesejada. O segredo perdeu seu poder, *puf*.

— Nossa, isso é doentio, Adam. Pesado demais. Quantas até agora?

— Três ou quatro ou cinco ou mais. Não sei. Ela costumava tentar escondê-las. Eu vi apenas um pedaço de uma. Era como nos filmes antigos de assassinos em série, sabe? — Adam tomou uma decisão consciente de *não* detalhar como ele pescou os pedaços de papel do lixo e que depois se esqueceu deles em seu bolso. — Como quando o cara perturbado corta palavras de jornais e revistas e as cola no papel.

— Uau, isso é ainda mais assustador. Tem ameaças? Tipo, de fato tecnicamente a ameaçam?

— Sim, bem, talvez não — disse ele. — Elas são horríveis, mas não diretamente, acho que não. Não as vi de verdade, mas em grande parte parece que elas a xingam de coisas terríveis e dizem para ela morrer, mas não como se ele fosse matá-la.

— Ou ela — corrigiu Robyn. — Você pesquisou no Google "cartas ameaçadoras" ou algo do tipo?

— Não, sabe, eu não posso. Só na escola. E eu...

— Desculpe, desculpe, eu esqueci. Espere um pouco. Vamos dar uma olhada, certo? Vou entrar on-line agora. Ganhei um iPad novo! Meu pai comprou para mim no dia em que parei com as medicações. Legal, não?

— Sim, com certeza. — Novamente, os arranhões dentro do estômago. — Você merece.

Houve uma pausa.

— Adam, eu comecei muito pior. Fiquei internada, lembra? Por meses. — Outra pausa. — Mas você também se sairá bem, e eu juro que você está, tipo, três metros mais alto. É um Grupo e tanto, no fim das contas, não? Aqui está, estou pesquisando "recebendo cartas anônimas".

— O quê?!

— No iPad. Estou pesquisando...

— Não, a outra coisa. A coisa de estar mais alto.

— Qual é, não me diga que você não notou. É o *seu* corpo. Snooki notou.

— Notou? Quer dizer, isso não importa. Mas dá para perceber de verdade?

— Claro, você está mais alto do que eu. Está caminhando para o território do Thor e do Wolverine. Você não notou quando me abraçou?

— Hum. — *Quando ele a abraçou e seus lábios tinham cheiro de pêssegos.* — Hum...

— Achei! www.ehow.com. *Como lidar com o recebimento de cartas anônimas.*

— Parece bom. O que diz?

— Certo, entããão, são cinco dicas. Um... — *Murmúrios e balbucios... — Mantenha a calma e faça um plano para lidar com a pessoa e quaisquer cartas futuras.*

— Eu tenho falado isso para ela. Acontece que ela simplesmente rasga as cartas. Qual é o próximo?

— Certo, dois... — *Murmúrios e balbucios... — Apenas covardes escrevem cartas anônimas, e a maioria se cansa se não receber nenhuma resposta.*

— Sim, eu meio que achava ou esperava que isso acontecesse, mas já foram tantas. Quando isso acaba?

— Então, a número três é... Esquece, é sobre e-mails. A número quatro diz: *Entre em contato com autoridades locais. Elas podem ajudá-lo a rastrear...*

— É, isso não vai rolar.

— Certo, a última dica é para, hum, basicamente ligar para um advogado ou um detetive particular, buscar ajuda profissional, porque isso pode ameaçar sua saúde física ou mental e...

— Também não vai rolar. Mas obrigado, vou manter isso tudo em mente. Prometo.

— Você é a criança, Batman.

— Hein?

— Olha, eu sei que você é um garoto e que tem 15 anos e tudo mais, mas sua mãe... ela é o adulto, certo? E ela é, tipo, uma pessoa importante num hospital. Ouvi Chuck falar isso. Ela saberia sobre essas coisas.

— Não. Bem, talvez, sim. Ela é como uma supervisora e chefia comitês, então, sim. Acho.

— Não é você quem está no comando.

Quer apostar?

— Adam?

— Estou aqui.

— Certo, então por que não falar com a polícia?

— Ela tem outras questões que poderiam ser um problema se alguém... Ela não... Ela tem questões, e é complicado. — Adam se sentia mais desleal a cada palavra. Ele estava tremendo quando chegou ao segundo "questões".

Silêncio novamente. Não tão desconfortável dessa vez. Ele podia ouvir a respiração de Robyn do outro lado da linha. Se apenas ele pudesse vê-la, ver seus lábios.

— O *acúmulo*?

Ele assentiu, embora ela não pudesse vê-lo.

— Adam?

— Sim. — Ele continuou a balançar a cabeça. — Sim, o acúmulo. É uma zona proibida.

— Certo, e quanto a amigos próximos... da sua mãe, no caso?

— É, nem tanto. Não mais. Não há mais ninguém, Robyn. *Eu* sou a pessoa a quem ela conta coisas. Eu sou todo mundo.

Silêncio.

— Entendi, e seu pai está fora com o lance do divórcio e tudo mais. — Adam quase podia ouvi-la pensando. — Eu sei que é loucura, mas e quanto à sua madrasta?

— Brenda?

— Sim, você falou sobre como ela e sua mãe chegaram perto de serem amigáveis.

— Sim, isso é verdade, mas não. Veja bem, Brenda é legal e tudo mais, mas meio que está ocupada com o meu irmãozinho. Ele fica um pouco ansioso e isso a deixa ansiosa e assim por diante. Mas você me deu algumas ideias muito boas da internet. Essa coisa toda de "planejar para a próxima carta" e de que é um covarde et cetera. É bom saber. Sério, obrigado. Estou feliz por ter ligado.

— Está?

— Com certeza. Pude ouvir a sua voz e, sim, tipo, foi bom simplesmente tirar isso da minha cabeça e falar em voz alta. — E o engraçado era que aquilo era verdade.

— Você sabe o que *eu* sei com certeza?

Você não precisa *ver* um sorriso, você pode *ouvir* um. A linda boca de Robyn se curvou para cima, uma covinha surgindo. Era contagioso. Adam sorriu também.

— Não, o quê?

— Que está tudo bem para mim. Tipo, talvez *você* seja bom para mim. Até segunda-feira, Batman!

Robyn desligou enquanto Adam decidia o que deveria dizer e como deveria dizer. Ele ficou com o telefone na mão por muito tempo depois de ouvir o sinal de que a ligação tinha caído, ainda sorrindo.

Ele não contou.

CAPÍTULO 19

O coração de Adam dava voltas em seu peito, ameaçando bater um recorde de velocidade. Ele podia conquistar o universo.

Ele tinha *falado*. Ele tinha contado a *ela*. E Robyn não tinha fugido; ela tinha ficado e eles tinham conversado exatamente como duas pessoas *normais* que se importavam. Normais. Era assim a sensação de ser *normal*?

Que beleza.

Adam subiu a escada correndo, três degraus de cada vez. Ele precisava se medir contra o batente da porta imediatamente. Mas, ao chegar lá, ele congelou. Não era um problema com a soleira. E se ela estivesse apenas mexendo com ele? Ele se recostou com força na porta, esperando a náusea passar.

Desde que conseguira ficar de pé pela primeira vez, a altura de Adam vinha sendo medida obedientemente e registrada pelas marcas de lápis do seu pai, depois da sua mãe e agora as suas próprias. Ele pegou uma régua e a posicionou reta sobre a cabeça. A tentação de incliná-la para cima e se fazer mais alto precisava ser combatida todas as vezes. Um metro e setenta e dois! Sim! Ele teria um metro e oitenta antes do Natal. Tudo era possível.

Ele era bom para ela! Ela tinha falado. Em voz alta. Talvez não estivesse falando sério, no entanto. Talvez apenas tivesse pena dele. Seu estômago embrulhou. Não! Ela não era assim, não faria isso. Ele *era* bom para ela. E ela gostava dele. Ele escolheu aquela opção e tentou se manter com ela, mas não conseguiu.

Os sentimentos de Adam vacilavam e tropeçavam como bêbados descontrolados; ele estava exultante em um momento e se afogando em ansiedade no próximo. Isso era amor? Era como ser feito refém por um terrorista. Os sentimentos que iam de esperança a horror eram extremamente intensos e mudavam em questão de segundos. Se ele ao menos soubesse o que ela pensava... Por que as garotas não podiam dizer exatamente o que estavam pensando no momento em que estavam pensando? O mundo seria um lugar melhor, sim, senhor. Mas, ao mesmo tempo, ele não conseguia parar de sorrir. Adam se sentia como se fosse a estrela de um filme italiano. Se ao menos fumasse... Ele deveria fumar. Talvez fumar o acalmasse um pouco, focasse sua mente sem as batidas de dedo. Ele *não* ia bater. Ele devia sair para correr. Não; sua mãe logo estaria em casa.

Adam andou de um lado para o outro em seu quarto, mas parou assim que percebeu que estava fazendo aquilo em padrões concêntricos exatos. Esticou a mão na direção das miniaturas, mas não as tocou. Ele podia fazer a Lista. Sim! Imediatamente ele se sentiu péssimo por não ter continuado a Lista. Havia prometido a Chuck, havia prometido a si mesmo. Dessa vez ele a teria pronta para sua próxima consulta particular. Aquilo impressionaria Chuck.

Adam rasgou uma folha de um caderno. Estava transpirando, mas começou a escrever antes de perder a coragem. Anotou tudo de pé.

11 de dezembro **A LISTA** Adam Spencer Ross

Medicamentos: Anafranil 25 mg 2 x por dia
Lorazepam o quanto for necessário 4-6 por semana

Principais compulsões apresentadas: Ordenar,
Bater com o dedo, Contar na Cabeça, Pensamento
Mágico, por ex: Soleiras

Droga. Ele se lembrou agora de por que odiava fazer essas coisas. Realidade nua e crua. A realidade era uma droga. Ele era uma droga. Que enorme droga ver como ele era uma droga no papel. E estava ficando pior — não adiantava negar —, o que era uma droga maior ainda. A dose de lorazepam era uma mentira, mas ele não a corrigiu.

— Adam? Cheguei, finalmente!

Ele ouviu sua mãe empurrando as coisas e soube que ela fazia aquilo sem realmente ver a bagunça.

— Estou só acabando um dever de inglês — gritou ele. — O jantar está na coisinha azul da CorningWare. Coloque no micro-ondas.

— Obrigada, querido!

Ele ouviu um chacoalhar, um arrastar, gelo batendo no copo. Vodca com gelo. Adam fechou a porta. Robyn. Ele poderia aguentar se pensasse em Robyn.

1. Acredito que Robyn Isobel Plummer é meu amor verdadeiro e que o amor PODE conquistar tudo.
2. Acredito que, se eu for bom e forte e corajoso e, acima de tudo, NORMAL, Robyn Isobel Plummer me amará também. Posso esperar. Sou paciente. Vai valer a pena.
3. Acredito que é possível ser consertado. Na maioria dos casos. E acredito que minha mãe será ajudada, de alguma forma, mas não sei como.
4. Acredito que Stones ainda é o meu melhor amigo e que talvez o pessoal do Grupo seja meio que como amigos.
5. Acredito que minha mãe me ama e que meu pai me ama da melhor maneira que consegue, que Brenda me ama, que Docinho me ama e que todos eles se preocupam comigo, e isso me faz me sentir mal. Bem, Docinho se preocupa com tudo, menos comigo. Ele acha que sou invencível.

6. Acredito que números pares criam caos no mundo e estou tentando não acreditar que o Wolverine tenha uma espécie de efeito semelhante.
7. Acredito que mentir é doentio e que torna tudo mais doentio e que não se deve acreditar em mentirosos. Mas, por outro lado, todo mundo mente.
8. Acredito que soleiras estão se tornando um problema maior para mim. Elas agora incluem, em graus diversos de toxidade: as portas do ginásio, as portas do laboratório de biologia, do gabinete do vice-diretor, da sala de inglês e da entrada sul da escola; as portas frontais de bronze da igreja do Santo Rosário (para entrar e sair); as portas laterais da casa de Brenda; a entrada do metrô da John Street; o 7-Eleven perto do cemitério; e, desde o dia de hoje... foi rapidinho, então talvez não seja, mas... bom, desde hoje, a porta da frente do número 97 da Chatsworth. Isso me assusta.
9. Acredito que sou um covarde, mas estou trabalhando para mudar isso. Quer dizer, VOU trabalhar para mudar isso. Sério.
10. Acredito que há momentos em que minhas moléculas são nucleares e explodirão, espalhando radiação sobre todos aqueles que amo a não ser que eu execute certos rituais de limpeza e liberação, mas vou trabalhar para mudar isso também.

Pronto. Adam tocou o papel onze vezes enquanto relia a Lista. Estava ruim, sem dúvida. Mas nem de perto tão ruim quanto ele achou que seria. Chuck tinha razão. Listas eram boas. Olhar para ela com atenção era como se observar com atenção. Foi isso o que Chuck falou. Ele soltou o ar longamente. Certo.

Ele meio que andava se assustando ultimamente.

— Querido? Adam, desça, meu amor, e faça companhia para sua velha mãe. Trouxe bolinhos de maçã do Sweet Jenny's só para você.

Ele assentiu para si mesmo.

— Está bem — gritou ele.

Ele leu a lista mais uma vez, parabenizando-se por sua honestidade e seu progresso, antes de rasgá-la em pedacinhos. Ele puxou o ar mais uma vez e então o soltou. Levantou-se, engoliu dois Lorazepam sem água e desceu.

— Estou indo, mãe!

CAPÍTULO 20

O Grupo tinha acabado de começar e Adam já estava com dificuldades para ouvir acima da pulsação em seu ouvido. Aquilo acontecia às vezes — tudo bem, muitas vezes. Ele teria que diminuir o Lorazepam. Esse poderia ser um novo objetivo, um bom objetivo. Ele se esforçou para escutar, o que apenas tornou mais alto o som da própria respiração. Calma. Esse era um lugar *seguro.*

— Então, o que me dizem? — perguntou Chuck. — Devemos nos mudar para um ambiente mais festivo para nossa última sessão do ano? Fazer uma excursão?

— Tipo, você quer ir até a igreja? Eu topo. — O Lanterna Verde assentiu com um entusiasmo alarmante.

O quê?

— Sim, a igreja foi legal — concordou o Homem de Ferro. — E eu gostaria de ver o papa do Batman novamente.

— Pároco — corrigiu Adam. — O Padre Rick é um pároco.

Chuck balançou a cabeça.

— Não, não vamos à igreja.

— Bem, eu não vou entrar nessa onda politicamente correta — bufou Snooki. — Não esperem que eu arraste meu traseiro grande até uma mesquita e depois até uma, uma... qual é aquela coisa aonde vocês, judeus, vão? — Ela se virou para a Mulher Maravilha. — Um templo ou uma sinagoga?

— Não olhe para mim. Já fui à igreja mais do que fui ao templo — disse a Mulher Maravilha. — De qualquer forma, eu não acharia ruim acender mais velas. Senti um clima bom de verdade naquele dia.

— Sim! Sim, com certeza! — respondeu o Capitão América, que foi seguido por um aceno de cabeça vigoroso do Homem de Ferro. O Wolverine parecia entediado.

— Opa, pessoal! — Chuck levantou a mão. — Hoje não, tá bom? Vocês podem voltar à igreja do Batman quando quiserem, mas para hoje eu ia propor irmos a um café. Liguei para o Jeff da Slave to the Grind que fica ali na esquina e ele está reservando toda aquela área dos fundos para nós. O que vocês acham? Alguém quer café?

— Estou dentro! — O Wolverine se levantou, pronto para partir.

Snooki puxou a Mulher Maravilha de sua cadeira.

— Nós também. Podemos supor que eles fazem um latte sem gordura?

— Leite desnatado também tem calorias, sabe? — resmungou a Mulher Maravilha.

— Um expresso duplo cairia bem! — falou o Capitão América. — Um expresso duplo seria ótimo. Expresso duplo. Levante essa bunda da cadeira, Batman.

Adam e o Thor se ergueram ao mesmo tempo. O Thor parecia tão perplexo quanto Adam se sentia. Ele rosnou na direção do Batman e os dois saíram, vestindo casacos, cachecóis e luvas enquanto desciam. Ninguém sugeriu nada ou deu qualquer desculpa — todos simplesmente seguiram pela escada.

No café, Adam acabou se separando de Robyn quando eles entraram na fila. Chuck estava na frente, seguido pelo Wolverine, depois Robyn, o Lanterna Verde e em seguida Adam com o resto deles, numa formação inquieta atrás do Thor.

— Ei, Robyn, deixe comigo. — O Wolverine sacudiu uma nota de vinte dólares. — É por minha conta.

Adam travou o maxilar e rangeu os dentes. O Wolverine tinha oferecido exatamente enquanto Adam tentava descobrir se tinha dinheiro suficiente para pagar por dois cafés. Isso tudo era um saco! Ele precisava de um Lorazepam. Adam nunca tinha ido a um café antes. Não era *nem um pouco* parte do clube do "Starbucks depois da escola" em St. Mary's. Quanto seria? O que ele deveria pedir? Como deveria pedir? Podiam cobrar qualquer coisa — de cinquenta centavos a cinquenta dólares — até onde sabia.

Chuck saiu da fila e acenou.

— Ei, super-heróis, já cuidei de tudo, tá bem? É por conta da casa... — Então parou, percebendo que todos no local olhavam para ele. Abaixou sua voz. — É por minha conta. Aproveitem, certo?

Os outros fregueses ainda encaravam. Novamente, Adam se perguntou como eles se pareciam aos olhos de pessoas normais. Aquilo chegara a tal ponto que ele mal conseguia vê-los sem imaginar algum aspecto de seus uniformes de super-heróis aparecendo magicamente. A não ser por Snooki claro. Adam ainda não tinha noção de o que era uma Snooki ou qual seria seu uniforme, a não ser que seria formidável.

Sem aviso, chegou a sua vez. A garota atrás da caixa registradora perguntou qual era o pedido. Robyn, o Wolverine e Chuck estavam à sua frente, esperando junto à "barista" por suas bebidas.

Adam começou a suar profusamente. Talvez eles tivessem chá, mas ele só gostava de Earl Grey e não conseguia achar Earl Grey no quadro-negro. O que diabos era um *green chai latte*?

O Thor se aproximou dele.

— Um café preto Americano com dose extra, e não coloque nenhuma merda nele. Leite e açúcar são para frescos. Todos estão vendo.

Jesus, o sujeito tinha se tornado um tagarela.

— Um café Americano com dose extra, por favor.

— Pequeno ou grande?

— É, hum, bem, peq...

Thor limpou a garganta.

— Grande, por favor — grunhiu ele.

— E beba o copo todo, ou eles saberão que você é um enganador.

Adam assentiu.

— Claro. Obrigado, Thor. — Certo, quão ruim podia ser?

Nove cadeiras já estavam posicionadas em volta de três mesas pequenas. Como o Thor e Adam não precisavam de nenhum adorno para seus cafés americanos másculos, eles alcançaram Chuck, Robyn e o Wolverine. Thor, de maneira não muito delicada, bloqueou espaço o suficiente para permitir que Adam se esgueirasse e se sentasse bem em frente a Robyn. Dessa forma ele podia olhar para ela *e* tocá-la. Ela puxou a trança para a frente. Meu Deus, ela era linda. Ele ficava chocado toda vez que a via. Seus lábios estavam brilhosos e com cheiro de pêssegos novamente. *Como as garotas fazem isso?* Ele poderia jurar que não tinha tirado os olhos dela desde o Grupo.

Depois de uma espera aparentemente interminável pelos pedidos, da arrumação, de voltar correndo para comprar águas e uma porção de biscoitos para a mesa, Chuck ergueu seu cappuccino grande, com muita espuma.

— A nós. Bom trabalho nesse semestre, muito... — Ele examinou rapidamente o salão para se assegurar de que ninguém mais estava prestando atenção. — Muito progresso. Desejo a vocês todos ótimas festas e quero que saibam que vocês são um excelente grupo de... bem, vocês são demais, de verdade.

— Ah, caramba, ele gosta mais de nós do que de seus outros maluquinhos. — Snooki levantou o seu copo.

— A nós! — falou o Lanterna Verde. Isso foi seguido de um brinde desajeitado com copos se batendo, saudações e café sendo derramado.

Embora ele não tivesse certeza de qual era o protocolo, Adam também ergueu seu copo e pigarreou.

— E eu proponho um brinde ao nosso professor, curandeiro e psiquiatra, o Dr. Chuck Mutinda, que é responsável por fazer de nós os super-heróis que somos hoje.

O Thor se juntou com uma saudação dizendo "Eia! Eia!" tão grave e tonitruante que parecia que o metrô estava passando debaixo deles.

Nenhum deles sabia muito bem como lidar com o novo Thor. Sua boca estava em um formato que se parecia menos com uma careta — se não era um sorriso, era alguma expressão neutra, o que, no Thor, exalava boa vontade. Robyn articulou um "Isso foi muito gentil" em silêncio para Adam do outro lado da mesa. Ele não achava que seu mundo poderia melhorar.

Então ele tomou um gole do seu café Americano.

O fato de ele não cuspir o café longe era uma prova de seu amor por Robyn. O fato de ele não tossir violentamente era uma prova de seu medo de Thor. Em vez disso, Adam engoliu. Era como piche preto diluído com óleo diesel e aromatizado com essência de meias sujas.

— Como está o seu café, Batboy? — perguntou o Wolverine.

— Encorpado — respondeu ele, tomando outro gole. — Bom.

— A coisa dos super-heróis *foi* uma ideia inspirada, Chuck. — A Mulher Maravilha falou tão delicadamente que todos se inclinaram para ouvi-la. — E é meio engraçado quando você pensa sobre como as identidades ou combinam conosco ou são, tipo, o exato oposto.

— O que você quer dizer, MM? — perguntou o Wolverine.

— Bom. — Ela tomou um gole de seu café, e Adam percebeu que ela estava balançando a perna esquerda. Ela fazia muito aquilo no Grupo também. — Você é um pouco hipocondríaco, certo? E o Wolverine tem um fator de cura mágica.

— Hmm... — O Wolverine cruzou os braços. — Eu relutantemente admito que você tem razão.

— E, tipo, o alter ego do Homem de Ferro é um playboy milionário superdescolado — falou o Homem de Ferro. — E eu... bem, convenhamos, não sou muito assim.

— Sim, e o alter ego do Lanterna Verde está sempre enfrentando os seus medos — disse Tyrone sobre o seu personagem —, enquanto eu gostaria de poder fazer o mesmo. E o Capitão América era tipo uma criancinha frágil que foi muito aperfeiçoada ao ponto de chegar à perfeição humana, e o velho Jacob aqui se beneficiaria de algum aperfeiçoamento.

O Capitão América jogou uma pilha de guardanapos nele.

— E o Thor... — continuou o Wolverine de forma imprudente.

Todos respiraram fundo à sua volta.

Adam tomou outro gole da gosma antes de declarar:

— O poderoso Thor está para sempre exilado de sua pátria e, portanto, entra e sai da Loucura do Guerreiro. Nada mais a ser dito, certo, Thor?

O Thor rosnou.

— Nós somos definitivamente uma mistura tosca da Liga da Justiça com os Vingadores. — Adam bebeu outro grande gole de sua terra líquida e desejou que os olhos não lacrimejassem. — Devíamos montar uma franquia. Estou certo ou estou certo? — Será que ele estava falando alto demais?

— Com certeza, nosso tão sombrio e belo Cavaleiro das Trevas! — Snooki se inclinou na direção de Adam para cumprimentá-lo, seus seios por pouco não cedendo à expectativa de sair de seu tomara-que-caia.

Assim que os super-heróis machos superaram aquela decepção em particular, as duas Ligas se juntaram em pequenos grupos para dissecar planos de férias, potenciais presentes de Natal e variações de medicação. Adam estava vibrando com sua recém-descoberta... bem, ele estava simplesmente vibrando.

Quando chegou a hora de ir embora, Robyn pegou Adam pelo braço e o puxou para o lado

— Não vou andando hoje.

Ela estava chateada? Será que tinha sido a coisa da Snooki? Ele não devia ter olhado; ela devia tê-lo visto olhando. Não, ela estava sorrindo. Por que ela estava sorrindo para ele? Graças a Deus ela tinha um sorriso tão incrível, porque, senão, ele não teria sido capaz de tirar os olhos de seus peitos. O tomara-que-caia extremamente cavado de Snooki o tinha lembrado das potenciais maravilhas daquela região e agora ele não conseguia se esquecer.

— Vou encontrar com meu pai no escritório dele e ajudá-lo a comprar os quatro presentes que ele tem que comprar todos os anos, incluindo o meu.

— Ah, sim, claro. Bem, sim, sim, sim, mas veja bem... o negócio é que. — O negócio é que Adam queria dar a ela o seu presente. Ele tinha comprado uma pequena garrafa de cristal. Ela o fez se lembrar de Robyn assim que ele a viu na vitrine do antiquário na Greene Street. O vendedor disse que era para perfume, mas Adam a tinha enchido com água benta da igreja. Bem, o Padre Rick a tinha enchido para ele. E Adam achou que era um presente tão bom, que poderia ser merecedor de um beijo. Que *poderia* nada... *com certeza* seria merecedor de um beijo. Beijos, até. Múltiplos *beijos*. Sim! *Beijos, beijos, beijos*. O coração de Adam galopava numa velocidade desconhecida para ele, mesmo no meio de um ataque de ansiedade. — Então, eu estava pensando que, antes de você dizer que não podia... quer dizer, eu estava pensando que eu queria, mas então você disse, e eu compreendo, mas... — Adam tinha aquela impressão vaga de que não estava fazendo sentido algum.

— Mas... — Robyn tocou seu braço novamente, interrompendo a tagarelice em alta velocidade. — ...mas eu esperava que você viesse me ver um dia. Viesse à minha casa, no caso Que tal no feriado?

O choque o transformou em pedra. Então ele voltou à vida, porque ouviu um grunhido do Thor ao longe.

— Claro! Com certeza, incrível. Sim, claro, pode apostar! Você está brincando?! — Adam assentiu com tanta vontade, que parecia que sua cabeça cairia e rolaria para debaixo de uma mesa. Qual era o problema dele? — Ótimo, ótimo, ótimo! — Ele estava tremendo, mas só por dentro. E queria dançar. Ele queria abraçá-la e dançar. Aonde alguém devia ir para aprender a dançar?

O Wolverine, que estava batendo papo com os super-heróis, deu um soco no ombro de Adam. Por que os caras *faziam* aquilo?

— Então, Feliz Natal, Batboy, e nós nos vemos no próximo ano, garoto.

Garoto? Garoto! Quem ele está chamando de garoto?

Adam queria esmurrá-lo, ele ia esmurrá-lo, e o teria esmurrado com certeza, só que precisava muito fazer xixi.

O Wolverine se virou para Robyn.

— Ouvi que você está indo para o centro da cidade. Eu também. Vamos pegar o metrô juntos.

Chega! Exatamente quando ele estava se preparando para bater no Wolverine, Robyn colocou a mão sobre a de Adam novamente.

— Então me ligue, Batman. — Ela falou em voz alta. Todo o café ouviu. Mais importante: o Wolverine ouviu.

Adam queria pular sem parar, realmente precisava pular sem parar.

Então ela se inclinou na direção dele.

— É o café. Não se preocupe, vai passar. — E piscou.

Ele nunca tinha visto aquilo antes. Bem, não na vida real. Ele piscou de volta e então não conseguiu mais parar.

Ainda piscando, Adam olhou na direção do Thor, esperando alcançá-lo na saída. Ele parecia enojado.

As pessoas o abraçavam e davam soquinhos nele e apertavam sua mão enquanto lhe desejavam as melhores festas de todos os tempos. E, embora ele achasse que ia estourar um rim, embora não conseguisse parar de se contorcer e embora seu coração continuasse acelerado, Adam não conseguia se lembrar de algum dia ter se sentido tão bem. Café. Por que ninguém nunca tinha lhe falado sobre café? Tipo, caramba! Ele podia conquistar o mundo à base de café. Talvez Robyn fizesse café para ele na casa dela. Ele ligaria para ela e eles combinariam uma hora para ele visitá-la!

Aquilo tinha que ser um encontro, com certeza era um encontro — ligar e marcar uma hora soava definitivamente como um encontro. Era oficial: eles estavam saindo juntos.

Meu Deus, ele amava café.

CAPÍTULO 21

— Isso não dura, querido — falou sua mãe. — Odeio ser estraga-prazeres, mas seu corpo se acostuma à cafeína e a onda vai embora. — Carmella ficou nas pontas dos pés e beijou a cabeça de Adam. — Ei, pare com isso! Não consigo mais alcançar o topo. — Ela bagunçou o cabelo dele. — Venha aqui, deixe que sua velha mãe lhe mostre como fazer uma xícara de café passado. Coloque muito leite e açúcar ou você não vai conseguir engolir. — Ela ligou a chaleira elétrica na tomada. — Você pode praticar beber café sem parar durante as férias para nunca mais ser pego de surpresa com seus amigos.

— Mas, no café...

— Sim, eu sei que você falou que bebeu um Americano... puro. — Carmella abriu um grande sorriso, mas apenas com a boca, não com os olhos. — Suspeito que isso tenha acontecido mais pela presença do alvo do seu afeto do que por uma habilidade real de beber aquela coisa.

Ela sabia. De alguma forma, sua mãe suspeitava da existência de uma garota. Era toda aquela coisa de tomar muito banho — ele podia apostar. Ele devia ter contado. Quando ele tinha parado de contar as coisas? Devia contar agora. Eles poderiam ter um "momento".

O momento passou.

— Bom, você precisa de alguma ajuda com seus presentes de Natal?

— Estou com tudo sob controle, mãe.

E ele realmente estava, pelo menos a parte dos presentes. Apesar de ter aumentado a dose do Lorazepam, da intensificação dos problemas com soleiras e mesmo de uma pequena piora na contagem interior, Adam tinha certeza de que esse seria o melhor Natal de todos os tempos. Talvez outros filhos "divorciados" sentissem saudades de quando eram pequenos e tinham uma família "intacta". Mas Adam tivera suficientes sessões com Chuck para perceber claramente como essas festas de *família* verdadeiramente transcorriam. Ano após ano, o Natal era envenenado por discussões e longos períodos durante os quais seus pais não falavam um com o outro a não ser através dele. Houve períodos de festas inteiros em que os três foram feitos de reféns na mesma casa, querendo estar em qualquer outro lugar. Sua mãe dizia coisas como: "Adam, diga ao seu pai que, se ele quiser ter um jantar esperando por ele na véspera de Natal, ele tem que me dar uma pista de quando se dignará a voltar para casa." E seu pai dizia: "Adam, você pode dizer à sua mãe que o meu trabalho não gira em volta de um relógio de ponto. Eu volto para casa quando acabo, entendeu?"

Ele não entendia. Adam nunca "entendeu". Até hoje, apesar de todas as sessões, ele não sabia o que era sua culpa, se é que algo era sua culpa. Será que devia ter "avisado", gerado mais tração no meio? Será que devia ter advertido sua mãe sobre o "acúmulo"? Se ele sabia, por que ela não sabia? A casa de Brenda era toda de superfícies brilhantes, ângulos retos, vidro, aço e mármore — um copo sobre um descanso parecia extremamente deslocado —, e seu pai adorava aquilo. Mesmo quando era pequeno, Adam sabia que seu pai não gostava de bancadas obstruídas por seis tipos de manteigueiras em forma de vaca. Por que sua mãe não sabia?

Ele devia ter avisado a mãe. Será que ao menos tentara?

Chuck costumava dizer que essa não era a sua função, que ele era apenas uma criança. E Adam acabou acreditando, na maior parte do tempo. Então ele não tinha ilusões sobre a mágica de uma infância natalina. Mas ele *sabia* que esse seria o melhor Natal de todos os tempos. Esse seria o Natal em que ele ganharia presentes maravilhosos e estelares e em que ele daria a todos presentes que eram ainda mais incríveis.

Sim, isso não devia importar tanto.

Mas importava.

O circuito desse ano era: véspera de Natal com a sua mãe e almoço de Natal na casa do seu pai. O primeiro milagre foi não ter havido drama ou reclamações quanto a por que e com quem e por quanto tempo. Simplesmente funcionou.

Tanto seu pai quanto sua mãe tinham se acostumado com as questões semanais da custódia havia muito tempo, mas aquilo normalmente degringolava no Natal — até esse ano. No dia 24, Adam e sua mãe trocaram presentes quando voltaram da missa da meia-noite, a primeira deles em anos. Ainda assim, dar qualquer coisa à sua mãe era perturbador para ele. A ideia de acrescentar qualquer item a seu pântano sufocante de coisas o enchia de ansiedade. Mas ele lhe deu uma pequena caixa preta laqueada com um interior de cetim vermelho. Achara duas no antiquário da Greene Street.

Por mais que ela tivesse demonstrado ter ficado encantada e maravilhada com seu presente, não havia como competir com a maneira como Adam ficou embasbacado com o dele. O item principal era seu próprio Kindle já carregado com um grandioso estoque de histórias em quadrinhos e romances de distopia.

— Sei que a coisa do computador ainda está proibida... — Carmella segurou seu rosto e o beijou. — ...mas ninguém falou nada sobre um Kindle, e logo, querido, logo você voltará aos smartphones e computadores para me levar à loucura.

O item ainda *mais* principal eram sacos de lixo.

— Espere aqui, Adam, esse é o *verdadeiro* presente. — Sua mãe desapareceu numa parte da sala de jantar que havia muito não era habitável e, com algum esforço, arrastou dois grandes sacos cheios de lixo. — Veja, querido, estou levando isso para a calçada nesse instante! E tem mais dois. Feliz Natal!

— Uau, mãe! Deixe-me ajudar. — Adam se levantou com um salto.

— Não, meu amor. Preciso fazer isso sozinha.

E assim Carmella saiu na noite fria e amarga com suas pantufas esfarrapadas. Em seguida voltou correndo e levou para fora mais dois sacos verdes. Quando retornou, ela jurou por sua vida que encheria pelo menos dois sacos por semana até a bagunça ter acabado.

— Feliz Natal, Adam Spencer Ross!

Mas o maior presente de Carmella era um que ela nem mesmo sabia que tinha dado. Adam sabia que sua mãe havia recebido outra carta e que não tinha mostrado a ele. Ela não comunicou, não reagiu, não surtou. Manteve a calma durante todo o dia. Devia ter chegado na véspera de Natal, com a correspondência da tarde. Adam só descobriu quando viu as tiras de papel rasgadas no lixo. Havia semanas que ele vinha examinando cuidadosamente o lixo da cozinha todos os dias.

Sua mãe queria lhe dar um excelente Natal. Ela deu.

Adam não pegou as tiras de papel.

No Natal, o pai de Adam presenteou o filho com uma grande caixa muito elaborada, apesar de muito mal embrulhada, que continha caixas cada vez menores embrulhadas desajeitadamente até chegar a um único envelope, que continha um vale de 300 dólares para a loja da BattleCraft no shopping. Seu pai parecia que ia explodir quando Adam imediatamente ligou para Ben com a novidade.

Brenda lhe deu roupas, o que pode parecer sem graça, exceto pelo fato de que eram roupas que ela tinha comprado na loja TNT. Adam não cabia mais em quase nenhuma de suas roupas esquisitas que não eram parte do uniforme, e as novas camisetas, calças jeans e casacos eram muito legais. Ele sabia disso porque seu bastante incomum irmão de 5 anos sempre parecia muito mais descolado do que qualquer um no trepa-trepa.

Docinho não conseguia se controlar. Ele voou na direção de Adam com uma caixa perfeitamente embrulhada que ele generosamente começou a desembrulhar para Adam. Era uma toalha de praia do Batman, O Cavaleiro das Trevas.

— Estava escrito "Nosso preço: $14,99" e a sra. Brenda Ross disse que eu tinha dinheiro o suficiente, então ela a comprou para mim na internet, mas eu mesmo escolhi. E eu paguei, porque ela pegou o meu dinheiro. Quando o médico deixar, você pode entrar em www.ultimateshirt.com, na seção de itens colecionáveis do Batman. — Ele galopava pela sala de estar. — Eu adorei. Você adorou? Você *tem* que adorar.

— Adorei. Demais! — Adam o abraçou. — É totalmente irada!

— E, se você realmente quiser... —Docinho suspirou com toda a seriedade de um professor decano. — Quer dizer, realmente, *realmente* quiser, você pode até levá-la para sua outra casa com a sra. Carmella Ross.

— Isso é muita generosidade de sua parte — falou Adam.

— Sim — concordou ele.

Docinho estava animado com a nova luz noturna em forma de dragão que Adam tinha comprado para ele na Pottery Barn. Docinho *adorava* a Pottery Barn.

— É o *nosso* Puff, the Magic Dragon, não é, Batman?

— Ele mesmo — disse Adam.

O pai de Adam tinha dado a Brenda um cordão duplo de pérolas que até mesmo Adam reconhecia como bonito. Normalmente, seu pai dizia a Brenda que o presente vinha dos dois, mas esse ano Adam tinha comprado o próprio presente para ela pela primeira vez. Era a caixa preta laqueada gêmea daquela que ele tinha dado à sua mãe. Brenda agiu como se fosse ele quem tivesse dado as pérolas.

— Oh, Adam!

— Batman — corrigiu Docinho.

Ele tinha acertado.

— Vou guardá-la para sempre. É linda, e estou tão emocionada e... bem, obrigada. Muito obrigada.

Na tarde de sexta-feira, dia 27 de dezembro, o pai de Adam o levou de carro até a casa de Robyn. Era difícil dizer quem estava mais eufórico.

— Então, você comprou um presente para ela? — perguntou seu pai.

— Sim, claro que comprei um presente para ela.

— Você o embalou para presente? Garotas gostam de embrulho de presente.

— Sim, claro que embrulhei para presente. Está vendo? — Adam tirou uma pequena caixa vermelha embrulhada com fita dourada da mochila.

— Hum, bom embrulho. — Ele balançou a cabeça de forma encorajadora. — Você sabe que pode convidá-la para a nossa casa, não sabe? Brenda ficaria numa boa, prometo. Quer dizer, você sabe que não pode convidá-la para...

— A casa na Chatsworth, sim. Acredite em mim, eu sei. — Adam se retraiu. Além da condição da casa, havia o pequeno problema de Robyn ainda achar que ele morava perto. *Todo mundo mente.*

— E não fale sem parar. Você tende a falar sem parar quando está nervoso.

— *Pai!* Não vou falar sem parar. Eu sei que não devo falar sem parar. *Caramba.*

— Mas também não fique mudo; isso as deixa irritadas. Eu que sei.

Adam gemeu.

— E elogie os sapatos dela.

— Os *sapatos*?

— Sim, essa é uma coisa em relação às garotas que aparentemente todo mundo sabe. Se você notar seus sapatos, isso mostra que, hum... — Adam começou a bater com o dedo no encosto de braço do carro, e seu pai mexeu no limpador de para-brisa. — Merda, mostra integridade artística, até onde sei. Sei lá. O que eu *sei* é que mulheres gostam de seus benditos sapatos.

— Certo.

— E a coisa mais importante: independentemente do que você fizer, não fique olhando para os peitos dela.

— O quê? Pai! Você está, tipo, sendo bizarro! — Adam se encolheu, pensando no dia do café.

— Seja como for, já tive sua idade um dia, e estou dizendo para fazer o que digo, não o que fiz. É meio que o oposto da coisa artística. Ela está "a fim de você", Adam, ou como quer que os jovens falem hoje em dia... Não estrague tudo com hipnotismo dos peitos.

— Realmente, *realmente* sendo bizarro!

Então eles chegaram. A casa era grande e antiga no estilo vitoriano. Um lar construído para uma família.

— Legal. — Seu pai assentiu. — Pegue um táxi para voltar, isso a impressionará. Lembre-se, apenas olho no olho ou olho no sapato, e estou orgulhoso de você, garotão, certo? Agora, vá pegá-la, tigrão.

Adam saiu do carro. Parecia que ele estava sendo arrastado até um pelotão de fuzilamento. Esse tipo de coisa não era para ele. Em que estava pensando? Ele não estava pensando. Sua altura tinha subido à cabeça. *Isso* era para outros caras, caras *normais*, não aberrações que ficavam obcecadas com a possibilidade de ter um problema esquizoide com soleira em frente à casa de sua amada. *Saia dessa!* Ele fez o sinal da cruz. Não podia fazer mal, não é mesmo? Adam não recuou ou bateu com os dedos. Em vez disso, seguiu colocando um pé na frente do outro no caminho infinito até a porta, ensaiando sua pose descontraída e descolada a cada passo.

Quando finalmente bateu à porta e percebeu que não tinha sentido absolutamente nenhuma vibração de soleira, Adam quase caiu de joelhos com o alívio.

Robyn abriu a porta, exalando pêssegos e lábios brilhantes e peitos, incríveis e perfeitos...

— Oi — falou ele. — Gostei dos seus sapatos.

CAPÍTULO 22

— Ei! Ah! Sim, hum. — Robyn pareceu um pouco confusa, mas continuou sorrindo. — São pantufas da UGG, ganhei de Natal... mas obrigada!

— Sem problema! — Adam nunca tinha notado os dentes de Robyn antes. Levando em consideração que era tão obcecado por beijos, isso o surpreendeu. Robyn tinha dentes lindos, perolados e quase perfeitos por trás daqueles lábios macios e suculentos. Quase perfeitos. Ela tinha um canino superior esquisito no lado esquerdo. Ele se virava para fora e era levemente torto. Era adorável. Ele queria tocá-lo.

— Vamos para a cozinha. Maria preparou chocolate quente de verdade... quero dizer, realmente de verdade, com chocolate derretido e leite.

Ele estava esperando por um café, mas falou "Beleza" e a seguiu como um filhote de cachorro feliz. Adam se perguntou se todas as empregadas se chamavam Maria. A empregada de

Brenda se chamava Maria, assim como a da sua mãe, quando ela tinha uma. Ele adorava a Maria da sua mãe, e a Maria de sua mãe o adorava.

Em questão de segundos, ficou claro que a Maria de Robyn não o adorava.

A apresentação foi dolorosa. Maria parecia saber que ele era do Grupo de Robyn. E, portanto, que ele *não* era normal.

Robyn observou os dois e percebeu. Ela levou Adam até uma grande e velha mesa de madeira maciça que estava encostada a uma parede da cozinha grande e antiga. Maria não tirou os olhos de Adam enquanto servia o líquido achocolatado numa caneca que orgulhosamente declarava que ele era *O melhor pai do Universo.*

— Maria, Adam é quem está me ensinando sobre me tornar católica.

Os olhos escuros como carvão de Maria ficaram mais calorosos, mas apenas meio grau. Claramente, católico não compensava o fato de ele ser maluco.

— Ele estuda na St. Mary's e me apresentou ao Padre Rick na Santo Rosário. Mas lembre-se de não contar ao meu pai.

Robyn estava radiante. Maria bufou.

Adam tomou um gole cuidadoso da melhor coisa que ele já tinha provado e falou:

— Isso é a melhor coisa que já provei!

Maria bufou outra vez, terminou de servir o chocolate e relutantemente saiu do aposento.

— Ela gosta de você — disse Robyn.

— Sim, ela tem aquela afetuosidade típica do Thor.

— Exatamente! — Robyn riu. — Você é o único com quem ele se comunica. Juro que ele odeia o resto de nós. Você, Adam Spencer Ross, é como o encantador de cavalos do Grupo.

— Deve ser minha confiável armadura de honra.

Robyn ruborizou. Por quê?

Ainda com o rosto vermelho, ela saltou como uma torrada.

— Aah! Minha amiga Jody e eu fizemos brownies recheados hoje de manhã. Quer provar?

Adam sorveu seu chocolate quente ruidosamente.

— Ei, perdido por um...

— Perdido por mil — terminou Robyn. — Minha mãe costumava dizer isso.

— Minha madrasta diz isso o tempo todo.

Enquanto ela estava cortando os brownies, ele tinha uma razão perfeitamente razoável para olhar para ela.

— Adoro brownies. Pode cortar bastante! — Na verdade, Adam não gostava tanto de chocolate, mas essa era a primeira vez que ele via Robyn sem seu uniforme do colégio. As orelhas dele ficaram quentes; tipo, com *quem mais* aquilo acontecia? Robyn estava usando uma calça jeans skinny e uma camiseta azulada que a envolvia de uma forma que o torturava. *Pense na Irmã Mary-Margaret! O que quer que faça, não olhe para...* mas lá estavam eles, logo debaixo daquela camiseta, seus incríveis e maravilhosos pei...

Olhe para os olhos dela, olhe para os olhos dela, olhe para os olhos dela.

— Essa camiseta deixa seus olhos lindos, sabia?

Robyn parou no meio do passo com o prato de brownies na mão. Parecia que estava se esforçando para dizer algo. Em vez disso, ela sorriu.

— Ah, obrigada, Adam. Eu não achava que você ao menos sabia de que cor eles eram. — Ela os fechou com força.

— Cinza — disse ele. — Tons de cinza na maior parte do tempo, exceto em dias como hoje, quando estão azuis.

— Touché, Adam. — Ela colocou os brownies sobre a mesa e imediatamente começou a rearranjá-los. — Você teve algum problema com a minha porta? — perguntou Robyn de forma casual, como se perguntasse se ainda estava chovendo.

O coração dele desinflou. Casual ou não, essa *realmente* não era uma coisa normal para se perguntar a um garoto normal. Ele precisava contar. Ele *não* ia contar. Mas agora sua pele parecia apertada demais, como se ele devesse se levantar imediatamente e sair dela.

Ele negou com a cabeça.

— Não, não com a sua porta.

— Fico feliz.

Vinte e um, vinte e três, vinte e cinco...

Mas então ficou tudo bem novamente. Eles fofocaram um pouco — bem, bastante —, sobre o Grupo principalmente. Robyn tentou explicar a premissa de *Jersey Shore* para ele e fracassou. Também tentou parecer blasé quando revelou que seu pai a levaria para Bermuda para passarem o resto das festas de fim de ano. "É aquela coisa do 'eles tentam' novamente." Mas ela estava radiante, por isso ele deixou de lado a decepção e tentou parecer radiante para ela também. Eles também falaram sobre as idiossincrasias de seus amigos "normais". Adam tinha apenas o gorducho do Ben, mas ela pareceu genuinamente interessada enquanto ele falava sobre as complicações e o puro prazer das maratonas de jogos de Warhammer. Robyn, obviamente, tinha um monte de amigos e começou a listar os transtornos alimentares e os hábitos de automedicação de três deles, incluindo Jody, que tinha feito os brownies. — A garota é uma confeitaria ambulante, mas ela não toca em nada do que faz — falou Robyn, admirada. — Não lambe os dedos, não belisca as migalhas, nada, nadinha.

— Como isso é possível? — Ele sacudiu a cabeça. — Toda essa coisa de não comer... Ei, eu sei que tenho a minha coisa... certo, minhas coisas... mas *não comer*? Eu realmente não entendo como alguém pode não comer.

— Exatamente! Eu vomitava durante um minuto, mas eu *comia*, sabe! — Robyn esticou o braço para pegar um terceiro brownie. — Ela tem uma aparência péssima também, um verdadeiro pirulito.

Ele devia ter parecido não entender nada.

— Você sabe, só cabeça, corpo de palito. Eu lhe digo isso o tempo todo, mas ela não consegue ver.

Eles mastigaram alegremente por alguns segundos, ambos se deliciando com uma pequena sensação de tudo estava certo. *Pelo menos não somos malucos assim.*

— As pessoas não conseguem escutar até estarem prontas — disse Robyn. — Eu certamente não conseguia. Eu era, tipo, surda para todo mundo, menos para os pensamentos. Eles mandavam em mim. — Ela parou e olhou para os pés. — Sabe, eu nunca falei assim com ninguém, nem mesmo com os psiquiatras. — Ela terminou seu chocolate quente. — Você é bom com todo mundo, sempre foi desde o início. Com a Mulher Maravilha, com o Thor, até mesmo com o Wolverine.

A cabeça de Adam se levantou.

— Tudo bem, talvez não com o Wolverine — admitiu ela. — Mas o que é que você tem?

Você, ele pensou. *O que eu tenho é você. Quando não estou maluco, tudo em que penso é você.*

— Nada. — Ele balançou a cabeça. — Absolutamente nada.

— Ah, mas tem algo, Cavaleiro das Trevas. — Ela parecia estar procurando. — Você faz com que eu me sinta... não sei, acho que bem.

Segura, Robyn. Eu a faço se sentir segura. É tudo o que quero. Ele quis dizer aquilo. Contar a ela. Ele devia contar a ela.

Ele não contou a ela.

— Obrigado — falou ele. — Então, como estão as coisas para você?

— Tomei dois clonazepans no Natal, mas apenas dois — confessou ela. — O Natal é esquisito.

— Sei bem — concordou Adam.

— Mas ainda estou evitando a artilharia pesada e estou bem na maior parte do tempo. As preces ajudam. Como você está com... bem, como *você* está?

— Não tão bem. — Adam se fechou. Ele não devia ter se fechado; sabia que não devia. Robyn gostava quando ele falava. *Apenas duas séries: um, três, cinco, sete, nove...*

Ele poderia jurar que ela ia esticar o braço para segurar sua mão, mas em vez disso ela olhou para o relógio na parede.

— Ah! — Robyn cobriu a boca. — Sinto muito, Adam, mas meu pai vai chegar em casa em um minuto e, embora ele saiba que estou recebendo um amigo, é simplesmente melhor que, por enquanto, hum... Da próxima vez, com certeza. Vou prepará-lo adequadamente e vocês podem se conhecer, mas meu pai precisa de algum planejamento.

— Mais do que Maria?

— Maria é como ficar doidão com pílulas de felicidade e receber uma massagem num spa comparada ao meu pai.

— Então você está dizendo que eu devo ir embora? — Ele sorriu. — Eu deveria me sentir insultado.

— Desculpe, mas... — Ela caminhou até ele. Perto. Ele podia sentir a respiração dela, o cheiro de seus cabelos com aroma de brownie. — Vou recompensar você.

— Não, se eu devo ir embora, eu devo ir embora — falou ele, tentando não parecer aliviado. Adam também precisaria de uma preparação séria antes de conhecer o pai da garota com quem passaria o resto da vida. — Vou acreditar na sua promessa de me recompensar, no entanto. — Quem disse aquilo? O que estava acontecendo com ele? Ele se sentia com 30 anos. Não estava contando, nem terminou a segunda série. Sentia-se ótimo. Acompanhar o próprio ritmo era exaustivo.

— Mas espere, espere! — Robyn correu até um armário e voltou segurando uma pequena caixa. — Seu presente de Natal!

— Claro! Eu sou um completo idiota — disse Adam, procurando por algo dentro de sua mochila. — Tenho pensado nesse momento há, tipo assim, duas semanas... desde o café, até. Aqui está o *seu* presente de Natal.

— Não precisava!

— Mas eu trouxe — falou ele, crescendo pelo menos mais três centímetros.

— No três — disse ela. — Um, dois, três! — Eles abriram seus presentes.

Adam falou primeiro:

— Uau! O que tem aqui dentro? — Robyn tinha lhe dado uma grande caneca de cerâmica decorada com um logo dourado do Batman. Ela estava cheia de um monte de coisas de formato estranho embaladas em papel celofane.

— Grãos de café cobertos de chocolate, para usar somente quando necessário. Segundo me lembro, você fica seriamente em contato com seu super-herói interior quando está sob efeito de cafeína.

Suas orelhas ficaram tão quentes que ele teve certeza de que ela seria compelida a comentar. Ela não falou nada.

— É o meu presente favorito, Robyn.

Ela lhe deu um soco.

— Não, sério, e foi um ano e tanto para variar. Obrigado. — Houve um momento em que soube que podia... deveria... beijá-la. Que seria possível. Adequado, até. O momento passou. — Agora você — disse ele.

Robyn ruborizou até um tom cor de vinho enquanto abria a caixa do antiquário.

— Cuidado — advertiu ele enquanto ela levantava a pequena garrafa.

— Uau! Isso é tão lindo! Nunca vi algo assim. O que tem dentro? É perfume?

A forma como a curva de seu lindo pescoço mergulhava...

— Não. — Adam balançou a cabeça. — Água benta da Santo Rosário.

— Ah, Batman... hum, Adam... Isso é tão incrivelmente atencioso. Amei.

— Eu lhe daria tudo no mundo, se pudesse.

— Caramba, Adam!

Ela parecia magoada ou algo assim. Ah, o que ele não daria para ser capaz de ler expressões faciais de garotas!

— É isso... eu simplesmente não posso mais.

Seu coração, que estava agora firmemente preso em sua garganta, parou de bater completamente. *Não pode mais?*

— O que eu fiz? O quê? Desculpa! — *Devia tê-la beijado quando teve a chance, idiota.*

— Não. — Ela balançou a cabeça. Lágrimas se acumularam em seus olhos. — Não posso suportar, não com você, não *para* você. Escute, preciso te contar algo e então você tem que ir embora imediatamente. Por favor, por favor, por favor. Eu falo e você vai? Nenhuma palavra, ou eu vou desintegrar, certo?

Adam concordou com a cabeça. Foi o melhor que conseguiu fazer.

— Você vai me odiar, e eu vou odiar que você me odeie, mas agora eu me odeio mais e isso está me deixando pior.

— Robyn, pelo amor de Deus. — Ele esticou as mãos para tocá-la. Segurou seus braços.

— Shh! Não fale nada, promete? Vamos falar sobre isso depois, no cemitério. Vou responder suas perguntas, ou tentar, mas não agora, não agora.

Ele assentiu novamente.

— Minha mãe não se matou.

Uau. Ele afrouxou as mãos, e ela se soltou dele. Adam começou a dizer que não se importava, que nada importava a não ser ela. Robyn colocou a mão no peito dele para conter as palavras.

— Nem olhe para mim agora. Sou um monstro, mas simplesmente preciso dizer isso. Ela está morta e tudo mais... nós realmente vamos ao túmulo dela... mas ela morreu de câncer de mama. Minha... minha mãe morreu cedo demais, mas foi bem normal. Não foi o suficiente, entende? Ou pelo menos foi o que pensei. Quando tudo começou, quando os pensamentos e as compulsões, os cortes, quando eu me tornei prisioneira disso, acho que eu precisei de um enorme motivo para o *porquê*.

Ele tentou tocá-la novamente, e novamente a mão dela se afastou. Ela não seria tocada.

— Qual é o nível de loucura disso, hein? Eu sei, eu sei, ela estar morta é ruim, mas não era ruim o suficiente, entende? Eu achei que precisava de *mais*, uma razão *maior* para ser tão louca. Por isso, contei a algumas pessoas na escola em "segredo" e depois... — Ela olhou para o teto. — Depois não consegui desmentir. Mas ela se matar, eu encontrar o corpo... bem, achei que essa seria uma razão muito melhor para explicar como eu sou, *era*. Veja bem, todos diziam, como ainda dizem: "Bem, é claro, o que você espera? A pobre menina encontrou a mãe. Como ela poderia não ser um completo desastre?" — Robyn balançou a cabeça. — Você devia ter me visto naquela época... nos últimos anos, quero dizer. Eu era uma completa bagunça, e *essa* é a verdade.

E ainda assim eu a teria amado. Ele tentou dizer a ela. Gritou a frase em silêncio.

Ela não escutou. Como poderia? Seu coração acelerado encobria qualquer som.

— Quão deturpado e, e... não importa. Vou contar a Chuck. Os psiquiatras no hospital sabem, mas eu sou uma mentirosa espantosamente boa, então as pessoas da escola, meus amigos, não sabem. E eu entenderia totalmente se você nunca... Você é a primeira pessoa... Eu sinto muito mesmo por ter mentido para você, Adam. Especialmente para você. — Ela passou a mão pelo braço dele e o levou até a porta. — Eu sou repugnante. — Todo o sangue tinha sumido de seu rosto. Ela estava mais branca do que uma nuvem. — Eu entenderia absoluta e completamente se...

Adam ergueu o queixo de Robyn e acariciou seu rosto.

— Todo mundo mente, Robyn. Todo mundo.

— Viu — disse ela, se inclinando na direção dele. Os lábios dele roçaram no cabelo de Robyn. — Viu, lá vai você de novo. — E beijou a bochecha de Adam antes de fechar a porta.

CAPÍTULO 23

Adam foi de ônibus para casa. Ele tinha dinheiro para um táxi, mas, como Robyn achava que ele vivia a apenas algumas quadras dela, aquilo teria sido uma idiotice. *Sua* mentira. Certo, havia algumas outras, mas essa era uma das grandes. Adam também precisava de tempo para se recuperar antes de chegar em casa. Ele pegou o ônibus e depois caminhou.

A mentira dela era enorme, independentemente de como você a ornamentasse. Monstruosa, na verdade. Devia ser brutal viver com uma mentira tão grande. Ela ficava complexa. Adam tinha experiência no assunto.

E ele a amava mais hoje do que ontem.

A verdade era que Adam a amava *muito* mais hoje do que ontem, e como isso era possível? Talvez porque Robyn *precisasse* dele. Certo, talvez não imediatamente, naquele exato minuto, pois ela e o pai estavam partindo no dia seguinte para Bermuda. Mas, assim que ela voltasse, Robin *precisaria* dele. Ele *tinha* que melhorar. Rápido. Precisava cuidar dela. *O tempo está passando! Rápido! Vamos! Fique esperto! Acelere!* Então lá estava ele, em casa, no número 97 da Chatsworth. Ele falhou, mas só um pouco.

Antes de fazer qualquer coisa, Adam checou para ver se a barra estava livre. Um homem de meia-idade estava arrastando seu golden retriever pela rua. O cão usava aqueles sapatos bizarros para proteger suas patas do sal. Ele parecia envergonhado — o cachorro, não o homem. O vento se intensificou e atingiu o rosto de Adam, mas ele não se moveu. Esperou até eles passarem. Ficou escuro enquanto esperava. Adam checou novamente: livre. Respirou fundo e caminhou até a porta da sua casa.

O primeiro passo a essa altura consistia em juntar o dedo indicador e o dedo médio numa bênção fingida. Com os dedos posicionados, Adam começou a contornar toda a porta a exatos sessenta centímetros de distância. Ele tinha que fazer isso cinco vezes para a direita e sete vezes para a esquerda. Na terceira vez para a esquerda, ele ouviu. O choro.

Do lado de dentro.

Seu coração acelerou. Mas ele não conseguia se livrar. O que era aquilo? O Natal? Outra carta? Algum inferno completamente novo? Adam vacilou no último contorno e teve que começar de novo. Agora ele estava suando, apesar do frio. Primeiro, contorne a porta começando no lado direito. *Foco, Adam! Concentre-se!* Com a primeira parte completa, ele recuou quinze passos perfeitos e avançou exatamente os mesmos passos como se fossem marcados. Se errasse um, teria que começar novamente. Não apenas o recuo, mas tudo desde o contorno inicial. Em sua segunda confrontação completa da soleira, ele tinha que estender o braço o mais alto possível e afastar o mal cento e onze vezes. Novamente, se a posição estivesse incorreta ou ele se distraísse de algum jeito, forma ou maneira, teria que começar tudo de novo. Os passos finais eram manusear a maçaneta da porta trinta e três vezes em uma direção e onze vezes na outra, depois girá-la e empurrá-la com as duas palmas das mãos contra a porta usando uma pressão exatamente igual. A coisa da pressão igual era complicada.

Em média naquela semana, Adam levava aproximadamente onze minutos para entrar no número 97 da Chatsworth, e o tempo estava crescendo. Ele sabia que era ridículo, apenas seus pensamentos estúpidos; não significava nada, não fazia absolutamente nada. Ainda assim, Adam sentia a necessidade de acrescentar cada vez mais novos rituais para manter sua mãe em segurança, para que as coisas parecessem "certas". Dessa vez, apesar de afetado pelo choro de sua mãe, Adam foi quase impecável em sua execução, com apenas uma repetição necessária. Entrou menos de nove minutos depois de começar.

— Mãe? Mãe, estou em casa.

O choro parou. A torneira da cozinha foi ligada. Panelas retiniram.

— Aqui dentro, meu amor! Estou fazendo o seu prato favorito... ensopado de carne! Achei que você estaria cansado de peru, não é mesmo?

O prato favorito de Adam era na verdade ensopado de cordeiro, mas que se danasse. Ele podia sentir o cheiro agora, à medida que o pânico diminuía e ele se dirigia até a cozinha.

— Ótimo. Ei, mãe, você está bem? — Ele a examinou enquanto ela secava utensílios e mexia a comida na panela ao mesmo tempo. Olhos vermelhos, porém secos. Ela lhe ofereceu um grande sorriso trêmulo.

— Claro, meu amor! — Carmella acenou com a cabeça para a panela. — Cebolas, alho, você sabe. Mas vai ficar delicioso! Confesso ter provado um bocado já. Mal posso esperar para ouvir sobre o seu Natal e sua visita a *Robyn*! — Ela cantou o nome. — Sinto muito, garoto; seu pai o dedurou.

— Sim, não, desculpe — Ele lutou para manter a respiração constante. — Queria ter te contado há algum tempo. — Adam examinou as bancadas. Limpas. Bem, pelo menos livres de cartas ou papel de qualquer tipo. Devia estar no lixo.

— Tudo bem, meu amor. É coisa de homem... eu entendo. — Ela mexia a comida na panela com tanta força que, nesse ritmo, o ensopado se transformaria em sopa. — Sei que você vai adorar. Muita batata, sem ervilhas, só para você! Feliz dia depois do dia depois do Natal! Ei, tire o casaco e fique aqui um pouco.

— Certo. — Ele continuou a examinar. Ela poderia ter jogado a carta no aposento ao lado, e não haveria como dizer. — Só vou tirar o lixo enquanto ainda estou de casaco.

— Esse é o meu garoto.

Será que ela estava aliviada?

Adam abriu a porta do armário e lutou para soltar o saco de lixo da Greenearth que estava quase explodindo. Ela só comprava em liquidações, mas também só comprava daquela marca. Carmella era leal em milhares de formas. Ele pegou o saco e fingiu amarrá-lo enquanto sua mãe pegava os pratos e talheres. Quando chegou à calçada, vasculhou entre as cascas de batata e cenoura, os restos de cebola e alho e uma camada de gordura de carne. Lá estava: uma bola branca amassada. Não estava rasgada dessa vez. Ela não tivera tempo. Tão perto da última. Por quê? Quem? Quem poderia odiá-la tanto? Adam a enfiou no bolso do casaco. Tremeu.

O lixo não tinha sido coletado ainda por causa do feriado, e a grande lata verde estava cheia, por isso Adam apenas colocou o lixo da cozinha ao lado dos quatro sacos de lixo verdes cheios de objetos acumulados que sua mãe havia jogado fora como parte de seu "presente". Ele se virou na direção da casa, depois para trás novamente, e pegou um dos sacos de lixo dela.

Era tão leve.

Leve demais.

Adam desamarrou um enquanto lâminas arranhavam seu estômago. Em seguida outro e outro e... eram todos iguais. Não havia nada em nenhum dos sacos a não ser pedaços amassados de jornal. Nenhuma das coisas dela, nada do lixo acumulado, nada do que ela tinha prometido. Apenas jornais. Ele podia dizer à luz dos postes que era o *Sentinel* — eles nem assinavam o *Sentinel*. Ela tinha saído para comprar!

Jesus.

Adam cuidadosamente amarrou de novo as tiras de plástico.

Ah, mãe.

Ele estava cansado, e a neve fria e o lixo do número 97 da Chatsworth pesaram dentro dele. Mas ele pensou em Robyn e se aqueceu todo novamente.

— Eu te disse — sussurrou ele para a noite. — *Todo mundo mente.*

CAPÍTULO 24

Eles ficaram chapados de Red Bull e grãos de café cobertos de chocolate. Patético, mas verdade. Mais exatamente, depois de cinco Red Bulls e meio e uma tigela dos grãos de café de Robyn, Benjamin Stone e Adam Spencer Ross estavam mais alto do que pipas descontroladas.

Os garotos tinham passado o último dia do ano na loja da BattleCraft do shopping torrando a maior parte do vale que Adam ganhara de Natal e do dinheiro que Ben ganhara no Hanukkah. Foi um dia excepcional, e a noite foi ainda melhor. Os pais de Ben estavam passando a noite na casa de seu tio, em Springhill, então a casa era só deles. Não que importasse. Diante de toda aquela liberdade, os garotos ficaram na garagem, mantendo uma onda constante de cafeína enquanto tentavam quebrar o recorde deles de maratona de Warhammer. O Sr. e a sra. Stone tinham desistido havia muito tempo do sonho de estacionar o carro naquela garagem novamente. Ben e Adam iam até a casa apenas para fazer xixi e renovar o estoque. Um jogo de Warhammer, salgadinhos de queijo, batata frita, chocolates

Maltesers e o citado Red Bull era a ideia deles de paraíso. Embora Adam talvez tivesse falado demais sobre Robyn, ainda assim era uma forma irada de começar o ano novo.

— Caramba, nós somos ridículos, Stones — disse Adam, arrotando exatamente às 2h17.

— Euseieuseieusei — concordou Ben, que estava vibrando com a cafeína. — A casa é nossa, o armário de bebidas está totalmente aberto, eu *sei* que os velhos não vão nem notar se nós nos servirmos, e aqui estamos nós, engolindo salgadinhos de queijo sem parar. Somos ridículos. Somos exatamente a definição de "ridículo". No dicionário, ao lado de tal palavra estará uma foto de você e eu, cara.

— Espero que seja uma foto boa.

Isso levou Ben a um surto de risadas.

— Caramba, Stones! — Adam abriu um Red Bull novo. — Nós passamos do limite do ridículo, cara. — Ele tomou um gole e passou a lata para o amigo. — O negócio é que *eu* não queria beber porque estava surtando com o que a bebida poderia fazer com os Lorazepans que tomei depois que saímos do shopping.

— Puta merda — falou Ben.

— Pois é — disse Adam. — Sabe, você é o único sujeito no planeta que suportaria as minhas loucuras.

— Digo o mesmo de você!

— Seriamente ridículos — falaram ao mesmo tempo, brindando com latas de Red Bull.

— Feliz Ano Novo, Stones!

— Podemos ser ridículos — disse Ben, examinando atentamente a mesa de jogo —, mas somos ridículos de uma forma irada. Obrigado por estar aqui, seu otário!

— Loser! — falou Adam.

— Nerd! — disse Ben.

— Ridííículo! — falaram os dois em um uníssono poderoso.

Os garotos não voltaram para a casa até 5h15, quando entraram em coma no sofá e no chão da sala, só acordando depois que os pais de Ben voltaram, no fim da tarde.

Foi irado, assim como os dois dias na casa de Brenda com Docinho e seu pai, mas não o suficiente para ele maneirar no Lorazepam. Adam estava acabando com a sua receita rápido demais. Teria que se explicar para Chuck. A Lista — ele devia fazer a Lista.

Mais tarde.

Adam ligou para Robyn duas vezes no fim de semana em que ela voltou. Na primeira, Docinho o seguiu para todo lado, repetindo cada palavra enquanto imitava todas as expressões faciais e todos os gestos de Adam.

— O que diabos você estava fazendo? — perguntou Adam quando desligou o telefone.

— Praticando — respondeu Docinho.

— O que, como me levar à loucura? — perguntou Adam, tentando se manter irritado.

— Praticando o que falar para a *minha* mais bonita melhor garota quando *eu* me apaixonar — explicou Docinho. — A sua tem peitões grandes?

— Docinho! Isso é muito... não, não tem.

— A minha vai ter — insistiu ele.

Adam teve que prometer cozinhar com Docinho para poder ter quinze minutos de *privacidade* durante uma ligação para Robyn no dia seguinte. Valeu a pena. Foi um dia ruim. Sem razão, apenas foi. Seu estômago embrulhava e desembrulhava tanto que ele achou que ia desenvolver um abdômen definido até o jantar. Mas Adam se acalmou assim que ela falou alô e permaneceu assim até o começo do novo ritual dos dois, a eterna discussão sobre quem deveria desligar o telefone primeiro.

— Você desliga, agora — falou ela.

— Não, você. Eu vou esperar.

— Não, você.

— Você.

— Não, tudo bem, você.

— Não, sério, você. Eu espero.

E assim eles seguiram, provocando e testando. *Graças a Deus* Docinho não estava por perto naquele momento.

Cozinhar foi um pequeno preço a pagar. Docinho ficou encantado com uma fotografia de um cheesecake de limão na revista do *New York Times* e mobilizou suas forças nesse sentido. Brenda preparou os ingredientes e leu as instruções. Ela também operou a batedeira azul-cobalto da KitchenAid que o pai de Adam lhe dera dois Natais antes e que Docinho cobiçava. Ele contava os dias até ter permissão para operá-la sozinho. Docinho despejou, combinou, misturou e supervisionou. Adam estava encarregado das raspas de limão, fazendo minhocas extremamente finas de casca de limão caramelizadas que decorariam o cheesecake pronto. Ele aceitou seriamente suas funções, que incluíam descascar, ferver o limão em água com açúcar, secar e decorar. O cheesecake ficou genial.

— Adam fez as cascas de limão! — falou Docinho para seu pai em uma incomum demonstração de generosidade. — Mas eu mandei.

Estava tudo muito maravilhoso, até não estar mais.

Quando chegou a hora de Adam ir embora, Docinho ficou inconsolável de uma forma que não ficava havia meses. Subornos, ameaças e bajulações gerais se mostraram inúteis.

— Mas *por quê*? Por que você tem que ir? — gemia ele. — Nós o amamos mais do que a sra. Carmella Ross. Eu ouvi a sra. Brenda Ross dizer isso ao nosso pai! Você estará em segurança aqui, ela disse! Você precisa ficar aqui conosco, ela disse.

— Já chega, Wendell Jefferson Ross! — Seu pai arrastou um Docinho atordoado, esperneando e gritando, até o seu quarto.

Foi uma viagem de carro bastante silenciosa até a sua casa.

— Sinto muito por aquilo, filho — disse seu pai, finalmente, limpando o rosto com a mão.

Filho. Aquilo soava bem. Seu pai o vinha chamando assim cada vez mais nos últimos meses.

— Tudo bem. — Adam assentiu. — Nada de mais.

— É só que ele...

— Eu sei que ele me ama. Eu sei, pai.

Seu pai suspirou.

— Mas eu me diverti.

— Bom. — Seu pai parecia estar concentrado em algo ao longe. — Veja bem, não quero me intrometer na vida de outro homem... mas, bem, e a garota?

Adam sorriu para o painel do carro, lembrando-se do som da voz dela.

— Está bem, pai. Eu sou, tipo, *simplesmente irresistível.*

Seu pai esticou o braço e bagunçou seu cabelo.

— Sim, você é mesmo, garoto. Lembre-se disso mesmo se eu não lhe disser isso o suficiente.

Eles voltaram a um silêncio amigável até chegarem ao número 97 da Chatsworth.

— Não espere, certo? Não espere até eu entrar.

Os braços de seu pai se enrijeceram no volante.

— Escute, filho...

— Tá bom, pai?

— Tá, tá, certo.

Depois que ouviu o carro se distanciar, Adam colocou a mão no bolso do lado direito, sentiu aquela coisa e tremeu.

A carta.

Ele levou dezessete minutos para entrar em casa.

— É você, meu amor? Estou na cozinha. Está com fome?

— Oi, mãe. Não, estou bem. Vou descer em um minuto, certo?

— Certo. Mal posso esperar para saber de tudo!

Adam abriu caminho escada acima cuidadosamente. Empurrou um chinelo masculino para o lado direito. De onde aquilo tinha vindo? Quando chegou ao quarto, seu coração parecia soluçar. Ele sentiu uma necessidade perturbadora de andar em círculos concêntricos. Não, ele precisava de um labirinto! Precisava de um labirinto como aquele no chão de granito da Santo Rosário. Ele desejava aquilo. Adam não andava por ele desde que era coroinha, mas se lembrava com uma claridade cristalina de como caminhar pelo labirinto o acalmava nos dias antes dos remédios, antes da terapia, antes do Grupo, antes, antes. Droga, *aquele* garoto era praticamente normal.

Ele esticou a mão para pegar a carta e a desamassou sobre a cama. Alguns pedaços coloridos flutuaram para o chão, pedaços de palavras de revistas que tinham se descolado. Julgando pelos espaços vazios, Adam posicionou-os nas lacunas a que achava que pertenciam.

Sua cabeça explodiu.

MORRA SUA PIRANHA ESTÚPIDA MORRA. POR QUE VOCÊ AINDA ESTÁ RESPIRANDO, SUA VACA RELAXADA, SEU SACO DE MERDA? VOCÊ NÃO É UMA MÃE. VOCÊ É UMA PSICOPATA EGOÍSTA E PATÉTICA. TODO MUNDO A ODEIA. VOCÊ É UM VERME INFESTADO DE DOENÇAS E DEVERIA SER LIBERTADA DE SEU SOFRIMENTO. ESTÁ ARRUINANDO A VIDA DO SEU FILHO E AMEAÇANDO O MUNDO DELE. SE MATE ANTES QUE SEJA TARDE DEMAIS. FAÇA UMA COISA DECENTE SUA PUTA. DÊ A ELE UMA CHANCE DE FELICIDADE. VOCÊ É UMA ABERRAÇÃO. MORRA PIRANHA GANANCIOSA MORRA.

— Ah, mãe. — Ele desmoronou até o chão. — Sinto muito, mãe. — Adam ajoelhou em frente à cama. — Sinto muito.

— Adam, querido? Eu fiz uma torta de pêssego e ruibarbo para você com o que restou do ruibarbo congelado que escolhemos. Lembra?

Adam soltou o ar lentamente, limpando o rosto com as mãos. *Aaargh, saia dessa!*

— Ótimo, vou só lavar o rosto, tudo bem?

Ele vasculhou a escrivaninha até encontrar o isqueiro que usava para seus modelos. Segurando a carta sobre a lata de lixo, Adam ateou fogo a ela. O papel queimado fez sua garganta parecer mais seca do que torrada queimada. *Ah, mãe. O que diabos vamos fazer?*

— Adam?

— Estou indo — disse ele.

CAPÍTULO 25

Na próxima vez que eles conversaram, Robyn estava com a corda toda.

— Certo, isso já passou do repugnante. Você tem que contar a Chuck. Na semana que vem, depois do Grupo. Deveria ter contado na semana passada. Vou ficar com você. Vai ficar tudo bem, eu prometo.

Isso era errado. Ela estava cuidando *dele*. Ele deveria cuidar *dela*. Esse era o plano, e o plano era tudo. Adam se curaria por ela, seria *normal* por ela, a salvaria.

— Você sabe por que não posso — disse ele. — Os riscos são muito... Chuck é um profissional, e existem, tipo, regras sobre relatar, e ele pode ter que... Minha mãe sabe dessas coisas, entende?

— Sim, sim, eu entendo, mas isso já saiu muito do controle, Batman. Você precisa falar.

— Eu *estou* falando. Estou falando com você.

— E isso é maravilhoso, sério, mas você ainda precisa...

— Não consigo, Robyn. Eu simplesmente não consigo. Veja bem, é complicado. Você tem que confiar em mim nessa questão. Não vai rolar.

— Certo, certo. Por enquanto. É só que estou tão preocupada por você, e por ela, claro, mas principalmente por você.

Tão errado.

— Ei, ninguém está me ameaçando, certo? Não tem nada a ver comigo.

E assim eles continuaram, confabulando até chegar a hora de seu ritual de *quem deveria desligar primeiro.*

Adam passou o resto da noite agonizando. Foi um enorme erro contar a Robyn, em primeiro lugar. Que burro ele era. Esse era um fardo, um fardo grande, grande demais para os ombros frágeis dela. Como ele pôde? O que estava pensando?

Ele precisava consertar isso.

Mas como?

Os primeiros dez minutos do Grupo tiveram um clima de festa de reunião. Não que ele já tivesse ido a uma. Todos pareciam muito animados em se encontrar novamente, inclusive Adam. Enquanto ainda perambulavam, ele percebeu que seus variados colegas estavam se transformando em seus alter egos, literalmente.

Ele notou primeiro com Snooki, que ficava mais bronzeada a cada nevasca.

— O que é isso na sua cabeça? — perguntou ele.

Parecia que ela estava usando um pequeno chapéu feito de cabelo.

— Ah! — Snooki passou a mão na cabeça. — Quase me esqueci! É o meu topete.

Adam deve ter parecido suficientemente perdido, porque ela continuou a explicar.

— É como uma protuberância falsa que você coloca debaixo do cabelo para levantá-lo e criar um topete.

— Mas por quê? — perguntou Adam.

— Homens! — Snooki fez uma expressão de tédio. — Para parecer mais alta e mais magra e com mais cabelo.

Enquanto ela estava explicando, Adam percebeu que ele tinha provavelmente se intrometido. Será que a magoara?

— Bem, fica bonito em você. Não que você precise parecer mais alta, ou mais magra, ou que precise de mais cabelo, ou, ou qualquer coisa. Quer dizer, você fica ótima com ou sem cabelo.

— Ah, obrigada, Batman. Acho. — Ela piscou os cílios falsos para ele. — E a Mulher Maravilha tem braceletes dourados, viu? Ei, MM!

A Mulher Maravilha ergueu dois braceletes dourados com uma estrela vermelha no centro de cada um.

— Irado! — Adam ergueu os polegares para ela.

— Eles custaram $31,50 no eBay e valem cada centavo!

— Ei, qual é? — O Homem de Ferro se aproximou de Snooki e Adam. — Vejam! — Ele apontou para o próprio peito, onde um disco redondo brilhava de forma impressionante.

— Uau, cara — falou Adam. — Essa é aquela coisa que acende do Homem de Ferro!

O Homem de Ferro bufou.

— Por favor! É o meu Reator Arc. Na verdade, foi minha mãe que me deu, acreditem se quiserem.

Era como se eles todos tivessem telefonado uns para os outros. O Capitão América estava girando um escudo vermelho, branco e azul. Tyrone estava brincando com uma máscara do Lanterna Verde, e até mesmo Pete, que já tinha encurralado Robyn, estava deixando crescer costeletas másculas de Wolverine. Claro. Adam ia começar a se barbear com mais vigor e duas vezes ao dia a partir de agora. Ele tinha ouvido falar que, quanto mais você se barbeia, mais rápido...

— Incrível, não? — perguntou a Mulher Maravilha, que tinha saltado de sua cadeira para se juntar a eles. — Você ganhou alguma coisinha de super-herói? — Ela piscou para Snooki. Em seguida sorriu, mas seus olhos ainda tinham a mesma expressão assombrada que a vinha perseguindo desde antes das festas de fim de ano.

Adam sorriu.

— Sim, mas foi tipo uma toalha de praia do Batman e uma caneca de café com a insígnia, sabe? — Robyn olhou na direção dele. — Que foi o meu presente favorito com certeza, na verdade! — falou ele em voz alta. — Vou trazer na próxima semana.

— Não, seu pateta. — Snooki o empurrou de forma amigável. — O que você vai fazer, ameaçar os criminosos diabólicos de Gotham com uma xícara de café? Uma caneca não é nem um pouco parte da marca do Batman. Aqui! — Ela passou para ele um anel de formato estranho.

— Coloque no dedo! — insistiu a Mulher Maravilha. — É um anel do Cavaleiro das Trevas, e ele brilha no escuro com o símbolo do Batman. Super legal, né? Snooki e eu compramos na internet junto com as nossas coisas!

— Uau, eu não sei nem o que... — Depois de algumas tentativas, o anel coube em seu dedo indicador. — Meninas, não posso... Caramba, isso é...

— Ah, pare com isso, Batbobo — falou Snooki. — Custou só $6,99, mas você detona com ele!

— Isso mesmo! — concordou a Mulher Maravilha, enquanto checava a sala. — Agora só falta o Thor.

Apesar de estar no outro lado da sala, ele ouviu seu nome e franziu a testa. O Thor deles parecia ter super audição.

— Que é tão claramente o Thor sem precisar de qualquer tipo de adorno ou coisa do gênero — disse Adam. — Quer dizer, ele tem os longos cabelos louros, músculos saltados... bem, é simplesmente o pacote completo, não?

O pequeno grupo concordou vigorosamente com a cabeça.

— Absolutamente! Exato! Perfeito!

O Thor grunhiu.

— Com isso só falta a nossa pequena Robyn, ou ela está acima de tudo isso? — perguntou Snooki.

— Ah, não seja tão maldosa. — A Mulher Maravilha a cutucou enquanto Chuck os chamava para começar a sessão.

Ainda assim, a Mulher Maravilha tentou chamar a atenção de Robyn, mesmo com o barulho de cadeiras sendo arrastadas e a pegada mortal do Wolverine.

— Robyn. Robyn. Pssst, Robyn.

Ela finalmente se virou na sua direção.

— Quer que compremos para você aquelas luvas verdes do Robin que vêm até aqui? — A Mulher Maravilha apontou para o cotovelo.

Robyn olhou para a sala à sua volta, absorvendo tudo de uma vez.

— E aí?

— Certo, Liga da Justiça e Vingadores, bem-vindos de volta e feliz ano novo — falou Chuck.

— Luvas verdes, $15,64?

— Não, obrigada, eu não vou...

— Então, quem gostaria de dar a largada?

A Mulher Maravilha, Snooki e Adam olharam para Robyn, que ruborizou em ritmo recorde. *Eu mesmo compro, obrigada*, articulou ela com os lábios sem fazer barulho.

Como de costume, o Wolverine começou e gastou um infinito tempo da sessão com assuntos autorreferenciais, o que era quase bom porque deixava Adam livre para contar e pensar. *Treze, quinze, dezessete, dezenove, vinte e um, vinte e três...* Ele tinha certeza de que Snooki o flagrara, embora ele estivesse contando apenas em sua mente. Não importava.

Eu não vou o que, Robyn?

A Mulher Maravilha falava com uma voz cada vez mais fraca. Adam queria interromper e dizer algo solidário ou decente, mas o assunto era a coisa da comida, não dos lugares pequenos, e Adam era péssimo com a coisa da comida. Chuck anotava copiosamente.

Bem quando eles estavam diminuindo o ritmo, o Capitão América tomou a palavra e propôs que os super-heróis voltassem à igreja do Batman para acender algumas velas a fim de começar o ano novo com um bom carma.

— Sim! — falaram Snooki e a Mulher Maravilha em uníssono.

O restante, tirando o Thor, concordou instantaneamente.

— Batman? — perguntou Chuck.

— Sim, legal. Sério — falou Adam, enquanto vestia seu casaco. — E tem, tipo, um labirinto no chão de granito, logo depois dos receptáculos de água benta, mas antes dos bancos.

Aquilo chamou a atenção de todos imediatamente.

— Espetacular! — falou o Capitão América.

— Aquele lugar tem um clima totalmente *Game of Thrones* — disse Snooki.

— Sim — concordou Adam, embora ele não concordasse. — E, tipo, eu estava pensando que seria bem maneiro andar nele novamente.

— Andar nele? — perguntou o Lanterna Verde.

— Sim, você caminha sobre o padrão no chão. Labirintos são coisas sagradas antigas. Você anda neles e sente, tipo, uma tranquilidade instantânea.

— Estou dentro! — falou Snooki, levantando-se.

— Eu também! — Robyn ficou alerta e se aproximou rapidamente de Adam.

O resto do Grupo se juntou atrás deles, com o Thor mais uma vez protegendo ou arrastando o flanco, dependendo da perspectiva.

— Bem, certo, então. Estou ansioso para ouvir como foi. — Chuck juntou suas pastas e seus papéis, sorrindo. — Até a semana que vem.

Adam estava animado para voltar à Santo Rosário com o pessoal, com Robyn. Ele se sentia limpo, livre das teias de aranha grudentas e do martelar incessante em sua cabeça. Era como se alguém tivesse apertado um botão de reiniciar nele. Adam não contou nenhuma vez durante todo o caminho, o que era um milagre por si só, pois ele não estava sendo capaz de ficar alguns minutos sem contar nos últimos dias. Era irado — não, era um sinal de Deus. Tinha que ser isso.

Deus estava satisfeito com ele.

CAPÍTULO 26

A igreja, graças ao Senhor e a todos os seus anjos, estava vazia novamente. E novamente foi como voltar para casa, só que melhor. Era como caminhar na direção de um abraço. Aquilo tinha acontecido na primeira vez também, mas depois Adam foi sufocado pelo pavor que ele tinha sentido por levar seu Grupo de malucos a uma igreja em que ele não botava os pés havia anos.

Dessa vez, Adam os mandou entrar primeiro enquanto ficava do lado de fora para executar seu ritual de liberação, o que foi bom, porque ele demorou o dobro do tempo da última vez. *Não importa, isso não importa.* E não importou. Os super-heróis esperaram semipacientemente por ele junto à base do labirinto. Todos juraram que tinham executado fielmente sinais da cruz "bons pra cacete" depois de mergulharem generosamente seus dedos na água benta.

— Menos o Thor — sussurrou o Lanterna Verde. — Ele simplesmente enfiou a mão inteira na bacia, tirou e então nada, nadinha. — O Lanterna Verde olhou rapidamente na direção do Thor, que estava andando de um lado para o outro no vestíbulo. — Acho que ele ainda não pegou o jeito da coisa.

— Certo! — Adam esticou a mão sobre uma mesa com vários folhetos e pegou um. — Nós começamos no começo. Estão vendo aquela abertura? Fiquem no caminho cor-de-rosa e ele os levará na direção certa. Não é um teste nem nada, mas tentem ficar fora da parte de granito cinza-escuro.

— Certo, Batboy, é o seu show — falou o Wolverine, colocando a mão no próprio peito e deixando-a ali. — Se eu sofrer um infarto do miocárdio por causa do esforço, estou supondo que esse é um lugar quase decente para estar, certo? Seu amigo papa sabe fazer massagem cardíaca, não sabe?

Ninguém riu ou revirou os olhos. Embora nenhum deles realmente "entendesse" o problema dele, agora o reconheciam como um problema *real* e o deixavam em paz.

— É um bom lugar, Wolverine. Você ficará bem — disse Adam, enquanto apertava os olhos para ler as instruções. — Certo, então a primeira parte é caminhar até o medalhão do centro no, hum, centro. — Ele apontou para a floração cor-de-rosa no meio dos rabiscos. — Isso é chamado de Purgação, que é "descarga e derramamento" enquanto caminhamos. Depois descansamos no centro para "receber inspiração" e finalmente voltamos, o que é chamado de União e traz uma "nova consciência e calma" às nossas vidas.

— Tudo isso por andar num círculo? — O Lanterna Verde estava estarrecido. — Que irado!

— Certo. — Adam apontou com sua mão. — Sigam-me. — Exatamente quando entrou no labirinto, ele notou o Padre

Rick vindo na direção deles. O pároco parou e se sentou num banco, mas se virou para ficar de frente a eles.

Jesus. Eles já pareciam suficientemente esquisitos antes, mas agora estavam usando máscaras e luvas e discos brilhantes enquanto entravam cautelosamente num labirinto invisível. Todos os oito entraram, inclusive o Thor.

— Não empurre!

— Não estou empurrando!

— Está, sim!

— Você não está me dando espaço o suficiente!

— Você está andando devagar demais. Vamos logo!

— Pessoal, chega! — Adam levantou a mão. — Todos para fora! — *Murmúrios, murmúrios, murmúrios*, mas eles saíram, até mesmo o Thor. — Olha, pessoal, vocês devem entrar com um espírito de contemplação e com essa coisa de coração aberto. — O Wolverine suspirou, sua mão ainda firmemente no peito. — Então vamos começar de novo, mas deem à pessoa à sua frente bastante espaço antes de entrarem. Prontos?

Eles fizeram que sim com a cabeça, um pouco envergonhados.

— Certo, então. Vamos começar.

Dessa vez houve um silêncio concentrado.

— Puta merda! — falou o Capitão América assim que saiu — Desculpa, cara, mas isso foi extraordinário! Absolutamente extraordinário. Foi extraordinário, não foi?

O restante deles balbuciou, concordando, antes de se virar na direção da cruz e correr até as velas. Pare eles, a Santo Rosário era melhor do que um parque temático.

— Adam?

Era o Padre Rick.

Ele se moveu na direção do pároco e ficou surpreso ao sentir a mão de Robyn segurar a dele.

— Ei, Padre, como você está?

O Padre Rick estava vestindo suas vestes clericais, calça preta e uma camisa com o colarinho branco. Aquilo o fazia parecer muito oficial, todo no estilo da Igreja Católica Romana.

— Desculpe se...

— Seus amigos são bem-vindos aqui a qualquer momento, Adam. — Ele sorriu para Robyn. — Espero que a Santo Rosário seja um refúgio para eles, e para você especialmente.

Adam ficou mudo, chicoteado por lembranças de contagens compulsivas das vidraças do vitral, das nódoas do granito dourado no chão, das velas, dos talhos nos bancos...

— Você ensinou o labirinto a eles?

— Sim, Padre. Eu me esqueci do quanto eu costumava gostar dele.

— Você sabia, Srta...

— Plummer — respondeu Robyn.

— Desculpe-me, eu devia ter me lembrado. Srta. Plummer, você sabia que nosso Adam foi o meu melhor acólito?

Robyn pareceu confusa.

— Coroinha — explicou Adam. — Obrigado, Padre.

— É verdade.

— Ah, não estou nem um pouco surpresa. — Eles foram distraídos pelo inconfundível som de moedas batendo no chão.

— Ei, é melhor eu... — Robyn soltou a mão de Adam, levando embora todo o seu calor. — Vou lá com o pessoal monitorar a parte dos sinais da cruz. Até logo, Padre.

— Assim espero, Srta. Plummer.

Eles observaram enquanto Robyn abria caminho entre os bancos.

— Adam? — O Padre Rick se aproximou mais assim que ela ficou longe o suficiente para não ouvir. — Você tinha... *tem*... um dom espiritual. Nós o receberíamos de volta de qualquer forma, quando você estiver pronto. Quando estiver tudo bem para sua mãe... — O pároco olhou para os apoios de vela e novamente para Adam, então desviou o olhar novamente. — Hum, me perdoe, mas seus amigos estão bem, de maneira geral, não estão?

— Ah, sim. O TOC é o principal problema, estamos todos medicados e não somos violentos. Nem mesmo o Thor. — Os dois fixaram os olhos no gigante, que estava imóvel e fascinado diante das velas. Parecia que ele ia comê-las. — Pelo menos até onde sabemos.

Adam teria que contar e ajustar as velas antes de eles saírem; no momento, havia trinta e quatro acesas.

— E a sua mãe? As coisas estão bem para você em casa?

Casa. Adam se sentou no banco atrás do Padre Rick e começou. *Cinco séries.* Simples assim. Estava de volta. *Um, três, cinco, sete, nove, onze...*

— Adam. — O Padre Rick falava tão suavemente que Adam teve que se inclinar na direção dele para escutar. — Estou aqui. Eu sei que você precisa de mais do que isso. Posso sentir, como antes. Mas, às vezes, Deus pode ajudar um pouco também.

Adam deve ter assentido. Mas não de forma muito convincente. O pároco pareceu magoado enquanto se levantava e caminhava na direção do altar. Ele se virou por um instante.

— Qualquer hora, Adam, *qualquer hora.*

Ele podia sentir? Quão maluco ele era realmente? O Padre Rick podia sentir *o quê? Dezessete, dezenove, vinte e um, vinte e três...*

Será que as pessoas podiam ver?

Jesus, elas podiam ver!

E não havia nenhum botão de reiniciar no final das contas. *Vinte e cinco, vinte e sete, vinte e nove...* Não para ele. Tufos de fumaça se formaram em fios e se enlaçaram na teia de aranha familiar que imobilizara sua mente por tanto tempo que Adam só conseguia notar sua ausência, não sua presença. Jesus, de novo, não. Adam ergueu os olhos para o crucifixo que os tinha hipnotizado tanto em sua primeira visita. Cristo olhou de volta.

Você está comigo ou não?

Suspenso e triste.

Hein?

Silêncio.

Responda-me de uma vez, droga!

Havia uma comoção junto às velas. Seus amigos estavam desesperados atrás de moedas, soprando velas e fazendo sinais da cruz ineptos. Metade deles estava ajoelhada. *Três, cinco, sete...*

Adam voltou o olhar para a cruz. Jesus estava sofrendo. Uma onda de culpa esquentou e então ferveu dentro dele. Jesus tinha um mundo inteiro de sofrimento e horror com o qual se preocupar, e ali estava Adam, em toda a sua insignificância covarde. Ele não queria ser mais um fardo para Jesus, mas...

Desculpe. Olha, eu sei que você está ocupado e não quero ser ganancioso com seu tempo, mas, mesmo assim, se você pudesse apenas me ajudar... Se você pudesse encontrar um minuto, por favor, por favor, por favor, bom e doce Jesus, me conserte.

Adam levou vinte e três minutos para entrar em casa naquela noite. Teria sido muito mais rápido, mas ele foi interrompido. Estava executando seus rituais apressadamente quando a sra. Polanski, que morava do outro lado da rua, veio trotando em seu casaco de domingo de lã cinza com colarinho de pele de mentira e pantufas.

— Adam, querido? Adam?

Ele se virou para ela.

— Você está bem, querido? Trancado do lado de fora? Eu às vezes o vejo, vejo que leva tanto tempo para...

— Estou bem, sra. Polanski, sério. Muito obrigado. Não estou trancado do lado de fora e acho que minha mãe está em casa. É só que... eu tenho que... bem, veja, eu tenho que fazer coisas de uma determinada forma antes... estou bem, senhora. Sério, estou bem. — Vergonha tomava cada sílaba e estrangulava cada palavra. — Sinto muito se a preocupei, mas juro por Deus que estou bem.

A sra. Polanski fechou mais um pouco o casaco, fez que sim com a cabeça e começou a se afastar, mas então se virou novamente. Estava claro que ela não estava feliz em deixá-lo à porta.

— Você sabe que estou bem do outro lado da rua, se algum dia... bem, estou em casa, só isso. — E foi embora.

O universo estava se reduzindo, e Jesus, ao que parece, *estava* ocupado. Por isso, mais tarde naquela noite, Adam ligou para Chuck.

Ele achou que deixaria uma mensagem. Mas o terapeuta atendeu, apesar de serem 20h37.

— Preciso de ajuda — disse ele.

— Adam? — A voz calorosa de Chuck abrandou os tremores.

— Preciso de ajuda.

— Você vai ficar bem essa noite?

— Sim, senhor. Acho que sim.

Chuck suspirou. E Adam se lembrou do quanto o terapeuta odiava ser chamado de "senhor".

— Amanhã? Você pode vir às três e meia?

— Sim, posso matar a aula de biologia.

— Bom. Eu escrevo um bilhete, se for necessário. E, Adam?

— Sim, senhor?

— Respire.

— Sim, senhor. Vou começar agora. — *Sete séries. Um, três, cinco, sete...*

CAPÍTULO 27

No dia seguinte, Adam estava melhor, e se sentiu um covarde por ter ligado para Chuck. Não melhor-melhor, porém melhor. Verdade, ele não conseguia parar de contar, e havia aquela suave vibração irritante que parecia estar enterrada em algum lugar da sua medula óssea. Ainda assim, tinha sido idiotice ligar para a casa de Chuck, pedir que Eric Yashinsky o cobrisse na aula de biologia e mentir para sua mãe sobre por que ele chegaria tarde e... bem, tantas coisas. Era um erro.

— Isso é um erro — disse ele a Chuck, enquanto se demorava junto à porta. — Estou me sentindo melhor. Sinto muito, isso é loucura.

— Claro, mas entre mesmo assim, Adam. Descarregue um pouco. — Chuck se mudou de perto de sua escrivaninha para a poltrona bege felpuda na qual se sentava nas sessões. Adam não se moveu. — Se você não está tendo um problema com a soleira, entre e relaxe. Veja, nós podemos fazer isso em vez da consulta particular da próxima semana, se isso o fizer se sentir melhor.

Adam se sentou na grande poltrona acolchoada, a que ele mais gostava. Chuck deixava seus pacientes escolherem entre quatro assentos diferentes. A poltrona tinha uma almofada molenga que Adam sempre abraçava apesar de se sentir um frouxo toda vez que fazia aquilo.

— Então, como foi na igreja?

— Bom.

— O Grupo?

— Bom. Eles foram bons. Foi bom. — *O que diabos ele estava fazendo? Por que estava ali?*

— Então o que desencadeou ontem à noite, o que você acha? Alguma ideia? As coisas, os rituais, estão piorando?

— Desencadear? O que *desencadeou*? Você está de brincadeira, né? Minha vida desencadeou, senhor. — Adam percebeu sua respiração. Era como se estivesse respirando num microfone. O som enchia a sala.

— Justo. Os rituais de soleira, eles estão piorando em resposta?

— Não sei. — Ele deu de ombros. Agora ele podia ouvir seu coração. *Tum, tum, tum, pa-tum, tum.* Espere, aquilo estava certo? Não parecia certo. *Tum, tum, tum, pa-tum.* Ele estava transpirando. Será que era assim com o Wolverine? Ele teria que pegar mais leve com o sujeito; isso era uma droga. Mas, e se *fosse* o Wolverine que estivesse enviando aquela merda doentia para sua mãe? Não. Aquilo simplesmente não fazia nenhum sentido. Ele não era *tão* maluco. Era exatamente como ele. Coitado. *Pa-tum.*

— Adam? São as batidas?

— Não. — Ele suspirou aliviado, porque aquilo, pelo menos, era verdade.

— Tudo bem, então. Hum, será que ouso perguntar se você completou uma Lista?

A Lista! Ele fez! Ele se lembrava de tê-la feito na biblioteca na semana anterior, depois de terminar o dever de casa, e de tentar escondê-la de Eric Yashinsky, que estava lhe fazendo companhia.

— Sim, eu fiz uma! — Adam procurou dentro de sua mochila. — Por falar nisso, você não acha que está na hora de parar de me punir com o acesso à Internet? Eu estou tão...

— Não era uma punição, Adam. Mas concordo que os rituais não parecem girar em torno de compulsões de Internet, por isso, muito em breve podemos...

— Aqui está! — Ele entregou sua Lista a Chuck.

O terapeuta desdobrou o papel.

24 de janeiro **A LISTA** Batman

Medicamentos: Anafranil 25 mg 2x ao dia
Lorazepam o quanto precisar

Principais compulsões apresentadas: Contar,
Soleiras

1. Acredito

— Adam? — Chuck tirou seus óculos de aviador. — Não há nada aqui.

Adam se levantou e pegou o papel. *Tum, tum, tum, pa-tum, pa-tum.*

— Oh. Oh, sim. Não tenho mais Lorazepam; preciso de outra receita. Eu me esqueci de dizer depois do Grupo. Perdi um monte no ralo da escola outro dia. — Ele não tinha escrito *nada*. Ele poderia jurar...

— Vou ligar para a farmácia assim que você sair, e talvez devêssemos aumentar o Anafranil para setenta e cinco miligramas. Vinte e cinco miligramas três vezes ao dia.

Adam já estava fazendo aquilo. Não ajudava. Ele aumentaria a dose um pouco mais.

— Mas, Adam, a Lista está...

— Eu fiz, tipo, um milhão delas, juro por Deus. O problema é que eu as rasgo depois. Não sei por que, juro. Achei que essa era uma acabada. — Ele teve que lutar contra o instinto de dar um salto e sair correndo da sala.

Chuck se inclinou na sua direção.

— Tente de verdade. É importante. A contagem se tornou exclusivamente em sua cabeça, sem um ritual físico ou visual acoplado?

Adam apertou a almofada contra a barriga.

— Em grande parte. — *Um, três, cinco, sete...*

Chuck assentiu.

— Isso é significativo. Números pares ou ímpares?

— Ambos — admitiu ele. — Situações diferentes exigem, hum, coçadas diferentes.

— Coçadas?

— É como se, às vezes, o meu cérebro coçasse, ficasse quente. — Adam mal falou aquilo em voz alta. Chuck teve que deslizar até a beira da poltrona para entender.

— Como estão as coisas em casa? O acúmulo da sua mãe está se intensificando?

Adam não deveria ter contado aquilo. Era desleal. Era errado. Magoaria sua mãe. E voltaria contra ele — *estava* voltando contra ele. Traí-la, tornar tudo pior. Ele se lembrou dos sacos de lixo e estremeceu.

— Ela está, tipo, jogando fora dois sacos verdes de lixo por semana. — E era verdade. Ela ainda estava. Ela fazia um grande alarde para mostrar isso toda semana.

— Excelente. — Chuck balançou a cabeça. — Então, algo mais com a sua mãe. Você quer falar sobre ela um pouco?

— Não, senhor. — *Você é uma aberração. Morra, piranha, morra. Você está arruinando a vida do seu filho.* Um terror escondendo uma verdade culpada o atacava cada vez com mais força. Jesus. Será que havia alguma parte repugnante dele que concordava? Adam balançou a cabeça. Jesus, *tum, pa-tum.* Jesus. Ele era um monstro. — Não, estou bem.

Chuck franziu a testa.

— Vamos deixar isso de lado por agora. E quanto à casa do seu pai? Como vão as coisas com sua madrasta?

— Brenda? — *Brenda? A sra. Brenda Ross o ama mais, ela disse.* — Brenda está bem. — *Tum, pa-tum, pa-tum, pa-tum, tum, tum.*

— Adam, acho que está na hora de pensarmos seriamente em começar com a terapia de exposição e prevenção de resposta. A questão é que eu não posso obrigá-lo a falar e certamente não posso *obrigá-lo* a se comprometer com esse estágio, mas a qualidade interior da contagem mudou para o que alguns na profissão chamam de TOC puro e... — *Palavras, palavras, palavras.*

— Sim, claro, doutor. Com certeza. Mas não agora. Tem muita coisa acontecendo agora. Acho que tive apenas um ataque de pânico e não tinha mais nenhum Lorazepam, como eu disse. Sim, com certeza foi isso! Então... — Ele se levantou. — Se você pudesse apenas ligar para a farmácia. Obrigado por me ajudar a arrumar isso em minha cabeça. — *Três, cinco, sete, nove, onze...* — Sinto muito por assustá-lo. — Ele seguiu na direção da porta.

— Adam, você não me assustou. Adam, espere! Nosso tempo...

O que você vai fazer? Pare de falar e me conserte! Apenas me conserte. Eu preciso ser consertado.

— Está tudo bem. Estou melhor. O bom e velho ataque de pânico, sinto muito. Obrigado, doutor. Estou muito melhor, seriamente esclarecido e tudo mais.

Ele estava cambaleando quando entrou no elevador. Estava sozinho, pelo menos no início. Ele sentia como se tivesse entrado num tubo de vácuo. Adam subiu e desceu no elevador, como às vezes fazia depois de uma sessão com Chuck. A compressão era reconfortante, assim como a campainha suave do indicador do andar. Enquanto passeava de elevador, Adam revisava cada palavra e gesto. Dezessete minutos depois, ele saiu no frio na direção da farmácia.

CAPÍTULO 28

Ele tomou um Lorazepam antes de ligar para ela. Achou que ela ficaria satisfeita com toda a coisa da sessão improvisada com Chuck. Ela não ficou.

— Você contou a ele sobre as cartas?

— Não com todas as palavras — admitiu. Ele caminhou até seu aquário. Os meninos nadaram na sua direção e então se afastaram irritados quando perceberam que ele não ia alimentá-los. Todos, menos Steven, que ficou e olhou para ele com pena.

— Em *alguma* palavra, Adam? Quer dizer, palavras que realmente saíram da sua cabeça e surgiram em voz alta no mundo?

— Não exatamente.

Ela acabou conseguindo cansá-lo. Era uma guerra de atrito, e Robyn estava mais bem armada. Em todas as conversas, todas as noites naquela semana, ela dava pistas não tão sutis de que ele tinha que buscar mais apoio, mais munição, mais ajuda — em outras palavras, contar ao Grupo sobre as cartas.

— Penico! — gemeu ele no domingo à noite.

— Boa decisão — falou ela docemente. — Venho rezando por isso.

Todos os super-heróis apareceram com seus acessórios naquela segunda-feira. O Batman usava seu anel. Ele o usava o tempo todo agora, e Robyn levou um novo par de longas luvas verdes de couro. Ela sorriu de forma encorajadora para Adam assim que ele se sentou. Adam achou aquilo irresistível e teve que se concentrar em não se jogar até o outro lado da sala e beijá-la. Em vez disso, ele se manifestou logo depois da lista de presença.

— Adam, você gostaria de começar os trabalhos? — O terapeuta pareceu satisfeito.

— Sim, senhor. Acho que sim. Então, pessoal, bem, vocês todos sabem que eu tenho a contagem e, hum, o problema com as soleiras, certo?

Todos menos o Wolverine confirmaram com a cabeça. O Wolverine apenas pareceu entediado — ou será que estava checando sua frequência cardíaca máxima? O Thor ofereceu a Adam seu característico olhar da morte. Pelo menos significava que ele estava prestando atenção.

— Sim, então, está aumentando. Talvez.

Snooki se virou em sua cadeira a fim de olhar para ele.

— Muito. Novas coisas. Não sei por quê. Há mais lugares na escola, e vocês sabem sobre a igreja. Tem a porta lateral da casa do meu pai agora, e o pior... — A boca de Adam secou. — O pior é a porta da frente da minha casa.

— Sua própria casa, cara? — O Homem de Ferro balançou a cabeça. — Isso é tão zoado! — Deu para perceber pela forma como ele falou que ele vinha praticando aquela expressão, trabalhando duro e esperando pelo momento perfeito para usá-la.

— Sim, sim, é mesmo. Eu estou, tipo, assustando os vizinhos.

Adam elaborou mais, e poderia, sem problemas, ter usado todo o seu tempo naquela questão muito saliente e considerável, mas notou que Robyn tinha desistido de ser *encorajadora* e tinha passado diretamente a ficar *angustiada*.

— Mas esse não é o verdadeiro problema.

— Não diga, Sherlock! — falou o Wolverine. — Você passou de bater com os dedos alucinadamente em todas as sessões para não conseguir entrar na sua própria casa e esse *não* é o problema? E quanto ao lindo discurso que você fez em setembro? Aquele sobre ficar mais limpo a cada semana até poder explodir esse lugar? — Ele inclinou o corpo para a frente, balançando a cabeça, exalando preocupação. — Cara, você está lentamente afundando.

Chuck pigarreou.

Thor olhou feio.

Wolverine se calou.

Adam notou tudo isso enquanto soltava o ar, lentamente. Ele não contou ou se engasgou com o comportamento passivo-agressivo do Wolverine. Também não se levantou e se jogou sobre o Wolverine quando ele aproximou sua cadeira de Robyn.

— Talvez eu esteja, mas não, esse não é o verdadeiro problema. — Ele puxou o ar duas vezes com dificuldade, mas ainda sem contar. De forma alguma ele contaria na frente daquele mutante. — Então, e isso *realmente* tem que permanecer aqui...

O que ele estava fazendo? Gotas de suor se formaram em sua testa e nas laterais de seu rosto até que todas as gotas se encontraram e decidiram formar riachos pegajosos que desciam pelo seu pescoço.

Perigo. Isso era uma traição. Perigo.

Ele não sabia como começar. Devia ter praticado, como o Homem de Ferro. Adam vasculhou a mente em busca de um caminho, até que ele se lembrou de como Robyn tinha falado sobre a sua mãe.

— Certo, então... — Ele olhou para seus pés, que estavam no chão. Cruzou as pernas do jeito errado, descruzou e cruzou do jeito certo. — Hum, acho que tenho que determinar algumas regras básicas. — Ele olhou para Chuck, então todos olharam para Chuck. O terapeuta balançou a cabeça positivamente, e todos se voltaram para Adam. — Certo, é como eu disse, tirando que eu não disse nada. Então vou falar, mas realmente não quero, a essa altura, nesse momento, qualquer solução ou comentário, certo? É extremamente complicado, e não posso falar com a polícia ou reportar às autoridades. *Qualquer que seja.* Vocês simplesmente têm que acreditar nisso. Sinto que estou assumindo um grande risco e... que vou tornar tudo pior.

O Wolverine gemeu, mas o Thor emitiu um ruído grave e suave. Novamente o Wolverine se calou.

— Desculpe. Certo, o problema é que a minha mãe... minha mãe vem recebendo essas cartas doentias e ameaçadoras que a xingam com palavrões horríveis e ficam a incentivando a se matar.

Adam notou uma arfada suave e vacilou. Olhou para Robyn. Ele podia *senti-la* à sua frente, suplicando para ele, incentivando-o, assentindo, torcendo por ele. A garota estava queimando muita energia.

— As cartas, elas são como vômito tóxico. — O medo desceu por sua espinha e se espalhou. Ele não tirou os olhos de Robyn. — Elas são doentias, mas, caso vocês estejam se perguntando, elas não ameaçam *a minha mãe* diretamente, o que significa algo legalmente, e são como aqueles velhos trabalhos de corte e colagem, como nos filmes. É como se alguém quisesse levá-la à loucura, fazer com que fosse internada. — O coração de Adam explodiu em *pa-tuns* irregulares. Ele tinha falado em voz alta e para *eles* o que se recusara a dizer a si mesmo.

Ninguém respirou.

Ninguém falou.

— Grande passo, Batman. Talvez você precise de um minuto, e talvez todos os outros também precisem — falou Chuck, delicadamente. — Então vou fazer algumas perguntas apenas sobre fatos, nada pesado. Concordo que a situação já está pesada demais. Se não quiser responder, é só balançar a cabeça, certo?

— Sim, tudo bem por mim.

— Quantas cartas?

Adam pensou por um instante.

— Cinco? Não, seis de que eu sei com certeza, mas estou chutando que são sete ou oito quando penso sobre como ela age depois.

— Você tem alguma ideia de quem estaria fazendo isso?

Será que ele olhou para o Wolverine? Não foi a sua intenção.

Adam abaixou a cabeça.

— Poderia ser do trabalho, ou alguém que conhecemos. Não, não faço ideia, e nós não... ela não... fala sobre o assunto.

— E como *está* a sua mãe? Ela está enfrentando?

— Ela tem os problemas dela... outros problemas, sabe? Mas ela finge bem. O problema é que eu sei que ela está nervosa; a casa vibra com isso, ou ela está vibrando. Sei lá. Eu simplesmente não sei.

— Certo. — Chuck tirou os óculos e esfregou os olhos. — É o suficiente por agora. Muito bem. — Chuck e Adam examinaram a sala juntos; quase todos pareciam pouco à vontade. — Não vamos comentar, mas bom trabalho, Batman. Um avanço esplêndido. Estou muito satisfeito por você conseguir compartilhar o que compartilhou. Grande passo, meu jovem. Grande, grande passo.

E ele estava certo. Foi como se uma frente de alta pressão tivesse explodido e engolido tudo o que era espesso e pesado.

Snooki se inclinou na direção dele e acariciou sua coxa.

Robyn fuzilou Snooki.

E Adam se sentia bem. Radiantemente, brilhantemente bem. Mais uma vez, ele tinha *falado*. Mais uma vez, um alívio tão puro e poderoso tomava conta dele.

Ele tentou prestar atenção no restante dos depoimentos e até mesmo conseguiu comentar sobre o mais recente drama do Lanterna Verde sobre ter atropelado alguém com o carro. Adam ainda estava se sentindo mais leve e mais iluminado quando eles empilharam as cadeiras, quarenta minutos depois. Ele mal podia esperar para chegar ao cemitério com Robyn, para ficar sozinho com ela. Ela estaria satisfeita, orgulhosa. Ele a abraçaria. Ela tornaria aquilo ainda melhor.

Ele ainda estava sorrindo quando o Thor se agigantou atrás dele, criando uma sombra no vão da escada. Seus passos reverberavam como trovões até ele passar por Adam e então se virar. Apesar de estar no degrau de baixo, Thor ainda ficava mais alto que Adam.

— Vou encontrá-lo, garoto.

— O quê? Hum, Thor, não. Você não tem que... você não deveria..

— Vou encontrá-lo. — A voz do Thor era tão grave que as palavras mal eram audíveis. — Vou encontrá-lo e vou matar o desgraçado — falou ele, ou foi o que Adam achou. Ele definitivamente falou algo suficientemente próximo daquilo para despedaçar o estômago de Adam antes de ir embora.

Se você contar, tudo vai ruir, Adam. Prometa que nunca vai contar. Prometa!

Adam se recostou contra o corrimão, tentando se equilibrar.

O que foi que eu fiz?

CAPÍTULO 29

— Não sei por que você está surtando tanto. Achei que correu bem. Eles o apoiaram, sabe. Todos eles.

Será que Robyn estava aborrecida?

Aborrecida não seria bom.

Irritada?

Irritada seria ruim.

Assustada?

Assustada seria pior.

Mas então Robyn passou o braço pelo dele enquanto eles cruzavam os portões do cemitério. Os dois estavam suficientemente próximos para Adam se perder na promessa de tê-la.

— Sério, Adam... todos eles! Eles estão *tão* do seu lado!

— Sim — disse ele. — Especialmente o Wolverine.

— Não... — Robyn soltou seu braço. — *Especialmente* Snooki.

Uau. Será que eles estavam brigando? Será que essa era a primeira briga deles?

Eles definitivamente tinham que ser um *eles* para poderem ter a primeira briga *deles*.

Assim que a novidade perdeu a graça, exatos dois segundos mais tarde, Adam se sentiu nauseado. Ele passou o braço de Robyn pelo dele novamente.

— Sinto muito, Robyn. — Ele não fazia a mínima ideia de por que estava se desculpando.

— Não. — Robyn balançou a cabeça. — *Eu* sinto muito. Eu o forcei, e agora você está se sentindo pior. Sou tão idiota e realmente, realmente sinto muito.

— Não, eu não estou me sentindo pior, sério — mentiu ele. Parecia que Adam se sentia pior a cada hora que passava. Havia momentos em que ele tinha a sensação de que estava se desintegrando. O tempo e a atenção que as compulsões exigiam, a humilhação depois dos rituais, tudo o perfurava e deixava buracos em seu rastro. Ele estava exausto.

Cada ritual, cada vez, exigia mais e oferecia menos.

Mas Adam tinha que ser forte por ela. Robyn precisava de um defensor forte, um protetor, um guerreiro... algo muito maior do que ele. Ainda assim, ele seria e poderia ser aquilo por ela, e também por sua mãe e por Docinho. Não havia tempo para ficar *cansado*.

A tempestade de gelo da semana anterior tinha deixado sua marca no cemitério. Embora a calçada estivesse limpa, neve e gelo cobriam cada superfície acessível, cintilando mesmo no crepúsculo.

— Uau, hein? — Robyn apertou o braço de Adam. — É como eu imaginei Nárnia quando a Feiticeira Branca a transformou no inverno de cem anos.

Adam passou o dedo pelos galhos decorados com estalactites que contrastavam com a escuridão crescente. Então lá estavam eles, na lápide da mãe de Robyn. O grande granito preto era como uma cicatriz agressiva em meio a todo aquele branco.

Adam relutantemente soltou Robyn para que ela pudesse fazer o sinal da cruz e rezar seu rosário.

Foi enquanto ela rezava que ele soube.

Não era mais um fingimento, um tique compulsivo ou uma necessidade propulsora. Robyn não estava obcecada. Ele repassou as últimas semanas em sua cabeça; na igreja, na casa dela, no Grupo e aqui com ele. Não havia uma sensação de desespero.

Ela estava melhor.

Adam podia se ouvir soltando o ar da mesma forma que é possível ouvir quando se está no fundo de uma piscina ou correndo sozinho na floresta. Isso era errado. Quem estava salvando quem aqui?

Não, era ainda mais errado do que aquilo de alguma forma. Ele sabia disso no âmago do seu ser, mas não conseguia descobrir o que ou como. Tremeu.

Robyn se virou novamente para ele. Estava quase escuro. Os portões seriam fechados. As regras não eram rígidas, mas normalmente eles eram fechados ao cair da noite, não num horário determinado. Ele tinha ficado preso algumas vezes no outono, quando voltava para casa por dentro em vez de pelas ruas principais. Adam agora conhecia todas as cercas do perímetro e quais eram escaláveis. Robyn tinha que conhecer as regras; ela vinha ali havia muito mais tempo do que ele. Ainda assim, o céu que escurecia não parecia preocupá-la.

— Sabe, eu não me lembro de momento algum em que ela *não* estivesse lutando.

— Lutando?

Era como se Robyn estivesse se dirigindo a uma plateia, não a apenas Adam.

— Mesmo quando ela estava inconsciente, eu juro que ela lutava. Ela, ele, eles lutavam quando ela estava drogada, com radiação, cabelo caindo e vomitando. Pegavam avião para todo o lado, para qualquer experimento possível ou qualquer tratamento de charlatão. A luta ocupou tudo, entende, por anos. Era... exclusiva. — Ela se envolveu com os braços. — Não havia espaço naquele tipo de batalha para uma menininha. Não sobrava ar para mim e... — Ela se virou novamente para a lápide. — Eu... eu a odiei por isso.

Então Robyn tentou sorrir.

— Por isso, meu maravilhoso super-herói, acho que eu estava rezando agora para que você pudesse entender por que inventei a história do suicídio em vez de contar essa história desprezível de pirralha egoísta. Você acha que pode, mesmo que um pouco?

Mesmo na escuridão profunda, Adam podia perceber que lágrimas escorriam pelo rosto de Robyn. Ele se aproximou dela.

— Por que diabos eu conto essas coisas a você? Elas são tão, tão feias... e mesmo assim eu conto. Não entendo. Por quê?

— Porque você sabe que eu vou te amar de qualquer forma. Não importa o que você acha que fez. Eu sempre vou te amar, Robyn.

— Você me ama?

Ele se aproximou dela e achou que implodiria de desejo.

Em vez de devorá-la inteira, Adam secou sua bochecha tão delicadamente quanto faria com Docinho.

— Eu te amo. Eu te amo tanto, que lhe conto todos os meus... e eu...

— Você está falando muito — sussurrou ela. — Pare de falar, Adam, e apenas...

Adam segurou o rosto dela nas mãos e a beijou. Ele a beijou para sempre e por ainda mais tempo. Seu corpo foi tomado por pontadas quentes e frias exatamente ao mesmo tempo. Os lábios dela eram mais macios e, sim, tinham mais gosto de pêssegos do que ele poderia ter imaginado, e eles ainda se beijavam. Adam moveu uma das mãos para a nuca de Robyn e a outra envolvia seu corpo como se ele fizesse isso todos os dias, e eles ainda se beijavam. Robyn passou os braços em volta dele e o puxou para mais perto, e eles se beijavam. Eles aproveitaram aquele longo, sedento e ininterrupto primeiro beijo que ia além do agora e duraria para sempre como só os primeiros beijos podem durar, no tempo e na memória, até não conseguirem mais respirar.

Até eles serem atingidos por feixes fortes, intrusivos e bruscos.

— Ah.

— Ah.

Eles piscaram como corujas assustadas para o carro da segurança diante deles.

Uma porta se abriu.

— As crianças aí querem procurar um quarto? Os portões estão fechados há meia hora! — O segurança saiu com dificuldade e, para piorar as coisas, apontou sua lanterna na direção deles. — Droga, esqueçam o que eu disse. Vocês *são* crianças. Vão para casa agora antes que eu os leve para dentro e ligue para os seus pais! Vou entrar no carro e abrir o portão principal. Vocês todos acham que o cemitério é alguma espécie de mansão da pegação. Agora, vão para casa! Vão!

Robyn o beijou de novo e outra vez. Tudo nele se incendiou. Adam segurou a mão dela e eles correram até o portão principal, rindo o tempo todo. Mesmo com todo o seu treinamento de longas distâncias, ele teve dificuldade para recuperar o fôlego. E estava tudo bem. Ele se agarrou ao calor do beijo, ao calor dela. Não estava cansado. Não contou.

— Robyn...

— Shh. — Robyn sorriu, tocando os lábios dele com os dedos enluvados. — Shh... eu também te amo, Adam, de verdade. Amei quase desde o começo e vou te amar... — Ela se virou, olhando para o cemitério. — Vou te amar *até*...

Ela segurou as mãos dele e beijou sua bochecha, depois seus olhos, depois seus lábios mais uma última vez antes de desaparecer pela rua principal. Ele ouviu os portões se fecharem atrás de si.

Parecia que ele teria que tomar o caminho longo até sua casa essa noite.

Quem se importava?

Ele, não.

Robyn Plummer tinha gosto de pêssegos.

E Robyn Plummer o *amava*.

CAPÍTULO 30

Adam correu até sua casa sem tocar os pés no solo. Uau. Ele entendia, ele realmente entendia. Então era *assim* que era *aquilo*! Era melhor do que qualquer coisa! Valia qualquer coisa! Amor, cara. O amor era incrível. Milagres cintilavam no ar da noite, floresciam e se abriam diante dele.

Até ele chegar em casa.

E chegar à sua porta.

E nada tinha mudado. Então tudo mudou.

Foi um recomeço ruim. E um que aconteceu rápido *demais*. Adam levou vinte e três minutos para entrar. E, naquele tempo, tudo virou de cabeça para baixo. Ele teve que voltar atrás e recomeçar sete vezes.

Devia ter sido um beijo de pena.

Porque ele era realmente digno de pena.

Ele se sentia como uma ferida aberta quando conseguiu girar a chave. Graças a Deus sua mãe estava no turno da noite a semana toda.

Quando chegou ao seu quarto, Adam apenas se sentou no escuro, ainda de casaco, e contou até o telefone tocar.

— Robyn?

— Não, mané. Você não tem identificador de chamada? É o Ben.

— Stones?

Adam abriu o zíper do casaco e começou a tirá-lo.

— Como estão as coisas, cara?

— Nada de mais.

Os dois nunca tinham desenvolvido uma verdadeira relação por telefone ao longo dos anos. Eles confiavam em mensagens de texto monossilábicas e cheias de códigos. Mas aquilo não estava ao alcance de Adam havia mais de um ano. Por isso, ao telefone, os dois lutavam em uma conversa torturada. Suas "conversas" raramente duravam mais de alguns segundos e normalmente envolviam pouco mais do que marcar a data e a hora de seu próximo encontro. Mas, às vezes, Ben Stone ligava por absolutamente nenhuma razão.

Como dessa vez.

Como sempre, eles começaram com a clássica pausa desconfortável, então...

— É, achei que devia ligar para você, sabe?

Adam concordou com a cabeça, mas obviamente Ben não conseguiu ver.

— Então eu liguei... E aí, parceiro, como você está? Ainda maluco?

— Bastante — respondeu Adam.

— Foi o que achei.

— Você ainda está gordo? — Adam quis engolir de volta as palavras assim que elas saíram de sua boca. — Desculpe, cara, isso foi grosseria.

— Ah, para com isso, cara. Estou *mais gordo.* Sacou?

— Isso é, hum, irado. Eu acho.

— Sim, mano, isso *é* irado! — disse Ben.

— É? — falou Adam, recuperando o bom humor. — Por quê?

Ben riu.

— Cara, eu vou ganhar seriamente pelo menos mais quatro quilos!

— Mentira!

— Verdade! Treinamento de primavera para os aspirantes do time de futebol americano do segundo ano, cara. O que preciso arrumar é um pouco de gordura firme. Vou definitivamente me candidatar para o time de futebol americano no próximo ano. Então vou me esforçar para ficar do tamanho dos grandões.

— Parece um plano e tanto, hombre. Estou com você. Estou pensando em fazer teste para a equipe de atletismo na primavera.

— Mentira!

— Verdade!

— Por que não, não é mesmo? Quem disse que um surtado não pode ser o homem das maratonas e um judeu não pode ser um *nose tackle* épico?

— Não fui eu!

— Perfeito! Vou fazer isso, Adam. Vou ser um astro do futebol americano. Decidi isso essa semana.

— Com uma porção de animadoras de torcida para viagem!

Adam acendeu a luz do quarto, balançando a cabeça e sorrindo.

— Pode apostar seu traseiro ossudo. Elas ficarão todas atrás de mim. Vamos fazer uma pausa por um instante e mentalizar essa imagem.

Adam sorriu. Ele não podia evitar.

— Feito!

— Você está sorrindo para os seus peixes idiotas?

— Acertou de primeira, Stones.

— Demais. Bem, meu trabalho aqui está feito. Vejo você no domingo.

Como ele sabia?

— Domingo, tá. Stones?

— Sim?

— Você não tem... Apenas obrigado, cara.

— Ei, fico feliz de fazer minha parte pelo Batman.

Os dois desligaram ao mesmo tempo, e Adam simplesmente sabia que Stones tinha estampado em seu rosto o mesmo sorriso que ele. Fora uma ligação de três minutos e nem meia hora depois de Adam chegar à sua porta. Mas ele se sentia bem. E foi então que ele soube.

As mudanças estavam muito profundas e rápidas. Ele tinha que encontrar um cinto de segurança melhor, ou essa montanha russa iria matá-lo.

CAPÍTULO 31

Às 8h59 da quinta-feira, dia 23 de fevereiro, Adam jogou as mãos para o céu. *Desisto.* Ele andou na direção contrária à sua primeira aula, que era biologia no laboratório grande. O laboratório pequeno ainda estava valendo, mas o grande vinha sendo um problema havia meses, e, naquela manhã, ele não conseguiu entrar com todas as distrações.

Vai se inscrever para os testes da equipe de atletismo na primavera, Ross?

Você viu aquele vídeo sinistro de Warhammer no YouTube?

Pode me emprestar as anotações do experimento da última semana?

Et cetera, et cetera, et cetera.

Adam tinha chegado à porta às 8h40, como sempre fazia quando sua primeira aula era no laboratório grande. Isso lhe dava tempo suficiente para executar os necessários rituais de purificação, entrar e fingir que estava tentando ficar a par dos experimentos enquanto todos os outros entravam. Sempre funcionava. Todo mundo acreditava. Nunca subestime a astúcia dos problemáticos. Mas hoje, não. Adam perdera um precioso tempo junto à soleira pensando em Robyn. A imagem, o toque e o gosto dela. A tristeza e a carência em seus beijos. Carência? Carência de quem?

De qualquer forma, Adam estava definitivamente no lado errado da soleira quando os primeiros alunos começaram a descer o corredor na direção da sala de aula. Era um período duplo. Às 8h43, enquanto Adam orquestrava o primeiro de todos os passos da purificação, ele foi tomado pelo pânico. Ele a perderia. Obviamente, supondo que ele *a tinha* para poder perdê-la. Mas, examinando e reexaminando o beijo, como ele tinha feito exatamente cento e trinta e três milhões de vezes desde o ocorrido — o beijo, não, *beijos*, no plural, a sensação da mão dela na dele e do corpo dela contra o seu —, bem, talvez ele realmente *a* tivesse para poder perdê-la. Mas agora, hoje, em frente ao grande laboratório, estava claro que Adam a perderia, *teria* que perdê-la. Era inevitável, porque não havia como discordar do fato de que Robyn estava melhorando. Talvez estivesse até curada.

Por que ela ainda estava no Grupo?

O coração de Adam vinha soluçando desde então, e ele não conseguia parar de errar o ritual. Então, às 8h59, ele jogou os braços para o ar e seguiu para a biblioteca, esforçando-se ao máximo para personificar um garoto normal.

E foi lá que acabaram encontrando-o. A Irmã Mary-Margaret e seu pai entraram juntos, e os soluços de Adam pararam imediatamente.

— Filho, temos que ir.

Adam saltou como uma mola tensionada.

— Não, Adam, está tudo bem. É só que Wendell...

— Docinho? O que aconteceu com Docinho?

— Ele está bem, e tudo vai ficar na mais perfeita ordem, mas ele está no hospital. — Seu pai levantou a mão para impedir a torrente de perguntas antes que elas começassem. — Ele quebrou o braço bem feio no trepa-trepa, e vão checar se ele teve uma concussão. Querem mantê-lo em observação essa noite e fazer mais exames. — Seu pai desabou na cadeira da biblioteca ao seu lado. — Obrigado, Irmã.

Ela fez uma careta. A Irmã Mary-Margaret não gostava de ser dispensada.

— Adam não vai voltar às aulas hoje.

A Irmã franziu os lábios.

— Como quiser, Sr. Ross. Informarei o gabinete.

Assim que ela estava suficientemente longe, o pai de Adam se aproximou dele.

— Bem, aquele é um rosto que apenas a Igreja poderia amar.

— Pai! Isso foi cruel... apesar de verdadeiro.

— Sim, vou fritar por isso, mas aquela velha megera vem fazendo todo mundo infeliz desde que eu estava aqui.

Adam ruborizou, lembrando-se de como ele usava pensamentos sobre a pobre irmã para domar seus hormônios histéricos.

— Escute, filho, não se preocupe. Wendell vai ficar bem. Mas, nesse momento, ele está fazendo a maior cena porque precisa do seu Batman.

Adam juntou suas coisas em segundos e eles foram embora.

— Será que eu quero saber por que você não estava na aula? — perguntou seu pai.

— Não, senhor.

— Então tá.

— Pai? — Adam puxou o braço do pai. — Não vamos pelas portas do sul, tá?

— Mas o carro está... — Ele percebeu a expressão do filho. — Porta da frente?

— Porta da frente. — Adam quase tropeçou na própria culpa. Seu pai já parecia acabado.

Eles seguiram diretamente para o Hospital Glen Oaks, o hospital da sua mãe. Docinho se iluminou quando viu Adam, mas ainda parecia tão branco quanto um lenço Kleenex.

— Batman! Batman, eu sabia que você viria. Não vá embora, está bem?

Adam deu um abração no irmãozinho, o que foi complicado por causa da geringonça bizarra em que eles colocaram seu braço.

— Bem, você se meteu em uma confusão e tanto.

— Sim, uma confusão! E eu não quero colocar um pino. Eles não podem enfiar um em mim.

— Fica tranquilo — falou Adam, dando um tapinha no braço bom de Docinho.

— Adam! — Seu pai o chamou.

— E aí? — Adam se virou para seu pai e sua madrasta. — O que diabos aconteceu?

— Acabaram de passar aqui, e o residente disse que ele pode precisar de cirurgia para colocar pinos de aço inoxidável. — O lábio de Brenda tremeu, mas ela prosseguiu, determinada.

— Eles farão mais radiografias e, hum, tipos diferentes de radiografias. — Mesmo de longe ele podia dizer que a maquiagem dos olhos dela tinha secado em rastros que desciam por seu rosto. — Estávamos esperando até você chegar aqui, mas Docinho foi muito corajoso.

— Eles querem me colocar num túnel de computador. Não vou entrar num túnel de computador, Batman. Não, senhor, não vou. A não ser que você entre comigo. — Ele se agarrou a Batman com seu braço bom. Adam olhou novamente para Brenda, esperando uma tradução.

Ela suspirou suavemente.

— Docinho foi incrivelmente corajoso durante suas radiografias, mas elas doeram um pouco, não foi, meu menino corajoso? Mas eles querem fazer uma tomografia computadorizada para ter certeza sobre a concussão.

— E eles tiram meu sangue, e esse é um lugar muito muito horrível! — O bracinho roliço de Docinho finalmente soltou o irmão. — E eles me cutucam e me beliscam! Vamos para casa agora. — Docinho tentou girar as pernas para fora da cama.

— Opa! Ei, carinha, acho que eles precisam que você fique aqui essa noite. Você pode ir para casa depois do túnel de computador e talvez mais algumas coisinhas.

O lábio inferior de Docinho tremeu.

— Mas eu vou ficar aqui para todos esses exames, tá? — Falei. — Até mesmo o do túnel, prometo. Vai ser irado.

— Não quero ter pinos no meu corpo.

— Ei, eles não disseram que você vai precisar deles com certeza, não é mesmo? Talvez você fique apenas com um gesso bem maneiro.

— Sério? — Os olhos de Docinho se arregalaram. Dava para ver que ele estava refletindo sobre o conceito de "gesso como acessório de moda".

— Com certeza! — Adam bagunçou o cabelo de Docinho. — Todas as melhores pessoas têm os melhores gessos. Eu tive um.

— Teve mesmo? Eu não me lembro.

Adam vasculhou seu banco de memória.

— Você ainda não era nascido, pateta. Eu tinha, tipo, 3 ou 4 anos e quebrei meu pulso.

Docinho olhou para o pai em busca de confirmação.

O Sr. Ross balançou a cabeça positivamente.

— Você tinha quase 4 anos e quebrou o pulso *e* a cabeceira da cama quando você e Ben calcularam errado em sua brincadeira de torpedo-turbo no colchão. Era azul-marinho, se me lembro bem.

— Posso ter um colorido!

A crise tinha passado.

— Obrigada, Adam. — Brenda limpou o rosto com as mãos. — Ninguém ama você mais do que Docinho... ou do que nós, na verdade. Quando isso acabar, você... bem, seu pai e eu andamos conversando muito sobre isso, e está na hora. Nós dois queremos que você...

— Tire suas malditas patas do meu filho, sua piranha!

Era a mãe de Adam. Ela estava em uma pose ameaçadora junto à porta.

— Carmella, pare! — O pai dele se levantou.

Ela ainda estava de jaleco e olhava para Brenda com raiva.

— Você já não o tomou o suficiente?

— Carmella, chega!

Ela o dispensou com um aceno.

— Li todos os diagnósticos; o garoto vai ficar bem. — Ela se virou sobre os calcanhares. — Adam, levante. Estamos indo!

— Nããão! — Docinho jogou a coberta para longe.

Adam sentiu sua pulsação nos ouvidos. Precisava contar e liberar, mas não havia tempo. Ele se virou para Docinho e colocou o dedo nos lábios dele.

— Shh, está tudo bem. Fique aqui, eu já volto! — E saltou da cama, saindo do quarto antes que qualquer um pudesse falar qualquer coisa.

Adam alcançou sua mãe na metade do corredor. Ela parecia destruída. Ele podia dizer só de olhar de trás, pela sua forma de andar, seus ombros. Ele tinha fracassado.

— Mãe, espere!

Sua mãe desacelerou.

— Mãe, que inferno! O que foi? Você recebeu outra carta?

Ela parou.

— Escute, mãe, vou voltar para casa hoje à noite depois de todos esses exames, mas não posso ir agora. — Os dois podiam escutar Docinho gritando por ele. — Meu pai me levará de volta depois que eu fizer a coisa da tomografia computadorizada e o que mais precisar.

Sua mãe simplesmente ficou parada, imobilizada sob a luz fluorescente do hospital.

— Mãe, qual é! É importante para o Docinho, e ele está surtando. Brenda também. Ela não quis dizer o que...

— Não *ouse* me dizer o que *ela* quis ou não quis dizer. Eu sei o que ela está tramando. — Ela cruzou os braços, mas era tarde demais. Ela tinha perdido. Novamente. Os dois sabiam.

— Bom, eu te vejo mais tarde. — Ele deu um abraço rápido e rígido na mãe. — Eu te amo, mãe.

Aquilo não tornou a traição nem um pouco mais fácil de engolir para nenhum dos dois, e ela não retribuiu o abraço.

CAPÍTULO 32

Adam ajudou Docinho a vestir o pijama do Kung Fu Panda que Brenda tinha modificado para que não tivesse mais a manga esquerda.

— Viu, falei que você não ia colocar um pino.

Docinho olhou para ele, radiante.

— Eu adoro o meu gesso! — Docinho, obviamente, tinha escolhido uma cor laranja-neon que brilhava no escuro. Com o gesso e as luzes noturnas, o quarto parecia decorado para o Dia das Bruxas.

— Então, o que diabos aconteceu? Você é *o cara* no trepa-trepa. Eu já vi... você está no nível do Cirque du Soleil.

Docinho pensou naquilo por um instante, perplexo com a referência da trupe circense.

— Eu caí e então não me lembro de nada até a sra. Brenda Ross estar chorando e chorando e dirigindo o carro, e depois eu estava chorando e chorando. Eu fui mau?

— Não, pateta. — Adam terminou de abotoar. — Você estava indo bem, um verdadeiro garoto durão. Aposto que o papai ficou secretamente aliviado.

— Aliviado — repetiu Docinho, memorizando e armazenando a palavra em seu organizador do Docinho.

— *E* você foi incrivelmente corajoso, mesmo no túnel de computador.

— Sim, fui mesmo. — Docinho assentiu. — Eu fui muito, muito corajoso. — Ele se levantou de sua cama e se refestelou na de Adam.

— Ei, pare com isso! Você está roubando toda a coberta.

— Tenho um segredo — falou Docinho, prendendo a coberta em volta de si mesmo com o braço bom. — Não sou um garoto corajoso de verdade — sussurrou ele. — Fico com um pouco de medo muitas vezes.

Adam beijou a parte de trás da cabeça do irmão.

— Escute, isso não é nada demais. A maior parte das pessoas também fica. Não se preocupe. Você é o garoto de 5 anos assustado mais corajoso que eu conheço.

— Será que eu serei corajoso com certeza quando estiver no último ano da escolinha? — Docinho bocejou.

Adam sabia que essa era mais uma pergunta sobre quando o medo acabaria do que sobre quando a coragem chegaria:

— Sim, talvez. Mas, se não for, vai ser logo depois.

— Que tal quando eu tiver 15 anos? — A voz ficava cada vez mais fraca.

— Quando tiver 15 anos, carinha, você será um verdadeiro super-herói, eu prometo. Agora durma, já é quase meia-noite.

— Não consigo, Batman, não consigo...

Adam passou o braço sobre o irmão.

— Shh, pense no número cento e onze. Você se lembra do um, um, um?

— Tá bem...

E ele dormiu, num piscar de olhos. O garoto tinha um botão de ligar e desligar pelo qual Adam teria matado. Ele apagou a luminária da mesa, o que quase não fez diferença diante do brilho de todas as luzes noturnas.

Não importava. Adam estava completamente acordado, observando seus pensamentos darem voltas no quarto claro demais.

Ele mantivera sua palavra. Na noite de quinta-feira, Adam fizera seu pai levá-lo de carro para casa, apesar de ser muito tarde. Os exames de Docinho não terminaram até 23h41, e Adam só chegara em casa e passou pela porta às 1h03. Mesmo com a mãe dormindo e a escuridão escondendo a bagunça, o número 97 da Chatsworth estava sufocante.

Adam não conseguia dormir lá também. No fim das contas, ele preferia ficar acordado na luz forte com Docinho roubando toda a coberta a ficar sozinho na escuridão claustrofóbica de sua casa. A verdade o deixou nauseado.

Adam não tinha perguntado a sua mãe sobre a carta, mas estava claro que ela tinha recebido mais uma. Seu olhar estava vazio. Provavelmente era por isso que ela perdera o controle no hospital, mas ele não podia explicar muito bem para seu pai e Brenda, e não conseguia se obrigar a perguntar sobre a carta. Não perguntou no café da manhã, ou depois da escola, no dia seguinte. Houve várias oportunidades. Ele simplesmente não podia suportar a resposta.

Ela estava se esforçando *tanto*. Sua mãe tinha feito panquecas de canela para o café da manhã no sábado, e eles haviam comido em um retângulo recém-recuperado na bancada da cozinha.

— Você vai ficar bem? Não vai ficar muito sozinha? — perguntou ele, enquanto esperava Brenda vir buscá-lo.

— Não, meu amor — respondeu ela com a voz animada e aguda que vinha usando durante toda a manhã. — Você não notou? Joguei fora cinco sacos de lixo grandes essa semana e, mesmo assim você não consegue perceber, por isso, esse fim de semana vou atacar a área da cozinha com certeza! E, bem, convenhamos: será um trabalho enorme. Mas espere só até você voltar para casa! Não vai nem reconhecer!

— Isso será realmente legal, mãe. — Adam sorriu para ela, afogando a náusea com as panquecas e o *maple syrup*. Ela tinha dito a mesma coisa duas semanas antes, antes de seu último fim de semana na casa de Brenda, e duas semanas antes daquilo. — Fazer isso seria bom para você, muito bom. Mas eu quero ajudar.

— Claro, querido, claro, e você vai ajudar, assim que eu domar essa coisa. Só preciso dar o pontapé inicial e me organizar um pouco mais. E eu tenho que separar as coisas, ou então será impossível.

Ela puxou Adam para perto quando ouviu a buzina. Foi um abraço desajeitado, porque ele estava muito mais alto agora e nenhum dos dois tinha se acostumado ao novo encaixe. Ela acabou beijando atrás da orelha dele.

— Assim que eu me livrar da pior parte, prometo que você pode ajudar, e teremos nossa casa de volta! Não seria maravilhoso?

Brenda buzinou novamente.

— Sim, maravilhoso. — Ele pegou suas coisas. — Seria maravilhoso.

Sua mãe se manteve enraizada na cozinha, vestindo o suéter de lã puído do pai dele e segurando um saco de lixo verde.

— Hum, espero que Docinho esteja... Diga a eles... bem, fale que eu...

— Vou dizer, mãe. Não se preocupe, vou fazê-los entender. — Ele fechou a porta o mais rápido que conseguiu.

Cada vez que Adam ia embora para a casa *deles*, sentia como se estivesse abandonando *ela*.

Às 1h39, Adam piscou com a claridade e olhou para um Docinho adormecido. Só o gesso ocupava a maior parta da cama. O acidente de Docinho — aquele passou perto. Perto demais. Ele estava fazendo um trabalho porco em todas as frentes.

Adam se levantou cuidadosamente, alongou-se e começou. Caminhou em retângulos concêntricos enquanto batia na mão esquerda. Esse tipo de caminhada exigia batidas. Noventa e sete séries. Adam batia até trinta e três e então começava outra vez.

E outra.

Às 3h17, Adam se sentou na cama de Docinho, observando seu irmãozinho respirar. Ele vigiava seu sono, mas sem perder o padrão. *Dezessete, dezenove, vinte e um...* Ele *não* podia falhar novamente; as consequências eram muito medonhas, e aqueles que ele amava já estavam pagando o preço. Ainda não parecia "certo", então Adam teve que se concentrar em mais algumas séries. Isso exigia dezessete séries de batidas rápidas e duas séries lentas nos cento e onze. Docinho adorava cento e onze. Mas Adam estava se cansando e se atrapalhava e tinha que começar tudo de novo.

Às 4h57, Adam tirou todas as luzes noturnas da tomada.

— Foi tudo minha culpa, carinha.

Ele ajeitou as cobertas de Docinho exatamente como o irmão gostava antes de se deitar na pequena fatia de cama que tinha sobrado para ele.

— Não acontecerá novamente — prometeu ele à alvorada.

E, às 5h03, Adam Spencer Ross finalmente pegou no sono.

CAPÍTULO 33

— É bom vê-lo, Adam. — Chuck o acompanhou até a poltrona superacolchoada e puxou a sua própria até ficar em frente ao paciente, do outro lado da mesa de centro.

Com um clique, ele ligou um gravador, um modelo manual estéreo portátil Zoom H2. Chuck pigarreou.

— Dois de março, cinco e trinta e cinco da tarde, com Adam Ross.

Isso era novidade.

— Espero que você não se importe. Todos os melhores psiquiatras já vem gravando desde a Idade da Pedra. Estou um pouco atrasado. — Chuck bateu de leve na caixa preta minúscula. — Acho que está ligado, mas não tenho certeza, então ainda vou fazer anotações, se você não se importar.

Adam assentiu e olhou para o cômodo à sua volta, como se nunca o tivesse visto antes. O consultório de Chuck, como todos os consultórios de psiquiatria do Hospital Queensway, ficava no subsolo. A sala era coberta de bege sobre bege sobre bege. Cada tom lutava para ser mais sutil do que o outro. Era uma luta até a morte. Chuck se destacava disso num caos de cores. Hoje ele estava vestindo sua camiseta favorita do time olímpico de bobsled da Jamaica e uma calça jeans vermelha apertada. Era difícil para Adam tirar os olhos do terapeuta no meio de todo aquele nada extremamente sem vida.

Provavelmente era o que Chuck tinha em mente para começo de conversa.

— A última vez... — Chuck folheou sua pasta. — Ah, encontrei... foi a consulta improvisada. Já faz algum tempo, não é mesmo?

Adam fez que sim com a cabeça. Ele, na verdade, tinha pouca ou nenhuma lembrança daquela sessão. Lembrava-se de estar agitado. Mas, de todo modo, ele estava sempre agitado. Precisava dormir um pouco. Adam tinha começado a tomar Advil PM toda noite, tendo se convencido de que fazer isso era preferível a aumentar ainda mais a dose do Lorazepam. Além disso, o Lorazepam tinha acabado e ele não podia pedir outra receita a Chuck. O Advil não funcionava.

— Adam?

— Desculpe, não venho dormindo muito. — De que eles estavam falando? — Eu meio que estou para cima e para baixo e para cima e... E, sim, então minha resposta imediata a todos os meus problemas de medo e ansiedade ainda é contar e... bem, eu posso não ter sido claro quanto a isso no Grupo, mas a contagem está se intensificando e se tornando mais ligada a padrões, grupos e velocidades.

— Incluindo este momento.

Não foi uma pergunta. Adam se sentiu flagrado. Ele *estava* contando e nem mesmo tinha consciência disso.

— Incluindo este momento — admitiu ele. — Na minha cabeça.

— Em um esforço para neutralizar a ansiedade de estar aqui?

— Um pouco.

— Certo, não se preocupe. Está tudo bem, Adam. Eu sei que você está preocupado com a piora, mas você também cresceu muito nos meses desde que o Grupo começou. — O terapeuta sorriu para ele. — Literal e figurativamente.

Cinco respirações rápidas.

— Escute, eu sei que você está todo animado para começar a coisa da EPR...

Chuck concordou com a cabeça.

— Vamos começar com a terapia de exposição e prevenção de resposta. Vamos atacar e derrubar cada uma de suas estratégias de enfrentamento mal adaptativas, uma de cada vez. Documentando, desafiando e graduando tudo. É o único jeito, Adam. Seja seu problema genético ou ambiental, ou alguma combinação dos dois, acredito que a EPR com a combinação certa de medicação é o procedimento padrão para essa coisa.

Adam assentiu, mas não acreditou. Ele não era bom em se concentrar nesse tipo de coisa. Ele não conseguia nem se lembrar de fazer a Lista. A Lista! Droga, ele tinha se esquecido de fazer a Lista. Talvez Chuck também tivesse esquecido.

— Você está pronto, senão eu não teria sugerido.

— E eu quero, mais ou menos. Escute, eu *realmente* quero melhorar, na verdade. Mas estou com muita pressa... Não posso fazer isso direito...

— Não estou falando de hoje. Relaxe. Hoje nós conversamos, nos atualizamos. — Chuck começou a escrever.

Certo, Adam sabia como essa parte funcionava. Isso ele podia fazer, sem problemas. Ele soltou o ar e parou de contar batimentos cardíacos.

— Vamos começar do começo. Como estão as coisas na sua casa, hum, nas suas casas?

— Hum, complexas.

— É extremamente estressante estar numa situação de custódia compartilhada, mesmo nas circunstâncias mais ideais, mas você acrescenta o TOC e as, hum, técnicas de enfrentamento da sua mãe e isso se torna uma receita para o desastre.

— Bem-vindo ao meu pesadelo.

Adam contou a Chuck sobre o braço quebrado de Docinho e sobre a hostilidade crescente entre as duas casas. Ele encobriu o acúmulo da mãe.

Chuck perguntou sobre as cartas.

Você é uma aberração.

— Não posso, sinto muito. — Disparos de advertência soaram na parte mais profunda dele. — Prometi a ela. Não posso falar sobre suas cartas. Elas deviam ser um segredo, e eu estraguei tudo abrindo o bico para o Grupo.

O terapeuta ficou em silêncio por um longo tempo. Como aquilo soaria quando ele apertasse o play em sua nova máquina sofisticada?

— Mas as cartas são um fator sério, Adam, e o afetam diretamente. Pode estar na hora de agir. Quero que você me dê novidades sobre isso depois de cada sessão do Grupo. Avise se chegar uma nova.

— Não chega uma nova há muito tempo. — Adam tentou manter o medo, a mentira, longe da voz. Será que a máquina ouviria?

— Mas, se chegar, talvez seja a hora de entrar em contato com as autoridades responsáveis. Temos que descobrir a origem delas. Acredito que sua recuperação esteja ligada a isso.

Aí estava! Sua mãe o tinha advertido, suplicado, mas ele tinha que abrir sua maldita boca enorme, e agora...

— Precisamos falar sobre as cartas e o efeito em você na próxima sessão. Posso quase garantir que vai ajudar. — Chuck olhou novamente para suas anotações. — E quanto aos problemas com soleiras? Você falou da porta da igreja, acredito, e da sua própria porta? As soleiras estão piorando?

Jesus, que lista de maluco. Quando eles repassavam aquilo — as *coisas* dele — daquela forma, não havia onde se esconder. Ele estava o contrário de consertado; estava destruído, ficando cada vez pior.

— Sim. — Adam afundou mais na poltrona. — São muitas, na verdade. Tem a igreja e milhares de salas da escola, mas principalmente o laboratório grande de biologia. Três entradas do metrô. A porta lateral da casa de Brenda e, tipo, quatro lojas aleatórias. A porta da frente de Robyn, embora ela ainda não saiba disso. Passei por lá algumas vezes na última semana.

— E...

Adam passou o pé direito por trás do esquerdo e bateu.

— E a pior é a da minha casa. Quando você menos esperar, estarei usando um chapéu de papel alumínio. — Ele balançou a cabeça. — Minha própria casa. Está piorando.

Chuck não pareceu impressionado.

— Porta da frente, lateral ou dos fundos?

— Todas elas, mas a da frente é o principal problema e, para dizer a verdade, acho que não dá mais para entrar pela porta lateral ou pela dos fundos.

— Quão difícil?

— O mais rápido que consigo agora são vinte e sete minutos.

Chuck soltou o ar de forma lenta e longa.

— Isso é complicado, mas, novamente, quero lhe assegurar de que é totalmente normal e que, dentro do âmbito desse distúrbio, uma deterioração progressiva pode ocorrer. Você *não* é maluco, e eu preciso que pare de se chamar assim na sua cabeça. Sei que faz isso. Na raiz, você sabe, está o medo, o pavor, a ansiedade. Eu pessoalmente acredito que o TOC tem uma base mais neurobiológica do que psicológica, apesar de o ambiente emocional do paciente ser decisivo para a apresentação. E tenha em mente que a maior parte dos problemas com soleiras se apresenta mais proeminentemente no domicílio principal do paciente.

— É, aham. — Adam cruzou e descruzou as pernas. Isso não estava indo a lugar nenhum. Chuck não compreendia, não estava sacando. — Mas eu *tenho* que ser curado, tipo, *completamente* dessa vez, certo? Tipo, a contagem das coisas de verdade e o problema da barra de rolagem da Internet desapareceram, só que agora eu tenho toda essa merda, e é pior. Escute, eu sei que *cura* não está nas cartas, mas controle... é possível, não é? Você disse isso uma vez. Então eu vou fazer aquela coisa da exposição. Vou fazer. Vou fazer tudo o que for necessário. — Adam não conseguia parar de tremer. — Você viu as minhas Listas, as velhas. Eu tenho que melhorar para Robyn. Tenho que protegê-la e... bem, Robyn e eu...

Chuck abaixou seu bloco e sua caneta e sorriu. Ninguém sorria como Chuck.

— Você tem sentimentos fortes por ela.

— Bem, isso é um eufemismo. — Adam olhou fixamente para a máquina de gravar que piscava. — Mas é como se ela estivesse na minha frente nessa corrida. Posso sentir. Ela parece... tão melhor.

Chuck apertou pause na máquina.

— Ela está, Adam.

— Ela está. — Ele assentiu gravemente. — Não sou o terapeuta dela, então, isso é apenas uma teoria, apenas hipotético, mas acho que Robyn está com dificuldades para aceitar. É o terapeuta dela quem manda. Mas, veja só, às vezes participantes têm dificuldades em se desligar, mesmo quando é para o seu bem.

— Hein?

— Sintomas do TOC podem, como sabemos, variar com o tempo. — Chuck inclinou o corpo para a frente, diminuindo a distância entre ele e Adam. — E, em cinco a dez por cento dos casos, pacientes experimentam uma completa e espontânea remissão de todos os sintomas. Alguns acreditam que isso pode ter um vínculo hormonal, mas... — Ele tirou os óculos. — ...não se sabe com certeza.

Remissão. Adam não ouviu uma única palavra depois de "remissão". Era como *cura*, certo? Nunca tinham falado sobre cura com ele. *Nunca.* Ali estava *ele*, pronto para fazer de tudo por uma chance de *controlar* seus sintomas. E *ela* estava curada!

— Pela minha experiência, pode ser uma remissão episódica, o que significa que *pode* voltar, meses ou anos depois, mas cada dia seria...

— Um dia no paraíso — sussurrou Adam. Como *seria* aquilo? Acordar um dia e ser *normal*? Não tomar remédios e não parcelar cada segundo de cada dia. Não lutar contra e não negociar com suas obsessões. Não ter pensamentos que o arrastam para baixo.

Ter uma mente tranquila.

Uma mente tranquila.

Tranquila.

Shh.

Mas *ele* a estava mantendo no inferno, com ele, cuidando dele, preocupando-se.

— A remissão, hum, quanto tempo ela...?

Chuck não respondeu diretamente.

— Novamente: falando do ponto de vista acadêmico, acredito que uma pessoa experimentando a tal remissão deve continuar com o seu terapeuta, mas que um grupo de TOC pode ser mais um entrave do que um elemento de ajuda, especialmente se uma pessoa como essa estiver vulnerável a uma comorbidade, sendo a mais comum a depressão. Acredito que é aí que o foco deveria ser concentrado.

O estômago de Adam se contorcia em nós cada vez mais apertados. Ele não falou nada.

— Adam. — Chuck se aproximou mais dele. — Você vai chegar a esse ponto também. Eu sei disso. Você vai fazer seu trabalho. Você não vai mais precisar de nós, de mim. — *Blá, blá, blá, blá.*

Um, três, cinco, sete, nove, onze...

Eles passaram os últimos quinze minutos fazendo revisão e testes de realidade. Chuck ofereceu algumas boas sugestões em relação às portas, mas depois Adam não conseguiu se lembrar delas porque não estava prestando atenção. Ainda assim, independentemente do que tivesse falado, a voz suave e calorosa de Chuck acalmou seu coração trepidante.

Temporariamente.

O pavor voltou a atacar assim que a sessão acabou.

— Adam? Mais uma coisa, rapidinho. — Chuck tirou os óculos e esfregou os olhos. — Você chora? Quer dizer, recentemente? Sei que você não chorou nos últimos anos, mas recentemente, com toda a agitação... Você chora?

A pergunta o surpreendeu. Ele teve que pensar.

— Hum, certo, eu não sou muito machão, tenho que admitir, mas sou macho, então não, não choro, e não, não andei chorando recentemente.

— Nunca?

— Nunca.

— Poderia ser uma coisa boa, uma coisa saudável, se você chorasse, se pudesse. Vamos anotar isso para ser discutido e explorado em...

Adam já estava seguindo para a porta.

Ele passeou para cima e para baixo no elevador do hospital.

— Merda! — gritou ele, enquanto apertava todos os números ímpares. Não se importava se alguém ouviria; ele estava saindo do andar do psiquiatra. Estariam todos acostumados com psicóticos agitados murmurando para si mesmos. — Batman o caramba. Que grande protetor eu sou!

O Batman de Robyn não tinha chegado para salvá-la. Ela estava indo muito bem até o Batman entrar em sua vida.

E *agora* ela estava em perigo.

Por causa dele.

Ele chegou ao térreo e apertou todos os números ímpares até o dezessete repetidas vezes. Ele causava nojo a si mesmo. Depois de trinta e sete minutos, Adam saiu do elevador.

Ele *tinha* que melhorar. Ele prometeu a si mesmo. Ele simplesmente *tinha* que melhorar.

E então ele piorou

CAPÍTULO 34

Quando finalmente saiu do elevador do hospital, Adam seguiu direto para o cemitério. Ele teve que pular a cerca, porque já estava escuro e os portões estavam fechados. Do lado de dentro, ele seguiu até a enorme lápide de granito preto que tinha visto pela primeira vez havia pouco mais de seis meses. Ele parou, ajoelhou no solo enlameado e fez o sinal da cruz. Em seguida, desculpou-se profusamente com Jennifer Roehampton, 7 de maio de 1971 — 14 de outubro de 2008, e pediu seu perdão por quase estragar sua filha.

Ele jurou que consertaria aquilo e que continuaria a vir independentemente do que acontecesse para manifestar seu respeito, expiar seus erros.

Mesmo no escuro, Adam foi capaz de ver as veias varicosas do tronco do salgueiro. A velha árvore os havia protegido, escondido. Ele tinha encostado Robyn contra ela na segunda-feira e, pelo menos por um instante, o tempo tinha parado, os dois tão perdidos no sabor e na maravilha um do outro. Agora ele queria entrar no tronco e ficar ali. Em vez disso, pulou a cerca sul e foi embora.

E chegou em casa.

Então não conseguiu entrar.

De jeito nenhum.

Adam desistiu depois de quarenta e um minutos tentando. A porta da sua própria casa era impenetrável. Ele não conseguia liberá-la. Às 21h07, Adam atravessou a rua e bateu à porta da sra. Polanski. Ela atendeu imediatamente, tendo com toda certeza sido uma espectadora de primeira fila daquele teatro do absurdo.

— Oi, sra. Polanski, como você está?

— Adam, você está bem?

— Sim, senhora. Quer dizer, não, senhora. Eu, hum, eu não consigo entrar na minha casa, e minha mãe está no turno da noite essa semana.

— Ah, meu querido. — Ela franziu a testa, mas escancarou a porta. — Bem, nossas casas são praticamente iguais.

Então ele viu.

— E meus garotos sabiam sacolejar a porta dos fundos e a lateral de certa forma que elas abriam. Ou eles usavam cartões de crédito. Você quer tentar com o meu, querido? — Ela começou a se virar.

— Não, não, senhora. Não posso. Aquelas portas, elas, hum, não podem ser abertas. — Ele estava hipnotizado pela casa, *sua* casa, ou pelo menos uma imagem espelhada dela de muito tempo antes. Havia toda a extensão do hall de entrada aconchegante, levando a uma cozinha clara e limpa. Adam foi perfurado pela lembrança de sua casa ser aconchegante, respirável, limpa. Para o seu horror, lágrimas se formaram no fundo dos seus olhos, mas, graças a Deus, ficaram lá.

— Tudo bem, querido. Não me dê atenção, sou apenas uma velha tagarela. Entre, entre. O que você gostaria de fazer, querido?

— Eu gostaria de... posso usar seu telefone, por favor, e ligar para o meu pai para ele me buscar?

— Claro! Venha até a cozinha. É aqui que fica o meu telefone, e infelizmente ele é preso à parede. Os rapazes estão sempre me perturbando, mas eu acabaria perdendo algo que não está preso, você não acha?

Ele esperava estar sorrindo para ela.

A cozinha da sra. Polanski tinha escapado de qualquer tentativa de renovação ou reparo ao longo dos anos, mas estava brilhando e pronta para ser usada. Os armários eram pintados de branco-neve e as bancadas azuis estavam imaculadas e livres de qualquer coisa, a não ser uma torradeira e uma tigela com maçãs verdes. Adam não queria ir embora nunca mais. Era como a melhor lembrança do melhor dia em sua própria casa... antes.

Antes de tudo.

A sra. Polanski botou uma chaleira para esquentar e um pedaço gigantesco de strudel de maçã na sua frente enquanto ele esticava a mão para pegar o telefone.

— Docinho? O papai está aí?

— Batman! Você vem para casa? Venha para casa, está bem?

— Sim, sim, eu vou, mas passe o telefone para o papai, certo?

— Agora? Você vem agora? Venha agora!

— Sim, estou indo. Prometo. Agora chame o papai.

O telefone foi largado, e Adam ouviu Docinho correr pela casa gritando pelo pai.

— Paaaai, o Batman está vindo para casa. Pai!

— Adam? Oi, filho. O que houve?

— Pai? — Seu coração se estabilizou assim que ouviu a voz dele. — Você podia vir me buscar? Estou na casa da sra. Polanski.

— Aconteceu alguma coisa?

— Não, senhor.

— Você está bem? É a sua mãe?

— Não, não... hum, eu não consigo entrar em casa. Não consigo *entrar.* — Ele olhou para a sra. Polanski. — Eu tive a consulta e então fui, hum... — Ela estava ocupada fazendo o chá do outro lado da cozinha e tentava parecer incapaz de escutar. — Então eu fui resolver uma coisa e voltei e... não consegui entrar.

— A sua mãe...

— Não, senhor. Você pode ligar para ela no trabalho e contar?

— Ela está no turno da noite?

— Sim, senhor. Hoje e amanhã até meia-noite. E você pode dizer a ela que vou ficar aí por alguns dias?

— Adam, você sabe que ela...

— Eu sei que não é o seu fim de semana.

A sra. Polanski apareceu com xícaras de chá, um açucareiro, leite e chocolates Godiva que deviam ter pelo menos 40 anos. Adam acenou com a cabeça e sorriu um obrigado para ela.

— Diga que fui eu que pedi.

Agora ela estava fatiando mortadela e queijo. Era como um jantar ao contrário.

— Não, diga... — Ele colocou a mão em concha em volta do bocal. — ...diga que Chuck sugeriu. Ela vai acreditar, e ele vai me apoiar.

— Adam, você está realmente me dizendo que não consegue passar por sua própria...

— Não. — Tinha chegado a esse ponto. Como? — Não consigo, pai. Não.

— Já estou chegando aí. Diga obrigado à sra. Polanski por mim.

— Sim, pode deixar. — O aposento pareceu balançar com alívio. — Vou dizer com certeza. Tchau.

Ele se virou para a sra. Polanski.

— Ele pediu para agradecê-la, e nós todos pedimos desculpas pela inconveniência e...

Ela envolveu Adam com seus braços fofinhos em dois passos, abraçando o menino com força, surpreendendo ambos. Milagrosamente, ele "encaixava" bem em seu corpo baixo e gordinho.

— Nós muitas vezes magoamos aqueles que amamos, querido.

Adam soltou o ar.

— É o que eu mais faço, sra. Polanski.

— Duvido disso, querido. Você é um bom garoto. Eu sou velha e já vi muita coisa. — A sra. Polanski suspirou, voltando à mortadela. — E lembre-se de que sou intrometida. Pouca coisa me escapa.

Agora que tinha fatiado mortadela o suficiente para um esquadrão, ela continuou a se ocupar com os pratos e talheres.

— Às vezes é necessário magoar aqueles que você ama. Pode checar isso com seu médico sofisticado, ou aonde quer que você vá toda segunda-feira. — Ela bateu de leve em sua mão. — Desapegar, Adam. Essa é a parte realmente difícil de crescer. Você está pronto.

Ela tinha razão.

Estava na hora.

Mas como?

— Agora, você quer mostarda ou ketchup com a sua mortadela?

CAPÍTULO 35

Não havia como se livrar de Docinho, claro. Ele estava colado em Adam como uma ventosa.

— Você está aqui! Você veio! Vou ser bonzinho e não vou perturbar, prometo!

Com "bonzinho" Docinho queria dizer que não importunaria Adam enquanto ele estivesse no telefone com Robyn, *não* que *o deixaria sozinho* enquanto Adam estava no telefone com Robyn. Durante as duas semanas seguintes, a rotina de Docinho seria se sentar em silêncio no outro lado de sua cama, fingindo que estava brincando com seu cada vez maior império de caminhões Tonka, enquanto Adam sussurrava para Robyn.

Adam sempre fechava os olhos e deixava a voz acetinada de Robyn cobri-lo. Essa noite ela falou sobre como seu pai tinha de fato tirado uma semana inteira de férias no recesso da primavera. Eles iam esquiar em Whistler e levariam sua amiga confeiteira. Robyn ia ter aulas de esqui.

— Se ao menos você pudesse ir no lugar de Jody, seria perfeito. Imagine nós dois em toda aquela neve.

Ele já sentia falta dela, sofria por ela. Mas ela soava tão surpresa e feliz com o fato de seu pai ter organizado tudo aquilo...

Adam tinha esperado que eles fossem se ver todos os dias durante o recesso. Precisava beijá-la. Enquanto conversavam, ele se transportava para dentro do filme deles. Cenas deles encostados contra Marnie Wetherall ou sentados na grama dura e fria enquanto estalactites lamacentas caíam do salgueiro. Cenas deles se beijando e se abraçando contra a pedra rústica, tocando-se, explorando-se timidamente. "Eu te amo, Adam." "Eu te amo mais, Robyn." Eles sempre ficavam aquecidos juntos no frio. Também era bom. Ele não podia levá-la à sua casa, e ela não o convidou para voltar à dela. Então, protegido por Marnie ou pelo salgueiro, ele repassava cada beijo, cada toque e cada carícia — até se lembrar de voltar à conversa.

— Então, é uma coisa tipo "quem eu penso que sou". Nunca nem fui a uma reunião do clube de teatro e agora quero me candidatar ao papel principal.

— Qual é a peça?

— *Um estranho no ninho.*

— Sério? Sério, Robyn? Você duvida por um único momento que seria perfeita para o papel da Enfermeira Ratched? Você poderia interpretá-la apenas com sua experiência de vida, sem contar com seu brilhante talento para atuar. Veja o filme, é soberbo.

— Você é impossível *e* adorável, sabia?

— Não, não sou — murmurou ele. *Eu realmente não sou*

— É verdade, essa palavra sobre você... *adorável*, no caso.

— Como você faz isso? Como você me faz me sentir assim? Eu nem mesmo sei o que é. Espera um pouco, mentira, eu sei. Sei desde o começo, desde que você pegou a escada aquela primeira vez por causa da Mulher Maravilha. Você é tão *bom*. É como se eu me sentisse segura com você, mais segura do que com qualquer outra pessoa no mundo.

Ele se sentiu como se tivesse engolido uma bandeja de cubos de gelo.

— Sério?

— É verdade. Eu não sabia que era verdade até eu dizer, mas é verdade.

Ela estava sorrindo. Ele sempre era capaz de dizer pelo timbre da voz dela. E isso doeu ainda mais. Ele não aguentava. Adam explicou que não ligaria nos próximos dias, que privacidade na casa de Brenda simplesmente não era uma opção e que aquilo o estava matando.

Ele precisava de tempo para botar as coisas no lugar.

Todo mundo mente.

— Vou sentir falta da sua voz. Mal posso esperar para conhecê-lo... o seu Docinho.

— Sim — sussurrou Adam. — Sim.

Incapaz de se conter um segundo a mais, o dito Docinho estourou como bolas de canhão explosivas, pulando de uma cama para a outra o tempo todo enquanto os dois se empenhavam em sua obrigatória maratona de terminar a ligação.

— Bem, boa noite, linda rainha. Eu esperarei até você desligar.

— Não, caro príncipe. Vou esperar até você ir embora.

— Espere um segundo. — Adam cobriu o receptor. — Docinho, pare de pular de um lado para o outro antes que eu quebre seu outro braço.

Em vez disso, Docinho caiu na gargalhada e pulou com mais entusiasmo.

— Acho que entendo o que você quer dizer. — Robyn riu.

— Sim, bem, aí está a prova. Então, querido anjo, você desliga enquanto eu espero na linha.

— Não, querido anjo, desligue você — imitou Docinho.

Isso era o que ele chamava de "não perturbar". Adam pegou o irmão e o segurou até que Robyn finalmente desligou primeiro.

Ele estava exausto quando Docinho recuperou sua liberdade.

— Pateta!

— E agora? — perguntou Docinho. — *Agora* nós podemos ser nós?

— Ainda não. Tenho um pouco de dever de casa para fazer primeiro, tá bom?

Docinho suspirou longamente e se arrastou de volta até seus Tonkas, contentando-se em fazê-los colidir em acidentes ensurdecedores.

Adam foi até a escrivaninha e pegou um pedaço de papel. Ele tinha prometido a Chuck que levaria a Lista para a próxima sessão. Talvez, se levasse, Chuck pudesse adiar um pouco mais a discussão da EPR.

9 de Março A LISTA Adam Spencer Ross

Medicamentos: Lorazepam (preciso de uma nova receita)
Anafranil 25 mg 3 x por dia (preciso de uma nova receita para este também)

1. Acredito que Robyn Isobel Plummer é meu verdadeiro amor, meu primeiro amor, e que eu nunca amarei ninguém como eu a amo.
2. Acredito que ser curado é basicamente a coisa mais importante do mundo.
3. Acredito que eu com certeza começarei a coisa da exposição e farei tudo o que preciso fazer dessa vez (incluindo essas listas idiotas).
4. Acredito que não sei o que fazer em relação à minha mãe.
5. Acredito que minha mãe, meu pai, Brenda, Docinho e Robyn realmente me amam. Não acredito mais que isso seja o suficiente para me curar.
6. Acredito que minto quando tenho que mentir e que todo mundo mente. Lidem com isso.
7. Acredito que números pares são uma merda.
8. Acredito que a coisa das soleiras e portas é séria e está piorando.
9. Acredito que todos os super-heróis (talvez até mesmo o Wolverine) são meus amigos e que eu sou amigo deles. Isso é importante de uma forma que não entendi ainda.

○	**10.** Acredito que sou impuro e que prejudicarei
○	aqueles com quem me importo mais e que há
○	barulho demais na minha cabeça e que estou
○	cansado para cacete.
○	

Adam dobrou o papel, levantou-se lentamente e pegou seu pijama. Docinho parecia um golden retriever alucinado.

— *Agora* podemos brincar de Batman? Posso ser o Robin, só de faz de conta? Eu sei que você tem um Robin, apesar de ser uma menina, mas posso ser o Robin e podemos matar o Coringa? Hein?

Ele estava extenuado; não conseguia nem sorrir para o seu irmão. Custaria muito.

Robyn.

Também havia momentos em que eles não se beijavam e vagavam sem parar. Os momentos intermediários. Era quando eles simplesmente se abraçavam e sussurravam. Marnie, claro, ouvia tudo. Adam tentava fazer Robyn rir, e ela ria, fosse engraçado ou não. Ela o provocava e ele lhe contava como era *antes*. E eles conversavam sobre como seria *depois*. Era como se fossem dois adolescentes normais apaixonados, sentados num sofá numa sala de estar aquecida, contando quase tudo um ao outro e descobrindo o mundo enquanto a mãe de algum deles irritantemente passava de forma casual atrás do sofá. Só que, obviamente, eles não eram dois adolescentes normais. Nunca seriam.

— Não, sinto muito, carinha. Não posso. Estou simplesmente tão... — Ele foi até sua cama e se deitou de lado.

— Ela deixou você triste? Você está triste. Ela deixou você triste?

— Não, não, ela não me deixou triste. Não é assim, é... Escute, estou cansado demais, Docinho, certo? — Ele se preparou para a avalanche de súplicas e empurrões. Ela não veio.

— Certo — sussurrou Docinho. Ele apagou a luminária da mesa e até mesmo tirou da tomada duas de suas quatro luzes noturnas. Depois voltou até Adam e o cobriu com cuidado, prendendo bem as cobertas e batendo nele com seu gesso no processo. Finalmente satisfeito com seu trabalho, Docinho subiu na cama e se sentou ao lado de Adam, recostado contra a cabeceira.

— Vou ficar de vigia, tá bem? — Ele bocejou. — Vou mantê-lo em segurança.

Adam assentiu. Ele não podia confiar na própria voz.

— Você gostaria de pegar emprestado meu número cento e onze? Eu posso te dar. É um e um e um.

Adam assentiu de novo, cansado demais para falar, usando tudo o que sobrara de sua força para impedir as lágrimas antes que elas começassem.

CAPÍTULO 36

A cadeira da Mulher Maravilha estava agressivamente vazia. Ninguém falou nada. Aquilo o roía por dentro. Ela estava sumida novamente. A Mulher Maravilha era a única que tinha faltado sessões. Os demais super-heróis tinham fichas de presença perfeitas. Eles eram loucos, mas de forma entusiástica.

Adam examinou a sala e parou no Wolverine.

Caramba. O Wolverine estava bonito. Ele sempre estava bonito, mas ultimamente chegara a um nível alarmante. Será que estava melhorando? Aquilo seria seriamente *insustentável*. Adam escutou cuidadosamente enquanto o Wolverine tagarelava sobre sua doença mortal *du jour*; ele tinha mudado de doenças cardíacas para cânceres sanguíneos graves.

— Vocês ao menos conhecem os sintomas de mieloma múltiplo? Estou letárgico há cinco dias. Vou fazer exames...

Que nada, ele ainda era maluco. O Lanterna Verde, no entanto, parecia estar fazendo progresso, e Adam, por mais fora de forma que estivesse, não podia invejar as vitórias do sujeito verde.

— Então, estou tentando seguir aquele manual do TOC ao pé da letra, mas provavelmente ainda ligo demais para Chuck.

Chuck sorriu e balançou a cabeça.

Adam se tocou naquele momento de que Chuck tinha muitos deles como pacientes particulares também e que eles todos deviam ligar para Chuck. Então ele percebeu que Chuck tinha toneladas de outros pacientes que também deviam ligar e chorar e reclamar. Quando o terapeuta descansava ou fazia um churrasco com a família? Será que ele tinha uma família? Chuck ficava sentado em silêncio e ao mesmo tempo ainda conseguia provocá-los e torcer por eles como se não houvesse outro lugar onde ele preferisse estar. O sujeito deveria ganhar uma medalha ou um carro ou algo assim. Adam não sabia bem por que estava tendo essas pequenas percepções ofuscantes, mas, recentemente, ele tinha começado a notar um pouco mais o mundo ao seu redor. Exatamente o quanto Chuck, Brenda e seu pai tinham que aguentar. Adam notava, e o fato de ele notar era terrível.

Já era suficientemente difícil quando ele não notava.

— Então você não está rebobinando nem um pouco? — perguntou Snooki. Todos no Grupo sabiam que a "coisa" do Lanterna Verde era revisitar a cena de sua catástrofe imaginada mais recente, fosse fisicamente ou em sua cabeça.

— Bem, sim, um pouco — admitiu o Lanterna Verde. — Mas mapeei tudo como consta na página 147 e estou avaliando cada compulsão como o manual diz. E, sei lá, só fazer isso realmente diminui muito o problema.

— Uau — falou Adam. — Isso é impressionante, cara. Tenho que começar as coisas de exposição, mas isso está me deixando com muito medo e nem ao menos abri o manual idiota.

O Lanterna Verde se esforçou para não parecer satisfeito consigo mesmo.

Adam podia ver que o avanço impressionou a todos, a não ser talvez o Thor. Ele não conseguia imaginar o Thor fazendo mapas de seus rituais e suas compulsões e o que quer que estivesse acontecendo com ele — o que, convenhamos, tinha que estar mais na escala de *eu sou maluco* do que na escala comum de TOC. Adam se virou para ele. O grandão andava extraordinariamente calado. Tudo bem, ele era sempre calado, tirando os rosnados, mas hoje e na última vez ele parecia muito — o quê? Plácido? Quando Adam finalmente fez contato visual com ele, mal houve uma resposta.

O que deixou Adam insuportavelmente triste.

Ele continuou a olhar para os olhos do Thor enquanto entrava na conversa.

— Sim, bem, por outro lado... cheguei a um novo ponto alto ou baixo ou o que for. Não consigo ir para casa — disse ele. — Não consigo passar pela porta de jeito nenhum.

Aquilo chamou a atenção de todos. O Thor permaneceu olhando para ele, com olhos turvos, mas focados nele.

— Não consegui entrar uma noite... simplesmente não consegui atravessar... e não voltei lá desde então. Tenho coisas suficientes na casa da minha madrasta para me virar, sabe?

— Que isso? — exclamou o Wolverine. — Que tipo de frouxo você é? Sua velha está sendo perseguida por um psicomerda e você a abandona?

Dava para sentir o cheiro da indignação. Todos ajeitaram a postura na cadeira. Robyn e Snooki olharam para o Wolverine com raiva e o Thor até mesmo despertou de sua névoa por tempo suficiente para emitir algo minimamente próximo de um rosnado.

Mas Wolverine estava certo.

— Eu concordo. — Adam assentiu. — É muita covardia. — A mão de Snooki voou para seu joelho. Ela estava dando tapinhas energeticamente. — Mas eu estou um caco, e a situação da casa e a situação com — *cuidado, cuidado* — a minha mãe e as cartas, e não ser capaz de atravessar a soleira... Aargh! Eu realmente me preocupo com ela. Isso me faz querer vomitar. O fato de eu não conseguir simplesmente sair disso e tomar conta dela...

— Ninguém aqui está te julgando, Batman — interrompeu o Homem de Ferro. — Ninguém. Isso é demais para qualquer um. Você faz o que tem que fazer. — O Thor soltou um *grrrr* em concordância. — Mas ninguém está te julgando, cara. — Ele lançou um olhar para o Wolverine.

— Sim — falou Snooki. — Tipo, você está tão presente para todos aqui, o tempo todo. Não acho que ao menos percebe quanto peso carrega. Você se preocupa com pessoas demais, *tipo* sua mãe *e* seu amigo gordo *e* seu irmãozinho *e*... — Ela olhou para Robyn. — E só Deus sabe mais quem. Pegue leve consigo mesmo um pouco, Batman.

Ele tinha falado sobre Stones com eles?

— Ela tem razão — sussurrou Robyn. — Ela tem razão.

— Sim, cara — disseram o Capitão América e o Lanterna Verde em uníssono.

— Sério, cara. Chega uma hora em que é demais. — O Homem de Ferro balançava a cabeça.

— Não, vejam, o Wolverine na verdade acertou em cheio quando...

— Com licença, Batman. — Chuck raramente se intrometia, por isso era sempre um acontecimento quando ele se manifestava. — Mas que tal você deixar esses comentários fazerem efeito por algum tempo? Deixe que eles assentem um pouco. Deixe que eles desafiem o que você percebe como a verdade. Talvez sejam observações válidas. *Talvez* você possa confiar nelas.

Adam soltou o ar antes de falar.

— Obrigado, pessoal — disse ele para os pés. — Sério. — Seus pés estavam parados. Sua respiração estava constante. Nenhuma parte de Adam estava contando, até o fim.

Às 16h51, Chuck pigarreou.

— Hum, vocês todos sem dúvida notaram a ausência da Mulher Maravilha, hum, de Connie. — *Connie? Por que a Mulher Maravilha tinha virado Connie novamente?* — Nós... isto é, Connie e sua família... decidimos que seria melhor para ela continuar seu tratamento no programa de internação em Houston.

Internação. A palavra rodopiou pelo círculo ameaçadoramente e pousou com um baque.

Internação.

Merda.

Ninguém respirou, muito menos falou qualquer coisa. Chuck parecia perplexo com o silêncio.

— Ei, pessoal! — falou Robyn. — Não é uma sentença de morte. É a melhor coisa para Con... hum, para a Mulher Maravilha. Nós todos sabemos que ela vinha deslizando.

Escutem, ser internada foi fundamental para eu ser capaz de funcionar e colocar um pé na frente do outro.

Internação.

— Juro por Deus, não sei onde eu estaria sem isso, *ou* sem vocês. — Ela olhou diretamente para Adam.

— Robyn tem razão. — Chuck assentiu. — Esse é um passo extremamente positivo para Connie, e ela se juntará a nós novamente em algumas semanas. Vou mantê-los informados o melhor que puder e falaremos sobre entrar em contato na próxima sessão, certo? Então, até lá, tentem se lembrar de que isso é com certeza o melhor para ela. — Ele olhou para seu relógio. — Certo, super-heróis, bom trabalho hoje. Turma dispensada.

Snooki se levantou e foi embora sem dizer uma palavra.

Enquanto eles estavam empilhando cadeiras, Adam sussurrou para Robyn que ele a encontraria no portão.

— Pode deixar. — E ela o beijou, longamente e com vontade.

Todos tinham ido embora, menos Chuck e o Thor, e eles viram.

E pareceram tristes.

Quando o Thor saiu batendo os pés, Adam correu para alcançá-lo. O Thor sempre pegava a escada, não porque fosse claustrofóbico, mas... Espere um minuto. O Thor podia ser claustrofóbico. O Thor podia ser milhares de coisas. Adam não sabia. O que sabia era que ele sentia muita dor. Aquilo irradiava dele em ondas. Elas tinham atingido Adam desde a primeira sessão. Era familiar.

— Thor, espere!

O grandão virou, meio desequilibrado, na escada.

A coragem de Adam estava evaporando rapidamente. Novamente, apesar de estar dois degraus abaixo, o poderoso Thor era mais alto, maior e mais substancial em todos os sentidos.

— Escute, Thor, algo está acontecendo. Não é da minha conta, mas você está bem? Quero dizer, medicamentos e ajuste de medicamentos podem bagunçá-lo quase tanto quanto o próprio TOC. Acredite, eu sei. — Era como tentar conversar com uma montanha. — Então eu só quero saber se você está bem, certo? A coisa com a Mulher Maravilha, você sabe, pode assustar uma pessoa.

O Thor tentou, sem sucesso, focar em Adam. Olhos de zumbi. Adam reconheceu o esforço, lembrou-se da tentativa e erro, das semanas e semanas de efeitos colaterais, da língua pesada, da exaustão e dos tremores no corpo até eles chegarem a uma combinação viável de medicamentos e dosagens.

— Ei, você se lembra de como nós todos anotamos nossos números de telefone naquela primeira sessão?

O grandão ainda estava lutando para direcionar os olhos.

— Bem, você provavelmente gosta mais de mensagens de texto, mas não posso ter nada assim, certo?

O Thor fez que sim com a cabeça, ou pelo menos teve a intenção, Adam tinha certeza, e com certeza um cara legal estava preso ali dentro em algum lugar.

— Bem, Brenda, minha madrasta; o número dela está naquela lista também, certo? Você pode me ligar a qualquer hora, cara. E, quando conseguirem ajustar seus medicamentos, aposto que você gostaria de um jogo irado de Warhammer, não?

Nenhuma resposta.

— Caramba, você parece mais feroz do que o mais feroz dos Orcs. Ben... meu amigo gordo a quem Snooki estava se referindo... bem, Stones realmente se divertiria com você, e você gostaria dele, garanto!

O Thor levantou seu enorme braço musculoso, colocou-o sobre o ombro magro de Adam e olhou mais ou menos na sua direção.

— Estou cuidando de você.

Certo, não era realmente o que Adam estava esperando.

— Bem, obrigado. Mas estou falando sério sobre me ligar, a qualquer momento.

O Thor suspirou enquanto se virava. E os dois desceram o resto da escada num silêncio sociável, apesar de confuso.

CAPÍTULO 37

— Você foi ótimo lá no Grupo. — Ela beijou a bochecha dele. — Mas, escute, eu sei que tentou falar com o Thor. — Robyn passou o braço pelo dele, como sempre fazia, e eles caminharam assim até o cemitério. Ela o beijou novamente. — Você sabe que não pode salvar todo mundo, né?

— O quê?

— É parte do seu problema, como Snooki estava dizendo enquanto segurava seu joelho. De vez em quando, até mesmo aquela cabeça de vento tostada demais fala algo que faz sentido.

— O que você quer dizer?

— O Thor — falou ela. — Você se esquece de que eu passei por mais programas, terapeutas e grupos de hospitais do que você. E... bem, você aprende a reconhecer os Thors. Os Thors desse mundo tendem a não conseguir, Adam.

Falando como alguém que conseguiu.

— Não, eu, hum, só acho que ele está com a combinação errada de medicamentos. O pobre rapaz pode estar pegando pesado demais na velha Benzedrina. O Clonazepam poderia fazer aquilo, ou mesmo o Anafranil. O sujeito mal conseguia se mover, sabe. Eu, na verdade, acho que ele está muito melhor.

Robyn inclinou a cabeça.

— Só que não ultimamente — completou ele.

— Você simplesmente *tem que* salvar o mundo, não tem? — Ela o puxou para mais perto. Ele estava pronto para uma intervenção da Irmã Mary-Margaret. — É uma das 73 mil razões para eu amá-lo.

Ele queria agarrá-la e puxá-la para perto e nunca mais soltar. Eles congelariam numa lápide, eternamente enlaçados e juntos.

Eles estavam quase no salgueiro-chorão.

— Mas, sério, meu querido Batman, você tem que se livrar de todas essas distrações, todas essas preocupações adicionais, e se concentrar em você mesmo. — Robyn parecia pouco à vontade. — Estou falando sério. Você tem que focar apenas em você. Por favor. Por favor, apenas melhore você mesmo primeiro. — Ela o beijou outra vez e delicadamente se desvencilhou para ir até o túmulo da mãe.

A lápide preta devorava o que sobrava do sol enfraquecido.

Adam se refamiliarizou com os vizinhos, os monumentos e os anjos de pedra. Ele se lembrou de como, tantos meses antes, tinha tentado decifrar qual ela estava visitando. Saudou o jovem tenente Archibald Lewis, todos aqueles que estavam entalhados na base dos dois enormes obeliscos e a favorita dos dois, Marnie Wetherall, 1935-1939. Adam fez uma prece rápida por suas almas e uma mais longa, suplicando por força.

Robyn executou uma volta do rosário. Depois de fazer seu último sinal da cruz, ela se virou para ele.

— Eu contei que entrei em contato com o Padre Rick e ele me apresentou ao Padre Steven da St. Bonaventure, que é aparentemente minha paróquia?

Adam não falou nada. Estava muito claro.

— Então vou começar as aulas deles de "Quero ser Católico" no dia 27 de abril!

Mesmo de longe, ele podia sentir que ela estava centrada, inteira.

— Legal, não é? — Robyn franziu a testa quando ainda assim ele não respondeu. — Não é ótimo?

Ela não precisava dele nem para as coisas de Deus. Não havia absolutamente nenhum valor agregado a ele, apenas distração e desvio. Adam a mantinha em um lugar ao qual ela não pertencia mais. Ele não podia mais mentir para si mesmo. Ele era um prisioneiro. Ela estava livre.

— Ei, terra para Adam! — Robyn balançou os dois braços no ar. — O que houve, Batman? — Ela começou a andar na direção dele. — Alguma coisa aconteceu. As duas últimas semanas, no Grupo, no telefone... sei que você tem um monte de problemas com a sua mãe, mas não é isso, é?

— Não — respondeu ele.

Ela se abraçou.

Ele não podia fazer isso.

— Eu menti para você.

Ela assentiu, esperando.

— Eu não moro no seu bairro. Moro quase do outro lado da cidade em relação a você. Tenho voltado todo esse caminho nos últimos meses. E a casa do meu pai é ainda mais para o norte.

— Ah, isso? — falou Robyn, alívio claramente tomando conta dela. — Eu sei disso.

— O quê?!

— Eu sei desde quase o começo. — Ela gesticulou. — Pedi à minha prima, que está no último ano em St. Mary's, para me passar sua lista da Associação de Pais e Mestres. Ela é uma vaca, mas passou a lista. Seu endereço está lá... Avenida Chatsworth, 97. — Ela sorriu, e ele ouviu seu coração se abrir.

— Por que você não falou nada? Eu me sinto ainda mais babaca.

— Não, por favor! Eu achei que era tão incrivelmente fofo você fingir que morava perto de mim apenas para caminhar comigo, apenas para estar comigo. Mesmo aqui, nesse lugar.

Adam assentiu para seus sapatos.

— Depois meio que ficou tarde demais para dizer alguma coisa, e eu não sabia...

— Sim, o mesmo comigo — disse ele. — Eu me sentia péssimo, mas não sabia como desfazer a situação. Não conseguia suportar pensar no que você poderia pensar. — Adam balançou a cabeça. — Todo mundo mente.

Robyn se juntou a ele no caminho e parou à sua frente. O sorriso dela desapareceu.

— Mas não é isso, é?

Adam ergueu o olhar para os olhos dela.

— Não.

Ela balançou um pouco.

— Você está melhor. Eu não estou.

— Não é verdade! — Ela segurou os braços dele. — E, mesmo se fosse, quem se importa? Você vai melhorar, e rápido. O que...?

Adam colocou um dedo sobre a boca dela.

— Eu estou muito longe de melhorar. Já nem consigo mais ver a linha de chegada. — Ele parou em busca de uma boa dose de ar. — Eu sei que você nem devia mais estar no Grupo. Meu palpite é que o seu terapeuta está advertindo que você deveria se afastar do Grupo, e de mim também. Isso... nós, *nós dois*... não é bom para você, Robyn.

— Cale a boca! — Ela o abraçou. — Você, Adam, é a melhor coisa que já me aconteceu. Na vida! Você me ajudou tanto! — Ela se agarrou a ele. — Você me ajudou a enfrentar as minhas questões e a contar a verdade. Você me torna corajosa. *Você* faz isso! E assim que engrenar na EPR...

— Como você falou, você passou por muito mais programas, terapeutas e grupos, Robyn. Você *sabe* que eu estou pior. — Adam beijou sua testa e seu rosto repetidamente, memorizando seu gosto de sal e pêssegos. — Eu tenho lido tudo sobre remissões espontâneas... o que você tem. É como um milagre, mas pode voltar. Enquanto isso, você tem que se libertar enquanto pode. Robyn, você tem que comemorar, não se sentir culpada porque eu não consigo me controlar. Você tem que usar esse momento agora para ficar mais forte a cada dia, para que, se isso acabar voltando, você possa estar suficientemente poderosa...

— Não sou uma espécie de guerreiro de seus jogos de fantasia! Eu preciso de você!

— Você é, *sim*, uma guerreira. Não consegue ver? — Ele a puxou para junto dele e beijou seu cabelo. — Você *não* precisa de mim. Eu só a fiz acreditar nisso porque te amo muito, muito, Robyn Plummer.

— Mas eu te amo mais, Adam Spencer Ross! É o que me torna forte, eu juro!

— Não! Você é forte por sua causa. — Ele engoliu a mágoa antes que ela o engolisse. Ele estava sem forças. — Robyn, você merece...

Ela tentou abraçá-lo outra vez, mas ele segurou os braços dela com firmeza. O cemitério estava bizarramente quieto. Eles pareciam enterrados no silêncio.

— Você é a pessoa mais corajosa que eu já conheci ou vou um dia conhecer.

— Eu suo terror, Robyn! Sinto medo a cada segundo de cada maldita coisa. Eu me preocupo obsessivamente com a possibilidade de ser enterrado por uma avalanche de medo. Jesus, Robyn, eu tenho medo como apenas o verdadeiramente louco pode ter.

— Mas *isso*, seu idiota, é a definição de coragem: você segue em frente *apesar* do medo. — Ela se afastou e cruzou os braços. — E é só uma questão de tempo, pouco tempo, até... — O céu que escurecia se juntou ao atordoamento dos dois e começou a pingar.

— Você não está escutando — disse ele. — Qualquer que seja ou não seja o meu problema é exatamente a coisa errada para você ter por perto. É ruim para você. Sua empregada sentiu. Chuck sabe. Tenho certeza de que o seu terapeuta a advertiu.

— Eles não sabem do que estão...

— E você sabe também. — Ele acariciou a bochecha dela. — Olhe para mim. Você algum dia contou ao seu pai sobre mim, como disse que contaria?

Os olhos dela brilharam.

— Eu... acontece que...

— Viu? Parte de você... a melhor parte de você... sabe. Confie nela, Robyn. É a que vai mantê-la bem.

Ela estava chorando agora. Era um choro feio, encharcado de coriza, com a respiração entupida, e ele a amava mais.

— Adam, eu não posso... É porque eu menti muito, e depois eu contei demais sobre como fui horrível...

— Não! Pare, pare. Não é nada disso. Eu fiquei... — Ele se enrolou, em pânico, para encontrar a palavra. — Eu fiquei *honrado*. Aquilo me fez me sentir importante.

— Porque você *é*, droga! Escute o que estou dizendo, Adam!

— Shh, você sabe que eu estou certo. E mesmo se não soubesse... — Ele se aproximou dela e sussurrou: — ...não importaria. Nada poderia me fazer mudar de ideia. Nada. Você tem que ir embora agora. — Enquanto lutava internamente, ele se lembrou do conselho da sra. Polanski. *Está na hora de ir embora. É a parte realmente difícil de crescer — saber quando ir embora.*

— Quem está indo embora, Adam? Quem diabos está indo embora? Responda! Eu não posso ser corajosa sem você.

— Sim, você pode. Está na hora. Precisa estar com pessoas normais agora. — Ela parecia que ia explodir. — Com pessoas *mais* normais. É disso que precisa. Você sabe que eu tenho razão, Robyn. Não torne isso mais difícil. Eu não aguento.

— Bom. Eu te odeio! Eu te odeio, seu maluco, e isso tem que ser difícil! — proferiu ela. Mas em seguida se arrastou para junto dele novamente. — Meu Deus, eu não quis dizer isso. Desculpe, desculpe. Mas não vou deixar você ir embora. Eu não posso, Adam. Não me obrigue.

Ele estava fraquejando. O covarde nele, a fome, venceria.

— Eu preciso que você vá agora. — Ele a abraçou com tanta força quanto um ser humano poderia abraçar outro. — Preciso me concentrar só em mim. Estou perdendo o controle, Robyn. Você não pode me salvar. Está tornando tudo pior.

Todo mundo mente.

Aquilo funcionou.

— Ah, Adam, droga! Ah, Deus, isso dói. Eu não posso...

Ele a beijou com vontade, quase querendo magoá-la mais. Eles se abraçaram, inconsoláveis e com os corações partidos. Robyn estava chorando e Adam, lamentando, mesmo enquanto ainda a abraçava, cada um tentando descobrir uma forma de memorizar a sensação do outro. Eles se agarraram até serem interrompidos pelos faróis altos e piscantes de um carro. Novamente uma porta bateu. Novamente uma lanterna foi apontada para eles.

— Arranjem um quarto, pessoal. Já passou da hora de fecharmos, pelo amor de Deus!

Eles se viraram para o segurança, que pareceu assustado ao vê-los novamente.

— Vocês de novo! Qual é o problema de vocês? Nunca têm noção o suficiente para fugir da chuva! — Ele fez uma pausa. — E os dois estão com uma aparência horrível — murmurou ele, enquanto se virava para o carro. — Vou manter tanto o portão norte quanto o sul abertos por mais cinco minutos, mas só isso.

A porta bateu e o veículo se afastou.

— É melhor irmos. — Robyn segurou a mão de Adam e começou a caminhar na direção do portão sul.

— Não, Robyn. Eu não moro lá e não estamos mais fingindo. Vou voltar pelo portão norte.

Eles estavam completamente ensopados, mas mesmo assim não se moviam.

— Tudo bem — falou ela, finalmente. — Você se vira e vai embora primeiro. Vou ficar observando para mantê-lo em segurança.

— Não, é minha função mantê-la em segurança.

— Vá! Está caindo um temporal e vamos nos afogar. Vá! — Ela o empurrou. — Adam, deixe que *eu* cuide de você, só dessa vez.

Ele enfiou as mãos fundo em seus bolsos e balançou a cabeça.

— Não, Robyn. Por favor. Deixe-me fazer apenas isso, só mais essa vez. Por favor.

Lágrimas frescas escorreram pelo rosto dela e se misturaram à chuva. Adam estava exausto, seu coração tão cheio de tristeza que não havia espaço para pensamentos coerentes. Robyn se virou e começou a se afastar. Ele observou enquanto ela ia embora, guardando-a bem dentro dele, até estar prestes a desaparecer na curva.

— Eu sempre vou te amar, Robyn Plummer — sussurrou ele.

E exatamente enquanto ela desaparecia, ele ouviu nitidamente:

— E eu sempre vou te amar mais, Adam Spencer Ross.

CAPÍTULO 38

Quando Adam chegou ao portão norte, ele virou para a esquerda em vez de para a direita, seguindo na direção do número 97 da Chatsworth. Não foi uma decisão consciente. Sua mente estava furada e esburacada demais para uma decisão deliberada, mas, mesmo quando percebeu que não estava indo na direção da casa do seu pai, ele não deu meia volta. Queria ir para casa.

Minutos — ou foram horas? — mais tarde, quando chegou à calçada de sua casa, Adam olhou para a casa da sra. Polanski. Nenhuma luz. Ela não estava. A sra. Polanski não estaria ali para salvá-lo. *Está tudo bem*, disse ele a si mesmo. *Minha mãe está em casa.* Carmella tinha trabalhado em turno dobrado toda a semana e passara os últimos quatro dias em casa.

Tudo o que ele tinha que fazer era entrar.

Quanto mais perto Adam chegava da porta, mais parecia que ele estava passando por uma rede de lâminas. Aquilo seria um onze na escala de zero a dez de mapeamento de TOC, se ele algum dia tivesse mapeado, se algum dia tivesse feito qualquer coisa do maldito manual. Mas nunca havia tempo. Sua vida sempre atrapalhava.

Quando subiu a escada, pingando por causa da chuva, ele foi capaz de sentir o campo de força cercando a soleira. As lâminas o cortavam. E, apesar de saber que não estavam ali, Adam checou seu corpo em busca de sangue. *Esses pensamentos não são a realidade; são meros pensamentos.* Ele encarou a porta com uma respiração entrecortada. O campo em volta dela brilhava.

De jeito nenhum.

A coragem se dissolveu no nevoeiro. Robyn estava errada. Ele *era* um covarde.

Então, ele sentiu o cheiro.

Inconfundível. Ele vinha vivendo com o terror dessa possibilidade havia anos.

Estava vindo do interior da casa.

— Mãe! Mãe! Abra a porta, mãe!

Ele estendeu o braço para começar o ritual, a purificação, mas não havia tempo. *É tudo uma mentira, não é real! Apenas atravesse!*

Adam enfiou a mão no bolso, mas estava ensopado de suor quando tirou a chave.

Ela morreria se ele tocasse a porta sem se purificar.

Ela morreria se ele *não* tocasse a porta.

Ele tremia incontrolavelmente. Enquanto erguia a mão que segurava a chave, o mundo girou, movendo-se cada vez mais rápido. Seu estômago se embrulhou. Uma onda de náusea o invadiu, e ele quase não conseguiu virar a cabeça a tempo. Ele vomitou e então girou a chave na fechadura.

— Mãe!

Ele empurrou a porta para abri-la, mas não conseguiu. Havia muita coisa no caminho do outro lado. A porta estava emperrada!

— Mãe! Meu Deus! — Adam bateu com o ombro na porta. Podia ver o suficiente do lado de dentro para confirmar que a fumaça estava vindo da cozinha. — Mãe, por favor! — Exatamente quando se preparava para se jogar contra a porta outra vez, ele ouviu passos fortes atrás dele, ganhando velocidade, e depois uma explosão contra a porta. Ela se abriu mais quinze centímetros.

— De novo! Vamos de novo, Batman! Juntos! No três. *Um...*

— Thor! O que diabos... como?

— *Dois...*

— Thor?

— *Três!*

Os dois se jogaram sobre a porta, forçando-a mais oito centímetros. Ainda não era o suficiente.

— Eu vou empurrar, você se espreme para passar — grunhiu o Thor.

Em questão de segundos, Adam tinha conseguido entrar e estava passando por cima do lixo a caminho da cozinha.

— Mãe! Mãe!

Ele a viu imediatamente. Sua mãe estava caída no chão em frente à ilha que separava a cozinha da sala de jantar. Uma bota de inverno estava posicionada desajeitadamente debaixo do seu pé. Será que ela tinha tropeçado? Os olhos de Carmella estavam fechados, mas ela se contraía e se movia. Um galo do tamanho de um ovo já se formara em sua testa. Um bastão de cola caiu de sua mão quando ela tentou se levantar.

— MÃE!

Adam correu para a cozinha, na direção do fogão. Uma fumaça furiosa saía de uma panela solitária. Não havia incêndio, mas a panela estava fritando com sopa queimada e uma concha de plástico. Milagrosamente, ele teve a presença de espírito de desligar a boca do fogão em vez de segurar o cabo da panela.

Adam estava levemente consciente de que Thor estava agora no hall de entrada. De alguma forma, ele tinha conseguido entrar.

— Thor, ligue para a emergência! — gritou Adam, enquanto esticava o braço na direção da sua mãe.

Os olhos de Carmella se abriram.

— Adam? Adam, não! — Ela tossiu. — Eles não podem vir. Não deixe que ele ligue!

Adam tentou ajudá-la a se levantar. Ela se agarrou a ele, em pânico.

— Ele esteve aqui! — A voz de Carmella era rouca. — Nós lutamos. Foi terrível, horrível. Ele é tão mau! Não teria vindo se você estivesse aqui. Ele disse isso. Foi o que disse. Nós lutamos. Veja, ele me bateu! Ele me bateu, Adam. — Sua mãe tocou a testa e se contorceu. Ela começou a chorar, mas sem lágrimas. — Ele poderia ter me matado, meu amor.

Adam percebeu o copo sobre a bancada, a garrafa de vodca ao lado, a revista, as páginas rasgadas sobre o resto da bagunça.

— Deixe-me ajudá-la, mãe. Você consegue se levantar?

— Sim, claro. Estou bem. Ligue para cancelar o chamado, estou bem! — Mas ela não se levantou, nem o soltou. — Ele era o próprio diabo. — Seus olhos estavam brilhantes demais, desesperados. — Ah, Adam, foi horrível... graças a Deus você veio. Obrigada, Senhor! — Ela juntou as mãos como se estivesse rezando. — Agora pare aquele homem nesse momento, antes que eles venham. Diga que foi um engano. — Ela agarrou o casaco dele novamente. — Você sabe que *eles* não podem vir aqui. *Eles* não podem ver... Adam, você *sabe.*

— Ah, mãe. — Toda a disposição foi embora dele. Não havia sobrado nada. Os dois ouviram Thor revirando o hall de entrada, empurrando, empilhando.

— Thor? — gritou Adam.

— Estou abrindo o caminho para os homens da ambulância!

— Faça ele parar! — Pânico se espalhou pelo rosto da sua mãe. — Faça ele parar nesse momento! Adam, por favor!

Adam delicadamente soltou as mãos dela de seu casaco. Sua mãe ainda estava vestindo o jaleco, apesar de não ir trabalhar havia dias. Ainda com o suéter do pai dele. Seu batom estava borrado, seus cabelos, escuros, desgrenhados, e o ovo em sua testa já estava ganhando uma coloração rósea. Mesmo assim, ela ainda era bonita. As pessoas sempre disseram aquilo e lá estava. Incontestável.

E ele se parecia com sua mãe. Ele era tão *parecido* com sua mãe.

Jesus.

— Adam, meu amor, agora! — Ela passou os dedos pelo cabelo. — Ele disse que, se contarmos a alguém, ele voltaria. Ele me pegaria. Ele vai me matar, Adam. Ele era ainda pior do que nas cartas, Adam, e você *sabe* como as cartas são horríveis. Eu sei que você viu.

Adam ouviu as sirenes timidamente, ao longe. Parou para escutar, para respirar, mas não conseguiu. Sentia-se como se tivesse sido atropelado.

— Mãe, escute, eu sei quase desde o começo.

— Chegaram mais cartas, meu amor. Muitas. Eu não quis preocupá-lo. Ele falou que...

— Pare, mãe. — Ele se aproximou do ouvido dela. — Pare. Por favor, pare agora. Eu sei que não existe nenhum *ele*. — Adam esticou o braço na direção dela, mas ela se afastou. — Eu sei que foi você. Eu *sei* que você vem escrevendo essas cartas para si mesma. — Ele pegou o bastão de cola e o colocou sobre as páginas de revista rasgadas.

— Não, não. Isso não é... você não entende. Veja...

As sirenes estavam mais próximas agora.

— Thor? — gritou Adam. O Thor tinha todos os números. — Ligue para Chuck. Vou precisar de Chuck...

— Não, meu amor, por favor!

— E depois ligue para o meu pai.

Eles puderam ouvir enquanto Thor seguia as instruções de Adam. Aquelas foram as conversas mais longas que o Thor tivera em anos. Mas ele fez tudo.

Sua mãe parou de protestar e caiu num choro silencioso e constante nos braços de Adam.

E assim foi.

Até não ser mais.

Pareceu que, dentro de segundos, a casa se encheu de pessoas. Rádios estalavam, homens com botas de bico de aço e uniformes com faixas que brilhavam no escuro eram seguidos por paramédicos que empurravam uma maca sobre rodas e carregavam o que pareciam ser isopores cheios de coisas. Todos pisavam no lixo espalhado, praguejando baixinho para si mesmos.

A verdade invadiu a casa junto com eles.

Então Adam viu, realmente viu. Ele olhou para a sua casa como se através dos olhos deles. Era como se ele e sua mãe estivessem morando em um apartamento no Bronx com janelas cobertas por tábuas de madeira. Eles eram como posseiros que tinham ocupado aposentos chamuscados e cobertos de lixo. Quando isso tinha acontecido? Como? Uma caixa de talheres errou por pouco um dos bombeiros quando caiu de uma montanha de roupas, sapatos e caixas vazias de spray purificador de ar automático da Glade. Os primeiros socorristas pisaram em livros de receita, em sacos cheios de outros sacos, em gaiolas vazias de pássaros e de hamsters e em amontoados de revistas *National Geographic* que tinham tombado de pilhas mais altas do que eles. Fora por isso que ele não tinha conseguido entrar; o deslizamento. Como será que ela conseguira colocá-las num lugar tão alto, e por que ele não tinha notado antes?

O chão da cozinha estava coberto de quebra-cabeças de vasilhas da Tupperware, formas de assar de alumínio e sacos de 2,5 kg de arroz Uncle Ben's. A própria Carmella estava aninhada entre pacotes de papel higiênico, centenas de colheres de pau e o que pareciam ser todas as roupas de bebê de Adam. CDs e potes de tempero vazios trincavam sob seus pés.

— Eu estava separando — sussurrou ela com dificuldade para Adam. — Conte a eles sobre os sacos de lixo. Eu estava separando, organizando tudo. Conte a eles.

Adam viu uma pilha de *Sentinels* equilibrada sobre a bancada. Devia ter cem exemplares. Ele os empurrou e observou enquanto deslizavam para o chão do que um dia tinha sido a sala de jantar. Todos tinham a data de ontem.

Uma voz, calma e no comando, falou:

— Não tente, mas você acha que é capaz de se levantar, senhora? — Carmella não falou nada. Então o bombeiro, com toda a graça de um anjo da guarda, ajoelhou-se ao lado dela e delicadamente segurou sua mão. — Esse é um galo bem feio, senhora. Você acha que quebrou alguma coisa?

Eles fizeram muitas e muitas perguntas a Carmella, mas ela recuou, agarrando-se mais a Adam, sem compreender — ou fingindo que não conseguia. E as mesmas perguntas foram feitas pelos paramédicos. Estetoscópios apareceram, aparelhos de pressão sanguínea, uma máscara de oxigênio... tudo isso enquanto os bombeiros se espalhavam pelo primeiro andar. Um deles achou o alarme de incêndio, que Carmella tinha destruído anos antes.

— Quantos dedos estou balançando, sra. Ross?

Os outros bombeiros começaram a subir para o segundo andar, e sua mãe começou a chorar com mais urgência.

— Não, não, por favor, não...

Thor montava guarda junto à porta, direcionando o fluxo, mas Adam podia ver que o choro estava chegando até ele também. Então, graças a Deus, Chuck apareceu.

E depois o seu pai.

Foi então que Adam desmoronou por dentro.

Sua mãe se agarrava a ele mesmo enquanto os paramédicos insistiam que ela o soltasse. Eles teriam que examinar a *senhora*. Teriam que levar a *senhora* ao hospital.

— Apenas para tirar radiografias, senhora, para eliminar a possibilidade de uma concussão.

Ela não foi voluntariamente. Não queria soltar Adam. Prometeu e suplicou para ele, para os paramédicos, para Chuck, para o pai de Adam.

— Não! Não deixe que eles façam isso, Adam! Você sabe o que vai acontecer... eles me levarão para um lugar. Você é o meu bebê! Você não quer fazer isso comigo. Você *nunca* vai se perdoar!

— Estou fazendo isso *por você*, mãe — disse Adam, ou achou que disse.

Chuck se intrometeu e separou a mãe do filho, murmurando palavras oficiais típicas de médicos.

O pai de Adam tremia de raiva enquanto examinava os detritos que tomavam sua antiga casa. Olhava de queixo caído para a carnificina que um dia fora a sua cozinha. Estava irreconhecível. Inteirinha.

— Ah, filho, eu sinto muito *mesmo*. Eu deveria saber. Deveria. Meu Deus, me desculpe. — Ele segurou o garoto em seus braços, sufocando-o. — Desculpe.

O filho estava tão alto quanto o pai.

Então ela desapareceu. Eles a tinham levado.

Chuck também entrou na ambulância. Muitas e muitas palavras foram ditas, mas Adam estava muito cansado para escutar. Ele precisava se deitar agora. Apesar de a chuva ter parado, seu pai quis levar Thor de carro para casa. Caramba, seu pai queria dar um pequeno país para o Thor governar. Ele educadamente recusou as duas coisas.

Antes de entrar no carro com seu pai, Adam usou o que restava de sua força para se aproximar e abraçar o Thor, pegando-o com a guarda baixa.

— Obrigado! Obrigado! — Ele abraçou o assustado Thor com mais força. — Como você sabia?

— Eu a venho observando há semanas — ribombou Thor, passando os braços que se pareciam com troncos de árvores em volta de Adam. — Eu lhe disse que pegaria o desgraçado. Eu... eu... eu sinto muito.

Adam balançou a cabeça.

— Não, você é incrível. Se você não tivesse...

O Thor bufou.

— Você, garoto, é realmente o cara. — Ele se virou para o número 97 da Chatsworth e sacudiu a cabeça. — Você é um super-herói. Lide com isso.

Então o Thor sorriu.

O que era aquilo?

Na noite mais feia de sua vida, Adam tinha feito o poderoso viking sorrir. Se pudesse sorrir de volta, ele o teria feito.

CAPÍTULO 39

Adam ficou afastado da escola pelo resto da semana. Teria ficado por mais tempo, mas os testes para a equipe de atletismo eram na primeira semana de abril, e de jeito nenhum ele estragaria sua chance de entrar. Precisava ter algo para mostrar depois de toda aquela correria em volta do cemitério.

Ele viu Chuck duas vezes. Eles não começaram com a exposição e prevenção de resposta, ainda não, mas ele estava bem e verdadeiramente comprometido. Sério. Chuck passou o tempo tentando desvendar o que Adam realmente vinha carregando durante todos esses meses. Aquela foi uma Lista e tanto.

Engraçado, mas "soleiras" não era mais um item. Obviamente Adam não sabia com toda certeza a respeito do laboratório grande de biologia da escola ou das portas sul, ou mesmo da porta da frente de Robyn, mas todas as outras estavam bem, incluindo o número 97 da Chatsworth. Ele sabia porque tinha voltado lá. A casa fedia a sopa e plástico queimados, mesmo da escada do lado de fora, mas ele não teve nenhum problema em passar pela porta.

— Teste de fogo — disse ele a Chuck. — Deviam colocar isso no manual.

Na quinta-feira, Adam se encontrou com o Padre Rick e uma assistente social que supostamente estava na equipe de "cuidados" de sua mãe. Eles se encontraram na casa dele às três horas em ponto. A assistente social estava grudada a uma prancheta, um BlackBerry e uma câmera. Ela tentava se comportar como se tivesse visto milhares de casas como o número 97 da Chatsworth, mas estava claro em seus lábios franzidos e seus olhos arregalados que ela nunca tinha visto nada remotamente parecido. Isso ficou especialmente evidente porque os primeiros socorristas tinham deixado novas camadas de marcas e caos em seu rastro.

O Padre Rick permaneceu no meio do hall de entrada, examinando o massacre.

— Que merda — murmurou ele, nem tanto para si mesmo. A assistente social tirou fotos, desenhou plantas e, em grande parte, ignorou Adam. Ela se dignou a responder uma pergunta do Padre Rick, no entanto, sobre o que estava fazendo.

— Esse processo nos auxiliará a formular um plano de ação coerentemente compreensível para organização e expurgo de apoio, quando e se a sra. Ross estiver pronta para participar de sua recuperação.

O que aquilo significava?

Tudo o que aquela mulher falava soava como se recitado de um manual. Adam conhecia manuais; ele, na verdade, tinha aberto o livro naquela semana. A assistente social se movia pelos destroços, fazendo anotações e falando ao telefone de forma importante.

Adam deixou o Padre Rick lidando com ela e subiu até o seu quarto para alimentar os peixes. Será que Steven estava grávido de novo? Ele também queria ligar para Stones para contar tudo da melhor forma possível, sem Docinho colado a ele como sempre ficava na casa de Brenda. Ele pegou e devolveu o telefone onze vezes.

— Cara, isso é uma bosta tremenda. Nem sei o que dizer! É uma tragédia de sugar a alma! O que posso fazer, cara?

Enquanto conversavam, Adam começou a encher uma das quatro caixas que tinha levado consigo. Ele disse a Ben que seus Orcs e todos os seus guerreiros estavam indo morar na garagem dos Stones para sempre.

— Mentira!

— Verdade!

— Verdade?

— Verdade.

— Você está pensando em se matar? — perguntou Ben.

— O quê? Não? Que merda é essa?

— Esse é um dos sete sinais ou das dez dicas ou alguma merda dessas de quando você pode estar pensando em pular de um penhasco.

— Como você saberia dessa merda?

Depois de uma pausa que ameaçou quebrar seu recorde de "pausas desconfortáveis entre Ben e Adam ao telefone", Ben falou:

— Tudo bem, cara, o negócio é que eu tenho pesquisado no Google sobre essas merdas de TOC e, tipo, depressão é uma possibilidade real e mórbida.

— Comorbidade — falou Adam.

— Sim, isso também.

— Há quanto tempo? Há quanto tempo você vem pesquisando isso?

— Anos, cara. Você está puto?

— Não, cara, você provavelmente sabe mais sobre o assunto do que eu. Eu só abri meu manual de TOC na quarta-feira.

— Então você ainda é maluco?

— *Mais maluco.* Você ainda é gordo?

— *M-a-i-s g-o-r-d-o!* Mas estou ficando mais firme! Ei, o que você quer pela coleção?

— Nada, cara. Bem, talvez um amigo meu do Grupo pudesse ir e ficar de bobeira conosco algumas vezes quando estivermos jogando. O cara sobre quem eu estava lhe contando. Você vai gostar dele. Ele é feroz, mas é calado. — Uma caixa estava cheia. Adam pegou outra.

— Qualquer coisa, parceiro! Você pode levar o cara e o coral inteiro de meninas da Minha Senhora da Virgem Perpétua ou seja lá qual for o nome da sua escola. Espere, essa não é uma ideia ruim. Nós definitivamente conseguiríamos deixar algumas meninas interessadas no jogo. E você está livre agora, então é um novo mundo.

Adam gemeu.

— Stones, quero deixar isso bem claro: eu *com certeza* não estou correndo atrás de garotas. — Ele foi atingido por um relâmpago de sentimentos. Precisou se sentar. *Robyn, Robyn, Robyn...* — TOC é fichinha comparado a garotas.

— É pesado, né?

— Brutalmente pesado.

— É, mas agora que você teve o gostinho, você tirou a tampa! Acabou. Vou lhe dar um minuto de luto, mas, caramba, eu preciso de você, cara! Você é tão bonito que elas vão atrás de você, e eu vou colhendo as sobras!

Nunca poderia haver ninguém além de Robyn. Adam segurou sua cabeça com uma das mãos.

— Esse é um plano e tanto, hombre.

— Mas vamos ficar longe das mais velhas um pouco.

— Sim, sim, com certeza.

Os rapazes continuaram batendo papo por mais alguns minutos, pulverizando outro recorde: o de conversa ao telefone mais longa. Adam prometeu passar o sábado na casa de Ben, quando seu pai o levaria com todos os bonecos. Foi uma conversa tão *normal*, em meio a tanta, tanta... Adam nem conseguia encontrar as palavras para descrever os últimos dias. Acontece que, depois do furacão, a vida seguia em frente. Você tinha que comprar leite, consertar as janelas quebradas, jogar um pouco de Warhammer, falar sobre garotas. Uau!

— Adam, você está bem? — Era o Padre Rick. Ele se inclinou pelo batente da porta.

— Sim, Padre. Eu estava falando com Ben.

— Ah. — Ele assentiu. — Bom garoto, bom amigo.

— Sim, ele realmente é. A, hum, assistente social já...?

O Padre Rick revirou os olhos até o céu.

— Sim, ela e sua poderosa prancheta estão prontas para deixar o local. Vou levá-la de volta para a clínica... mas posso levá-lo para casa antes? — Ele sacudiu a cabeça. — Vou rezar para que tenham gente melhor do que ela no hospital. Você já viu a sua mãe?

— Minha mãe? Não. Ela não pode ver a família por um mês.

— Faz sentido, imagino. Você está lidando bem com isso?

— Estou um pouco aliviado, na verdade. — Adam sentiu o rosto ruborizar. — Desculpe, Padre, isso foi ridículo.

— Adam Ross, eu lhe concedo dispensa sagrada em relação a qualquer sentimento de culpa ou de ridículo. De todas as pessoas com quem convivo em meu rebanho, meu jovem, você provavelmente é quem tem menos razão para se arrepender de suas ações a respeito de qualquer coisa.

Adam mentalmente repassou sua lista mais recente de mentiras, traições, covardias e desejos — lá estavam Robyn e todos aqueles desejos intensos e devastadores.

— Ah, Padre, *você* não faz ideia.

— Ah, Adam... — O Padre Rick sacudiu a cabeça, sorrindo. — Acho que até *eu* me lembro de ter 15 anos. — Ele esticou o braço. — Venha, vamos pegar o que você precisa e sair daqui. Falei com a sra. Polanski... ela alimentará seus peixes até descobrirmos como levá-los.

— Claro, Padre. Mas podemos passar pelo cemitério? Quero oferecer meu respeito... só vai demorar um segundo.

— Os cavalheiros estão prontos aí em cima? — falou a assistente social. — Tenho uma quantidade enorme de papelada para organizar e uma reunião às 16h47. Vamos, vamos.

— Pode apostar, filho. — O Padre Rick passou o braço em volta dele. — Vou levá-lo aonde quiser e você pode demorar o quanto precisar.

CAPÍTULO 40

Adam mal conseguiu se arrastar para fora do carro do Padre Rick e entrar em casa. Ultimamente ele dormia como os mortos e continuava tão cansado que às vezes tremia de exaustão. Brenda dizia que era porque ele estava se recuperando de meses de privação de sono.

Claramente, Brenda e seu pai tinham falado sério com Docinho sobre várias coisas, mas principalmente sobre não se jogar sobre Adam assim que ele abrisse a porta. O Sr. e a sra. Ross estavam comedidos e dolorosamente atenciosos. A versão de atencioso de Docinho era não bombardear seu irmão com exigências ininterruptas por atenção, mas ele ainda era a sombra de Adam do momento em que ele chegava em casa até os dois irem dormir, aterrorizado com a possibilidade de seu irmão mais velho desaparecer novamente naquele lugar ruim.

— Oi, Adam. — Brenda deu um beijo leve em sua testa. — Como foi? Suportável?

Adam assentiu, sem saber se tinha sido ou não. Ele não sabia bem como se sentia em relação a muitas coisas. Pareceu levar dias até ele conseguir entender qualquer coisa que tinha acontecido, quanto mais toda a... bem, tudo.

— É um choque protetor — explicara Chuck.

O que quer que fosse, você imaginaria que aquilo o protegeria do resto de suas compulsões, mas não. Embora ele tivesse superado a coisa das soleiras, Adam ainda estava contando numa série infinita de padrões. Aquilo não parecia preocupar Chuck.

— São apenas as sobras, Adam. Nada demais. A EPR vai dar conta disso. Você tem recursos incríveis. Você, Adam, vai ficar *bem*!

— O Padre Rick e aquela mulher do hospital também estavam lá? — perguntou Brenda.

— Sim, eles me deixaram aqui. Ela é uma mala. Espero que ela não chegue nem perto da minha mãe.

Adam pegou um biscoito na grade onde eles estavam esfriando e saudou Brenda com ele antes de seguir para o quarto, com Docinho em sua cola.

O quarto deles estava aceso como uma árvore de Natal. Docinho tinha decidido que o irmão ficaria muito mais confortável com um quarto extremamente claro. Todas as luzes estavam acesas — as luminárias das mesas, todas as quatro luzes noturnas, a lâmpada do teto. Docinho tinha pegado a luminária da escrivaninha do seu pai, que agora iluminava o chão ao lado da lata de lixo. E, para somar ao ar festivo de fim de ano, as luzes do candelabro de Natal de Brenda piscavam alegremente no parapeito. Dava para fazer um filme ali. Docinho trotou até o lado mais afastado de sua cama e fingiu estar ocupado com sua mais recente aquisição do mundo dos caminhões Tonka.

Com a mão trêmula, Adam procurou em seu bolso por um cartão escrito à mão que tinha encontrado parcialmente escondido em uma pedra branca plana em frente a Marnie Wetherall, 1935-1939. Ele não confiara em si mesmo para abri--lo enquanto o pároco e a assistente social estavam esperando. Sabia que era dela, claro. Marnie era quem eles mais amavam, e Marnie os amava. Adam tinha pegado o papel cor de creme dobrado e o substituído pelo anel do Batman de $6,99 que Snooki e a Mulher Maravilha tinham lhe dado.

Agora, em sua cama, Adam olhava fixamente para o desenho perfeito da insígnia do Batman feito por ela. Seu coração batia na garganta enquanto ele abria o bilhete.

Fiquei sabendo da sua mãe. De tudo. Você tinha razão, no entanto, e aquela música que você sempre canta para Docinho também:

"Um dragão vive para sempre, mas o mesmo não acontece com garotinhos."

Você, Adam Spencer Ross, é um homem, e sempre será o meu Batman.

Estou com saudades. E sempre vou te amar,

Até...

Robyn

Ele ficou sentado na beira da cama por um longo tempo, piscando na claridade. Finalmente, com a mão ainda tremendo, ele colocou o cartão de volta no bolso.

— Você pode falar comigo, sabe? Não vou desmoronar nem nada.

Docinho disparou como uma bala quase antes de Adam conseguir terminar a frase e subiu em seu colo.

— Batman?

— Sim?

— Eu ainda tenho que cuidar de você?

E Adam se perguntou pela centésima milionésima vez: *Exatamente como a mente dessa criança funciona?*

— Não, Docinho.

— Que bom! Eu prefiro quando você tem que cuidar de mim o tempo todo.

Ele empurrou o irmão de cima do seu colo.

— Você está grande demais para sentar no colo, pateta!

— Não! — O lábio de Docinho tremeu. — Eles disseram que eu era muito pequeno, um camarão. No trepa-trepa, os garotos grandes disseram... eles disseram...

— Se eles disserem isso novamente, mostre quem são e eu dou um jeito neles por você. Além do mais, você não é tão, *tão* pequeno. — Ele bagunçou o cabelo de Docinho. — Nós, você e eu, temos o que chamam de crescimento tardio.

— Crescimento tardio — falou Docinho, repetindo e armazenando. Ele pulou novamente no colo do irmão. — E você vai ficar aqui conosco para sempre, não vai, Batman?

— Caramba, carinha, coisas assim são super-hiper-complicadas.

— Não, não são — respondeu Docinho. — Nosso pai e a sra. Brenda Ross te amam mais do que a sra. Carmella Ross. E eu te amo mais do que todos eles, então nós vencemos e podemos ficar com você! — Ele parecia satisfeito consigo mesmo.

— Docinho, isso não é justo. Minha mãe... bem, ela me ama *sim*. Ela me ama muito.

— Certo — admitiu Docinho. — Mas ela é muito, *muito* maluca, por isso não consegue fazer um bom trabalho.

Adam o empurrou novamente.

— Ei, qualquer um de nós, homens da família Ross, chamando alguém de maluco é exatamente o sujo falando do mal-lavado.

Docinho franziu a testa, tentando encontrar algum significado em sujos e mal-lavados.

— O *papai* é maluco? — Pareceu ser a lição que ele tirou.

— Não! Ele é um pouco viciado em trabalho, só isso. Chuck, que é o médico com quem me consulto, diz que é assim que o papai lida com a ansiedade.

— Ansiedade — repetiu Docinho, esperando quase pacientemente por mais.

— Ansiedade é como ter medo.

— Ahh... — Docinho ficou instantaneamente solidário. *Isso* ele compreendia. — A sra. Brenda Ross é ansiedade também?

— Não. Bem... — Adam jogou outro travesseiro nele. — A sua mãe é... tipo, sua mãe é apenas um pouco sensível. Ela meio que vê coisas e sente coisas sobre pessoas.

— Como você, só que você é bem, bem sensível, certo?

— Não, eu sou... — *Espere! Será que era verdade?* — Hum, tudo bem, talvez você tenha razão, Docinho. Talvez eu *possa* reconhecer quando pessoas estão sofrendo ou meio perdidas, mais do que outras pessoas.

— E é por isso que você pode me consertar quando estou muito assustado?

— Talvez.

— Mas você não é muito, *muito* maluco, é?

Todo mundo mente.

Bem, droga, talvez todo mundo tenha razões muito boas para mentir. Talvez nós todos mintamos para esconder a mágoa ou fingir que somos fortes até podermos ser fortes. Isso não é tão ruim, é?

É?

— Não, não *muito*, muito, acho. — Adam quase podia ver as engrenagens girando enquanto Docinho tentava entender tudo.

— Mas a sra. Carmella Ross é — falou ele, animadamente. — Então você tem que acabar de crescer aqui!

— Aaargh! Desisto! Sim, talvez, provavelmente, em grande parte. — Adam se sentou na beira da cama.

Docinho se sentou na própria cama, espelhando cada movimento de Adam, mas o gesso sempre atrapalhava.

— Nunca vou quebrar meu braço de novo — anunciou ele, juntando as mãos sobre o colo quando Adam fez o mesmo.

— Boa.

— Eu andei pensando.

— Ih...

— Pensando e pensando e pensando e pensando e...

— Tudo bem, diga logo *o quê*.

— Você ainda é o Batman, certo?

— Sim. Ainda sou parte do Grupo, então sim. Ainda sou o Batman.

— Mas você perdeu o seu Robin?

Minha Robyn. A garganta de Adam se fechou. Ele se levantou, se sentou, se levantou novamente e começou a andar de um lado para o outro.

Docinho ficou de pé também.

— Ela foi embora, não?

— Sim, sim, eu a perdi. — *Um, três, cinco, sete, nove, onze...*

— Certo, bom. — Docinho começou a andar de um lado para o outro com Adam.

Estava cheio demais. O cômodo não era grande o suficiente para duas pessoas andando de um lado para o outro ao mesmo tempo, mas eles continuaram mesmo assim.

— Então posso ser seu novo Robin, e você não terá mais que me chamar de Docinho, nunca mais? A sra. Brenda Ross disse exatamente: "*Acho* que Robin é um pouco melhor do que Docinho". E nosso pai falou exatamente: "Bem, pode haver mais esperança de ele não apanhar dia sim, dia não, se for um Robin". Eu posso ser seu Robin, não? Perguntei a todo mundo. Robin deveria ser um menino, de qualquer forma. Eu perguntei a todo mundo e *todo mundo* disse que sim. Eu vou ser o melhor Robin do mundo e nunca mais vou perturbá-lo novamente em toda a minha vida, prometo.

Adam se perguntou quem teria sido incluído no extenso grupo de pesquisa de Docinho.

— Por favor, Batman! Por favor!

O garoto era louco.

Eles dois eram loucos.

Adam colocou a mão no bolso e segurou o bilhete.

Um dragão vive para sempre, mas o mesmo não acontece com garotinhos.

Uma mágoa doce e pesada ameaçou esmagá-lo.

— Claro. — Adam abraçou seu parceiro na luta contra o crime. — Certo, Robin, vá contar à sra. Brenda Ross sobre sua nova identidade.

— Oba! — Seu irmão saiu em disparada do quarto, gritando. — Santa mudança de nome, Batman. Mãe! Mãe! Adivinha, mãe!

Assim que Docinho saiu, Adam pegou o bilhete novamente. Ele expirou, inspirou. O peso era insuportável. *Um, três, cinco... Não!* Ele abriu o bilhete e passou o dedo sobre as palavras. *Você, Adam Spencer Ross, é um homem.* Um homem?

Então, pela primeira vez desde que aquele homem era um menino, Adam Spencer Ross se sentou bem na beira de sua cama, naquele quarto muito claro, e chorou.

AGRADECIMENTOS

É necessário muito trabalho de muitas pessoas para transformar o que escrevo em um romance. Sou grata aos seguintes fornecedores de coragem e encorajamento — em outras palavras, meus primeiros leitores: minha família, Nikki, Ken e Sasha Toten; a infatigável Marie Campbell; e meu grupo de escrita, Susan Adach, Ann Goldring, Nancy Hartry e Loris Lesynski.

Recebi conselhos generosos e inspiração de cada profissional da área médica e cada jovem adulto que conheci na 19ª Conferência da Fundação Internacional de TOC, em 2012. Minha história foi moldada e sombreada pelas histórias deles. Também agradeço a Frei Rick Riccioli, Conv. OSM, Albert Ottoni, Geoffrey Pearson, e Jenn Coward, por seus conselhos e por sua honestidade, assim como à Dra. Peggy Richter, que me apontou na direção certa. Se saí do curso ou caí numa vala, é inteiramente culpa minha.

Sou grata além das palavras à paciente e talentosa equipe da Doubleday Canada: Amy Black, Allyson Latta e, principalmente, Janice Weaver, que conseguiu, de alguma forma, me encorajar *e* me salvar de mim mesma.

Por fim, fico em dívida com todos que não podem ser citados, mas cuja coragem e esperança determinada me levaram a escrever esse livro. Vocês não estão sozinhos.

Fontes

Fundação Internacional de TOC
ocfoundation.org/whatisocd.aspx

Aliança Nacional de Doença Mental
nami.org

Instituto Nacional de Saúde Mental
nimh.nih.gov

Saúde Mental Adolescente
teenmentalhealth.org

Impresso no Brasil pelo
Sistema Cameron da Divisão Gráfica da
DISTRIBUIDORA RECORD DE SERVIÇOS DE IMPRENSA S.A.
Rua Argentina, 171 – Rio de Janeiro, RJ – 20921-380 – Tel.: (21)2585-2000